Ihm scheint einzufallen, dass sie nicht alleine auf dem Platz stehen, die Dorfbewohner interessierte Zuschauer ihres Wiedersehens sind und schiebt sie von sich. »Metá – später«, *raunt er heiser. Tief in seinen Augen sieht sie eine Glut lodern, die nur sie kennt.*

»Metá – später« ist die Lebensphilosophie der Bewohner eines malerischen Fischerdorfes vor der Kulisse des Taygetos-Gebirges auf dem Peloponnes. Jetzt scheinen langgehegte Hoffnungen, Wünsche und Träume endlich wahr zu werden: Eine neue, eine alte Liebe, glückliche Zweisamkeit, ein Leben ohne Zwänge, hemmungsloser Sex, eine gemeinsame Reise, Ansehen, Erfolg und Geld, ein schnittiges Auto, das Ende der Einsamkeit. Doch im Moment der Erfüllung ist bereits das Scheitern angelegt und so nehmen kleine und große Tragödien ihren Lauf ...

Lilo Wessels Erzählungen führen den Leser zurück ins Griechenland am Ende des 20. Jahrhundert, in eine Zeit vor der großen Wirtschafts- und Finanzkrise, in der noch genügend Raum war für die kleinen Alltagskatastrophen. Kenntnisreich und mit bitterem Humor entlarvt die Autorin das Idyll, das sich dem flüchtigen Urlauber bietet und lenkt den Blick des Lesers hinter die Dinge, dorthin, wo sie kompliziert und schmerzlich werden.

Lilo Wessel, geboren 1948 in Frankfurt am Main, studierte Literatur- und Politikwissenschaft in München und Mainz. Schon immer gehörten Schreiben und Lesen zu ihren Ambitionen. In ihrer professionellen Laufbahn setzte sie sich über Jahrzehnte kontinuierlich und systematisch mit den Entwicklungen der deutschsprachigen Literatur auseinander.
Sie ist langjährige Kennerin und Beobachterin der sozialen, politischen und kulturellen Veränderungen in Griechenland und hat zahlreiche Vorträge dazu verfasst.
Lilo Wessel lebt in Speyer am Rhein und in Kalamata.

LILO WESSEL

METÁ – SPÄTER

Erzählungen aus Griechenland

TREDITION Taschenbuch

Erschienen bei tredition®,
Hamburg, November 2017

© Lilo Wessel, 2017
© Coverbild: Michael Lauter
Alle Rechte vorbehalten
Gestaltung und Satz: EW-Studio, New York
Lektorat: Anke Höhl-Kayser, Hans Peter Röntgen
Korrektorat: Dr. Robert König, Sarah Wessel
Printed in Germany
ISBN 978-3-7439-5278-2 (Paperback)
ISBN 978-3-7439-5280-5 (e-Book)

www.lilowessel.de

Für Stávros

Inhalt

Lebensreise

Sommer 1975

Der Fahrweg verengte sich. Wir ließen den Wagen stehen, kraxelten begleitet vom auf- und abschwellenden Gesang der Zikaden einen steinigen Pfad hinab, der sich durch Olivenhaine schlängelte und in einen winzigen Ort am Meer führte. Azurblauer, wolkenloser Himmel. Die Sonne, weiß verschleiert, im Zenit. Die Luft flirrte. Erschöpft hielten wir inne. Vier baufällige Häuser begrenzten den Dorfplatz zum Land hin. Türen und Fenster verschlossen. Kein Mensch weit und breit. Tische und Stühle, in lockerer Reihe am Gestade aufgestellt, leer. Wellen plätscherten und versickerten knisternd im Kiesstrand.

»Ich brauch' was zu trinken!«, stöhnte M., eine Freundin, mit der ich damals hin und wieder verreiste. Sie schaute sich um. Deutete auf ein abseits vom Platz gelegenes Haus.

»Da sitzt einer! Da hinten, auf der Veranda!«

Der Fremde hatte uns nun auch entdeckt und winkte uns mit einer einladenden Geste zu. Zielstrebig setzte sich M. in Bewegung. Ich hinterher, langsamer, blieb schließlich stehen.

Wow, dachte ich. Was für ein Mann!

Blauschwarze, glänzende, leicht wellige, mittellange Haare, eine Strähne hing in die Stirn. Vollbart. Ein Che Guevara im tiefsten Süden Griechenlands. Nur das Barett fehlte. Ich war hin und weg und breitete mich daher lieber auf einem flachen Felsblock aus, der ins Meer hineinragte. Die Veranda fest im Blick.

M. hatte sich zu ihm an den Tisch gesetzt, schien irgendetwas zu sagen. Er reichte ihr seine Cola-Flasche, die sie in großen Schlucken leertrank, zündete sich eine Zigarette an und blies träge Rauchkringel in die Luft. Zwischen den einzelnen Zügen schob er sich etwas in den Mund – rohe Kartoffelscheiben, wie sich Jahre später herausstellte – und kaute genüsslich. Dann lehnte er sich zurück, faltete die Hände über dem Brustkorb, drückte den Rücken fest gegen die Lehne und kippelte mit dem Stuhl. Offenbar schien er jetzt einer Unterhaltung nicht abgeneigt. Mir kam es vor, als rede nur er. M. nickte manchmal, lächelte oder wiegte bedächtig den Kopf. Wortfetzen, die ich nicht verstehen konnte, drangen an mein Ohr. Meist gestikulierte er wild mit den Händen, schaute hin und wieder zu mir herüber, so als wolle er mich einbeziehen.

Ich verharrte auf meinem Felsblock.

Irgendwann erhob er sich, kam auf mich zu. Sein Gesichtsausdruck hatte etwas unbezähmbar Trotziges, einen langen Augenblick sah er mich mit tiefbraunen Augen durchdringend an.

»Get up! I will show you my house! It's on the hill.«

Hinter der Häuseransammlung bog ein Trampelpfad ab, der über Steine und Felsbrocken einen mit Olivenbäumen und Zypressen bestandenen Berg hinaufführte. Der Aufstieg gestaltete sich für uns beschwerlich, er hingegen hüpfte leichtfüßig von Stein zu Stein, so dass wir zurückfielen.

»Was'n das für'n Typ?«

»War während der Junta im Widerstand«, keuchte M..

»Wurde gefasst und kam in den Knast. Versteckt sich da oben in seinem Haus!«

»Die Junta gibt's schon seit einem Jahr nicht mehr. Warum versteckt er sich noch?«

Sie zuckte die Schultern. »Frag' du ihn doch!«

Endlich hatten wir das Plateau erreicht. Hinter einem ausladenden Feigenstrauch verbarg sich ein rechteckiges, aus klotzigen Kalksteinen gemauertes Haus, wie eine Trutzburg. Rechts vom Eingang stand eine Zinkbadewanne. Er hieß mich eintreten.

Modergeruch schlug mir entgegen. Im Haus war es überraschend kühl. Das einzige Fenster war mit einer löchrigen Plane verhangen. Es dauerte, bis sich meine Augen an das Halbdunkel gewöhnt hatten. Unter dem Fenster stand ein mit Stroh bedecktes, verrostetes Eisenbett. Am Fußende döste ein Hund. In der Mitte ein schäbiger Holztisch nebst einem notdürftig ausgebessertem Korbstuhl.

Meine Aufmerksamkeit fesselte eine Ablage, die in die Steinwand gemeißelt war. Dort stand ein gutes Dutzend Bücher. Ich trat dicht heran, kniff die Augen zusammen, um den Aufdruck auf den Buchrücken zu entziffern. Schriften von Marx und Engels, Lenin, Trotzki, Che Guevara, Hegel und Feuerbach, einige davon in griechischer Übersetzung, die anderen in englischer Sprache. Daneben verschiedene Ausgaben griechischer Klassiker.

Fragend drehte ich mich nach ihm um. Zuckte zusammen, denn er stand direkt vor mir. Seine dunklen Augen blitzen mich an, unsere Gesichter kamen sich bedenklich nahe. Ich entwand mich einer Umarmung und ging nach draußen.

Eine Weile noch saßen wir zu dritt im Schatten eines Mandelbaums. Unter uns erstreckte sich in vielfältigem Blau die Messenische Bucht. Die Sonne neigte sich nach Westen. Es war an der Zeit aufzubrechen.

Die Ehe war nach sieben Jahren am Ende. Er hatte, dem Klischee entsprechend, eine Affäre mit seiner Sekretärin. Dennoch bestand mein Mann auf einem gemeinsamen Familienurlaub. Unter der Bedingung, dass M. mit von der Partie wäre, willigte ich schließlich ein. Einer von M.s griechischen Bekannten hatte in jenem Fischerdorf eine Ferienwohnung für uns angemietet. Die einsame Häuseransammlung von einst hatte sich zu einem lebhaften Ort entwickelt. Auf dem Dorfplatz parkten zahlreiche Autos. Die drei Tavernen am Meer waren vollbesetzt.

An unserem Tisch herrschte miese Stimmung. Mein Ehemann beäugte mich übellaunig, die Kinder quengelten.

»War das nötig, den Kindern eine so lange Reise zuzumuten?«, tadelte er. »Ein Urlaub im Schwarzwald hätte es auch getan!«

Ich ignorierte ihn und wandte mich M. zu. »Meinst du, der Typ von damals ist noch hier?«

Schulterzuckend sah sie sich um.

»Welcher Typ von damals?«, horchte mein Mann auf.

Plötzlich stieß mir M. den Ellbogen in die Seite. »Der, da drüben, das muss er sein!«

Meine Blicke glitten zwischen den Gästen hindurch, blieben an unserem vermeintlichen Bekannten hängen.

»Könnte sein. Wir wissen ja nicht mal seinen Namen«, wiegelte ich ab und stocherte unbeteiligt in meinem Salat, merkte aber, dass ich unruhig wurde.

»Na los, geh' rüber und frag' ihn«, feixte mein Mann.

Ich warf ihm einen verächtlichen Blick zu, trank mein Weinglas in großen Zügen leer, knallte es auf den Tisch, stand auf und zwängte mich durch die Tischgesellschaften hindurch zu dem Besagten.

Er war es tatsächlich. Ich schluckte.

»Do you remember me?«, säuselte ich und strahlte ihn an. Er taxierte mich beiläufig.

»No!«, polterte er und konzentrierte sich auf sein Feuerzeug. Zündete eine Zigarette an und schaute den Rauchkringeln nach, wie sie sich langsam auflösten.

Idiot, dachte ich pikiert. War mir bisher nie passiert, dass mich ein Mann vergessen hatte. Trotzdem blieb ich wie angewurzelt stehen. Er drückte die halb gerauchte Zigarette im Aschenbecher aus und schnippte sie auf den Boden. Dann lehnte er sich zurück, kippelte mit dem Stuhl, verschränkte die Arme vor dem Brustkorb und musterte mich vom Kopf bis zu den Füßen. Sämtliche Spezies von Fluginsekten schwirrten in meinem Bauch, das Herz hämmerte in den Schläfen. Knie weich wie Wackelpudding. Die Synapsen tanzten.

Unsere Blicke suchten sich und verliefen ineinander wie die Farben eines Aquarells. Das Rundherum versank. Kein Geräusch mehr war zu hören, still stand die Zeit.

»Willst du deinen Freund nicht an unseren Tisch bitten?« raunzte mein Mann. Erschrocken fuhr ich herum.

Keine Ahnung, wie lange er schon hinter mir gestanden hatte. Seine Gesichtszüge entgleisten. Wütend verließ er die Taverne.

Nach den Sommerferien zog er zu seiner Sekretärin. Ein Jahr später wurde die Ehe geschieden.

Winter 2010

Das Telefon plärrt, als die Nacht in den Morgen hinübergleitet. Schlaftrunken lange ich nach dem Hörer. Die Verbindung ist schlecht. Schließlich verstehe ich. Die Nachricht zerschneidet mein Herz. Ein trockenes Schluchzen schüttelt meinen Körper. Morgen früh um acht wird die Beerdigungszeremonie beginnen. Ich melde mich krank und nehme den Abendflieger nach Athen, von dort den Überlandbus.

Als ich übernächtigt in deinem Dorf ankomme, regnet es. Du bist bereits in der Kirche neben deinem Elternhaus aufgebahrt. Ich kann nicht glauben, dass du tot bist. Ich beuge mich über dich, flüstere deinen Namen. Doch dein Gesicht bleibt wächsern und starr. Dieses Gesicht, das voller Leben war, das mich fasziniert hat, das ich geliebt habe. Noch immer ist dein Haar tiefschwarz und glänzend, nur der Bart ist grau. Sacht küsse ich deine Stirn, sie ist kalt. Fahre mit Zeige- und Mittelfinger über deine geschlossen Augen, deine Augen, die mich stets voller Wärme und Liebe angesehen haben.

Die Dorfbewohner bedecken deinen Leichnam mit Blumen und Ölzweigen, drücken meine Hand, umarmen mich, kramen nach Worten. Fünfundzwanzig Jahre. Obwohl wir nicht verheiratet waren, niemals längere Zeit zusammen leben konnten, bin ich deine Witwe. Ich weine nach innen.

Meine Gedanken kreisen um jenen Tag, an dem wir uns zum ersten Mal begegnet sind. Wie weit ist alles, wie nah.

Hundsjahre

Sie hatte rotgeränderte Augen vom vielen Weinen. Teilnahmslos kauerte sie in seinem Lieblingssessel. Manchmal schüttelte sie ein Weinkrampf, hin und wieder wimmerte sie vor sich hin. Dann wieder verharrte sie reglos, starrte ins Leere, streichelte das Armpolster, so, wie sie ihn immer gestreichelt hatte. Oder vergrub ihr Gesicht in der Rückenlehne, um seinem Geruch nachzuspüren, der dem Sessel anhaftete. Manchmal rief sie seinen Namen, erst leise und kosend, dann lauter und bestimmt. Er kam nicht.

Seit drei Tagen, seitdem das Unglück geschehen war, verharrte sie so, ohne irgendwelche Nahrung aufzunehmen. Sie verließ ihren Platz lediglich, um ihre Notdurft zu verrichten.

Mit der Zeit drängte dieses Bild in ihren Kopf: Sie kommt zurück vom Einkaufen, biegt mit dem Auto in die *Aiántos*-Straße ein, in der sie wohnt. Zwischen den Bäumen parken halb auf dem Bürgersteig, halb auf der Straße beidseitig die Autos der Anwohner. Auch an den gelb markierten Seitenrändern. Auf der engen Fahrbahn blockiert eine Menschentraube die Durchfahrt. Sie rollt langsam mit dem Wagen an die Menge heran, bremst, steigt aus. Nachbarn und Passanten werfen ihr betretene Blicke zu und bilden eine stumme Gasse. Schräg zur Fahrbahn steht der rote Toyota der Nachbarstochter. Vor dem linken Vorderrad liegt leblos ihr Willis. Sie stößt einen gellenden

Schrei aus, wirft sich über ihn, spürt, dass sein Herz noch leise schlägt. Er öffnet kurz die Augen, sieht sie an, wedelt matt mit dem Schwanz. Vorsichtig schiebt sie die Arme unter seinen Körper, nimmt ihn auf, stolpert durch die Menge zum Wagen, bettet ihn auf die Rückbank, herrscht die Gaffer an, den Fahrweg freizumachen, rast zum Tierarzt, hupt um Willis Leben. Als sie dort ankommt, atmet er nicht mehr.

*

Willis war tot, Willis, ihr Gefährte, ihr Baby. Nichts anderes konnte sie denken. Nicht einmal als ihr Mann vor fünf Jahren ertrank, in der Bucht nahe seines Heimatdorfes, hatte sie einen solchen Schmerz verspürt. Kurz nach dessen Tod fand sie Willis halb verhungert auf der Strandstraße, beugte sich über ihn, streichelte ihn, sprach mit ihm. Mühsam erhob er sich und trottete mit letzten Kräften hinter ihr her, so als gehöre er zu ihr. Nachdem er sich nicht abschütteln ließ – und sie ihn auch gar nicht abschütteln wollte –, nahm sie ihn mit nach Hause, päppelte ihn auf, liebte ihn über alles.

Die Nachbarn telefonierten ihren einzigen Sohn herbei, der seit geraumer Zeit in einer anderen Stadt lebte, in der er Arbeit und eine Liebe gefunden hatte. Er umsorgte sie, kochte ihre Lieblingsspeisen und stellte sie auf einen Hocker neben ihrem Sessel. Doch enttäuscht räumte er stets alles unangetastet wieder ab.

Nur einmal erwachte sie aus ihrer Apathie. Es klingelte, der Sohn öffnete die Tür, vom Flur her vernahm sie Stimmengewirr. Intuitiv spürte sie, worum es ging.

»Bring ihn her!« herrschte sie ihn an, als er, so als wäre nichts gewesen, das Wohnzimmer betrat. »Bring ihn sofort her!«

Fortan verharrte sie wie bisher, nur, dass jetzt die blaue Keramikurne mit Willis Asche auf ihrem Schoß einen festen Platz gefunden hatte.

Der Sohn verzweifelte. Er warf einen verärgerten Blick auf seine Mutter, die in ihrem Sessel vor sich hin vegetierte und Willis Urne mit beiden Armen umklammerte. Unter ihren Augenlidern hatten sich tiefdunkle Ringe gebildet, ihre Wangenknochen stachen hervor, sie war nur noch Haut und Knochen. Ein Schatten ihrer selbst. Weder ihre Freundinnen noch die Nachbarn, die er in seiner Not herbeirief, konnten etwas ausrichten. Selbst der Arzt war überfordert.

Zu der Angst, dass sie niemals mehr aus diesem Zustand herausfinden würde, mehr noch, dass sie gar sterben könne, kam die Angst um seine Arbeit und seine Beziehung. Drei Wochen war er nun schon hier und nichts hatte sich zum Guten gewendet. Er konnte nicht ewig hierbleiben.

Am dreißigsten Tag nach Willis tragischem Ableben kam er pfeifend nach Hause, entriss der Mutter die Urne, verfrachtete sie ins Bücherregal und platzierte ein kleines Bündel auf ihrem Schoß. Danach reiste er ab.

*

So fest wie sie Willis Urne umklammert hatte, so fest umklammerte sie nun jenes Bündel, das daraufhin jämmerlich zu fiepen anfing. Erschrocken ließ sie es los, das Bündel plumpste zu Boden. Da hockte er nun, der neue Hund und winselte vor sich hin.

»Willis, was hast du?« Sie starrte ihn an. Da saß nicht Willis. Vergeblich rief sie nach ihrem Sohn. Doch der war weg, und was da zu ihren Füßen saß, war ihr neuer Hund. Sie musterte ihn kritisch.

»Was war mein Willis doch für ein schönes Tier!«

Dieser da wirkte völlig unproportioniert. In Relation zu seiner Größe hatte er riesige tapsige Pfoten.

»Oh Gott«, murmelte sie, »der wird riesig. Und missgestaltet ist er auch!«

Sein Kopf war so groß wie der eines Säuglings. Er hatte eine handtellergroße platte schwarze Schnauze, schnappte röchelnd nach Luft, an seinen wulstigen Lefzen hing ein Speichelfaden. »Bäh«, machte sie und suchte Blickkontakt. Noch nie hatte sie solche Augen gesehen. Die Unterlider hingen schlaff nach unten, so dass ein Teil der Bindehaut sichtbar war, völlig gerötet. Die Augäpfel wässrig rosa, die Pupillen dunkelbraun. Mit Ausnahme der Pfoten und der Brust war sein Fell dunkelblond, nur um das linke Auge rundete sich ein tennisballgroßer weißer Fellfleck, um das rechte ein schwarzer.

»Pfff«, machte sie und schaute auf Willis Urne. »Was für ein hässlicher Hund!«

Doch der sah sie erwartungsvoll an, wedelte mit seinem Stummelschwanz, so dass der ganze Körper wackelte, und leckte ihre Hand. Da es keinen Ausweg gab, tätschelte sie zaghaft seinen Schädel und erhob sich aus ihrem Sessel.

Sie nannte ihn Hermes, rief ihn aber, wenn sie in Gedanken war, Willis. Sie gewöhnte sich an ihn, brachte ihm sogar ein wenig Liebe entgegen, die er dankbar erwiderte. Er war gutmütig, treu und anhänglich. Zwar verglich sie ihn beständig mit Willis, der stets besser abschnitt, dennoch war sie froh, dass sie nicht alleine war. Tatsächlich fasste sie dank Hermes wieder Tritt im Leben. Der Sohn war überglücklich und rühmte sich ob seiner grandiosen Idee, einen neuen Hund anzuschaffen.

*

Hermes wuchs zu einem kräftigen Hund heran, den Kopf voller Flausen, und als er ausgewachsen war, wog er stattliche dreißig Kilo. Mittlerweile schlief er, wie einst Willis, zu ihren Füßen im Bett.

Eines Nachts weckte er sie, indem er erst unablässig fiepte, dann einmal kurz bellte, schließlich ihr Gesicht ableckte, worauf sie zu sich kam, auf den Wecker blickte und gähnte.

»Drei Uhr, was fällt dir ein?«

Hermes rannte kläffend zwischen Bett und Schlafzimmertür hin und her. Sie drehte sich wieder auf die Seite, wusste aber, dass es kein Entkommen gab. Hermes musste Gassi, und schlussendlich war es besser, er weckte sie, als dass er auf den Teppich pinkelte.

Sie brummelte »Scheißköter«, tat sich mit dem Aufstehen schwer. Das Schlafzimmer war ungeheizt, an den Fensterscheiben hatten sich Eisblumen gebildet. Hastig zog sie eine Trainingshose über den Pyjama, schlüpfte barfüßig in die Winterstiefel, fuhr in ihren Mantel, schlang einen Schal um den Hals und stülpte eine Strickmütze über. Dann legte sie Hermes die Leine an und eilte mit ihm nach draußen.

Es war eisig. Tagsüber hatte es geschneit und nachts fiel das Thermometer weit unter Null. Eine Seltenheit in Athen.

Ausgerechnet in einer solchen Nacht musste dieser Hund Gassi. Willis hatte niemals nachts raus gewollt. Sie schob die Unterlippe vor und blies warme Atemluft zu ihrer Nasenspitze. Hermes strebte zu seinem Stammbaum, schnüffelte, hob das Bein, tapste einige Schritte weiter durch den gefrorenen Schnee und setzte sich für ein großes Geschäft neben einen Laternenpfahl. Sie trat von einem Fuß auf den anderen, kramte in der Manteltasche vergeblich nach einem Plastikbeutel und herrschte Hermes zur Eile an. Dann zog sie ihn Richtung Haustür. Brav trottete er hinter ihr her.

Doch kurz vor dem Eingang nahm er plötzlich Witterung auf und begann wie verrückt zu ziehen. Sie wollte ihn festhalten, in Richtung Tür dirigieren. Gab Kommandos, doch er zerrte und zog immer mehr, legte an Tempo zu, sie konnte ihn kaum noch halten.

»Stopp,« schrie sie, »stopp!« Doch Hermes hörte nicht. Auf der anderen Straßenseite tauchte unvermittelt der Nachbar auf, dessen Tochter Willis auf dem Gewissen hatte.

»Halt deinen Köter fest«, brüllte er, »meine ist läufig!«

»Willis aus«, kreischte sie, doch Hermes hörte nicht mehr, zog sie stolpernd hinter sich her, zwischen den parkenden Autos hindurch auf die eisglatte Straße. Sie kam ins Rutschen, schlingerte, ließ die Leine los, verlor das Gleichgewicht, fiel zu Boden.

In diesem Moment biegt ein roter Toyota in die Straße, bremst, schleudert, rutscht.

»Willis!« — »Hermes!«

Sie schreit. Der Nachbar schreit.

Es knallt, kracht, wird dunkel um sie herum.

*

Der Sohn ließ, nachdem die Diagnose feststand, Hermes von einem befreundeten Jäger erschießen. Sie hatte keine Erinnerung an das, was geschehen war.

»Willis – Hermes – Nacht – Gassi – Schnee – Auto«, stammelte sie hin und wieder.

»Du musst etwas essen, *Mána*!« Der Sohn hatte ihre Küchenschürze angezogen und trat mit einem Tablett in der Hand an den Rollstuhl heran, an den sie für den Rest ihres Lebens gefesselt sein würde. Nur die Arme konnte sie noch bewegen. Mit dem linken umklammerte sie die blaue Keramikurne, mit dem rechten eine schwarze und starrte in endlose Fernen.

Kaffeetrinken

Er hatte sich die ganze Nacht schlaflos in seinem Bett gewälzt. Als Aphrodíti viel zu spät von einem Zirkusbesuch zurückkam, stellte er sich schlafend. Er wollte das Geplapper über ihre Erlebnisse in der Stadt nicht hören. Er wollte seine Ehefrau auch nicht maßregeln müssen, weil diese sich verspätet hatte. Für all das hatte er keinen Kopf. Seine Gedanken kreiselten um diesen einen Satz, den *sie* zu ihm gesagt hatte. Nicht in seinen kühnsten Träumen hatte er sich das vorstellen können. Er schüttelte leicht resigniert den Kopf. Seit einem Vierteljahrhundert kam *sie* regelmäßig in ihren Ferien in dieses Dorf; niemals hatte *sie* ihn das gefragt. Im Gegenteil. Sofort hatte *sie* ihr Herz an diesen Nichtsnutz von Alékos gehängt und war damit tabu für ihn. Doch der war nun tot.

Er war ein Esel. Jetzt hatte *sie* ihm den Himmel in Aussicht gestellt, und er hatte *sie* abgewiesen. Anstatt sofort zu reagieren, war er wie angewurzelt sitzengeblieben. Er hätte sich ohrfeigen können. Ohnehin wäre es einfacher gewesen, die Angelegenheit gleich gestern Abend anzugehen, zumal das ganze Dorf in diesem Zirkus war. Aber nun würde es eben heute geschehen, er musste nur vorsichtig sein.

Er warf einen prüfenden Blick auf seine Ehefrau, die friedlich und gleichmäßig schnarchend in ihrem Bett lag.

Hat sie schon jemals nicht geschnarcht?, dachte er unwirsch, während er sich mit beiden Armen auf der Bettkante abstützte, um sich behutsam aufzurichten. Mitten in der Bewegung hielt er abrupt inne, zuckte zusammen, seine rechte Hand fuhr reflexartig ins Kreuz. Nun auch noch der Rücken. Längst hätte er die Knie operieren lassen müssen, Aphrodíti lag ihm täglich damit in den Ohren. Doch er traute den Ärzten nicht.

Ich werde alt, dachte er und schlurfte humpelnd ins Bad. Üblicherweise duschte er einmal in der Woche – am frühen Samstagnachmittag – aber diese Angelegenheit verlangte nach einer Ausnahme.

Er schälte sich aus seiner Unterwäsche, in der er trotz Aphrodítis Nörgeleien zu schlafen pflegte, trat unter die Dusche, drehte den Wasserhahn zur Hälfte auf, nahm sein Genital in die Hand und landete einen gezielten Urinstrahl im Abfluss. Obwohl er allmählich auf die siebzig zuging, noch kein Nach-tröpfeln wie bei den anderen Männern seines Alters im Dorf. Er wusste Bescheid. Wenn sie ein, zwei Ouzo zu viel getrunken hatten, redeten sie mit einer ängstlichen Neugier über dieses Thema, taten aber am nächsten Morgen so, als habe eine solche Unterhaltung nie stattgefunden. Er atmete auf. Selbstgefällig wiegte er sein Gemächt in der Handinnenfläche, betrachtete es liebevoll, als es sich, kaum wahrnehmbar, regte und leicht anzuschwellen begann. Na, geht doch noch, frohlockte er und begann sich einzuseifen. Eine halbe Stunde später, als der Gesang der Zikaden sich erhob, verließ er geschniegelt und gebügelt das Haus.

*

Das Läuten der Türklingel schlich sich sacht, dann drängender in ihren Schlaf. Bleischwer die Augenlider. Sie hatte die Nacht über vor sich hingedämmert, wie immer, wenn sie sich nicht mit Rotwein in den Schlaf trank. Beim leisesten Knacken schreckte sie hoch, war sofort hellwach und lauschte angespannt nach draußen. Es war ihr seit geraumer Zeit nicht mehr geheuer in diesem Haus, das einsam auf dem Plateau eines Olivenberges stand. Zumal mittlerweile ein jeder Dorfbewohner von einem Verwandten zu berichten wusste, der nachts im Schlaf von Einbrechern überrascht worden war. In schlimmeren Fällen, so erzählte man sich, hantierten die Eindringlinge mit einem Spray, das die Bewohner bewusstlos machte, damit sie sich in aller Ruhe deren Habseligkeiten bemächtigen konnten. Keiner, dessen war sie sich sicher, hätte sich zu Alékos' Lebzeiten in böser Absicht in die Nähe des Hauses gewagt. Doch der war nun tot.

Jedenfalls hatte sie erst, als der Morgen graute und die Zikaden zu plärren begannen, ein traumloser Schlaf überfallen. Immer penetranter nahm sie das Läuten wahr. Jetzt klopfte es auch noch an die Eingangstür.

»*Éla, anoíxe* – los, mach auf!«, rief einer leise, aber sie war viel zu schlaftrunken, um die Stimme zuordnen zu können. Dösig kramte sie nach einem klaren Gedanken, an den sie ihre Angst andocken konnte. Einbrecher klingeln nicht, dämmerte ihr. Vielleicht hatte sie sich alles nur eingebildet, war angesichts des Geredes im Dorf Opfer ihrer eigenen Phantasien geworden.

Wieder läutete es. Sie hielt den Atem an. Offenbar wurde sie den ungebetenen Besucher nicht los, indem sie nicht reagierte. An Weiterschlafen war nicht mehr zu denken, ohnehin war sie jetzt wach. Entschlossen stand sie auf, eilte zur Eingangstür. Sie atmete tief ein, öffnete die Tür einen Spalt breit und lugte hinaus. Niemand zu sehen. Sie wurde mutiger, öffnete die Tür um einen weiteren Spalt und steckte den Kopf ins Freie. An dem kleinen Klapptisch neben dem Eingang saß Nikos.

»Verdammt, was machst du hier um diese Uhrzeit?«, entfuhr es ihr. »Du hast mich zu Tode erschreckt!«

Er saß reglos, hatte keine Worte. Sein Atem ging schwer und unregelmäßig. Mit einem merkwürdig verhangenen Blick sah er sie an.

»Ist was mit Aphrodíti? Wo sind die anderen?« Noch immer verärgert, bemühte sie sich, ihrer Stimme einen besorgten Klang zu verleihen. Etwas musste passiert sein. Wie kam er sonst dazu, mit seinen kaputten Knien diesen unwegsamen Pfad hier hoch zu kraxeln?

»Kaffee!«, stieß er hervor. »Mach mir einen Kaffee!«

»Was? Jetzt?« Sie runzelte die Stirn.

»Kaffee«, keuchte Nikos und ließ keinen Blick von ihr.

Sie zoppelte verlegen an ihrem Nachthemd. Schwerfällig schraubte er sich aus dem Plastiksessel, bewegte sich hinkend auf sie zu, schob sie zur Seite und humpelte in die Wohnküche.

Zum ersten Mal betrat er ihr Haus. Neugierig schaute er sich um, ließ sich auf einen der Holzstühle fallen, die um den Esstisch standen. Fassungslos stand sie im Türrahmen, ein mulmiges Gefühl breitete sich in ihrer Magengegend aus. Keine Ahnung, wie sie ihn loswerden sollte. Draußen maunzten die Katzen nach Futter.

»Kennst du schon meine Katzen?«, versuchte sie die Situation zu überspielen. »Die Mutter ist mir zugelaufen, schwanger. Jetzt hat sie ihre drei Kinder angeschleppt.«

Sie eilte zu der Tür, die an der Schmalseite des Raumes auf die Veranda führte, und ließ sie rein.

»Sind sie nicht süß?«

Nikos interessierte sich in keinster Weise für ihre Katzen. Ohnehin gehörte er zu denjenigen, die gnadenlos Giftköder auslegten, um die Katzenpopulation im Dorf zu regulieren. Stattdessen fingerte er nach einer Zigarette.

»Hier drin wird nicht geraucht!«

Sie blickten sich in die Augen. Er zündete sich eine Zigarette an. Sie knallte den Aschenbecher auf den Tisch. Die Katzen hockten erwartungsvoll vor dem Küchenblock und miauten unablässig.

»Die Mutter habe ich sterilisieren lassen«, sagte sie, in der Hoffnung, dass er die Botschaft verstand.

Nikos verzog den Mund, blies hektisch kleine Rauchwolken in die Luft, während sie das Katzenfutter richtete.

»Gibt es jetzt endlich Kaffee!«, brach es aus ihm heraus. Wieder sah er sie mit diesem sonderbaren Blick an.

Ohne Kaffee bekomme ich ihn nie los, dachte sie, stellte die Tüte mit dem Trockenfutter beiseite, suchte nach dem Messingkännchen, maß Leitungswasser ab, gab Mokkapulver hinzu und erhitzte die Brühe unter Rühren auf einer Gasflamme. Sie sah an der Farbe, dass sie zu wenig Pulver genommen hatte, außerdem bildeten sich beim Erwärmen keine Schaumbläschen.

Egal, dachte sie, als sie das hellbraune Gebräu in eine Tasse füllte und ihm widerwillig brachte. Sie beobachtete ihn aus den Augenwinkeln. Er kam ihr ausgesprochen merkwürdig vor heute morgen. Angetrunken schien er nicht zu sein. Sie wandte sich den Katzen zu.

Er stammelte ein mühsames Danke, beäugte seinen Kaffee, rührte ihn aber nicht an. Sein Atem ging jetzt schneller, er hyperventilierte beinahe.

»Mach' die Türen zu!« Seine Stimme flatterte.

»Wie?«

»Es zieht!«

Sie stutzte, sagte schnell: »Hier stinkt's nach Rauch!«

Wieder taxierte er sie mit diesem sonderbaren Blick. Sie kam sich vor, als stünde sie nackt vor ihm. Verunsichert strich sie ihr Nachthemd glatt. Langsam und tief atmete sie ein.

»Was willst du?! Sag endlich, was du willst!«

Nikos stammelte verwirrt: »Willst du denn Sex bei offenen Türen?« Er schnaufte tief durch. Jetzt war es endlich heraus.

Sie starrte ihn an, traute ihren Ohren nicht, schnappte nach Luft, rang nach Worten. Er wiederholte seine Frage, seine Stimme klang fester. Die Packung mit dem Trockenfutter glitt ihr aus der Hand, die Kroketten prasselten auf die Fliesen. Augenblicklich machten sich die Katzen darüber her, wuselten zwischen ihren Füßen herum. Allmählich gewann sie ihre Fassung wieder.

»Bist du noch ganz dicht?« keifte sie.

Verständnislos gaffte er sie an.

»Du willst doch Sex!«

»Ich? … Sex? … mit dir???«

Sie schüttelte sich. Der bloße Gedanke widerte sie an. Sie verkniff sich ein gehässiges Kichern und überlegte, ob sie ihm etwas Verletzendes an den Kopf schleudern sollte. Dass er zu alt sei, zu faltig, zu unförmig, zu ungepflegt. Doch sie unterließ es, entschied sich für ein barsches »Wie kommst du darauf?« und fuchtelte mit dem Arm in Richtung des plakatgroßen Porträtfotos von Alékos, das seit dessen Tod an der Wand in der Essecke hing. Umständlich drehte Nikos den Oberkörper um, warf einen Blick auf das Bild. Alékos. Im besten Alter. Attraktiv. Er wandte sich sofort wieder ab.

»Aber du hast doch selbst gesagt, dass du Sex willst!«, verteidigte er sich schwach.

Jetzt bekam sie Oberwasser.

»Da sitzt du unter dem Foto von Alékos, dem Unglückseligen, und entblödest dich …« Sie fiel sich ins Wort. »Ich bin seine Witwe, verstehst du, auch wenn wir nicht verheiratet waren … bin ich seine Witwe!«

Nikos wurde kleiner auf seinem Stuhl. Ihr begannen ihre Suaden zu gefallen, also fuhr sie lautstark fort: »Und einer Witwe bringt man Ehrerbietung entgegen. Kennst du nicht die Sitten deines Landes?« Sie holte tief Luft. »Außerdem … ich kenne deine Frau seit fünfundzwanzig Jahren. Meinst du, der würde gefallen, wenn sie wüsste, dass du hier herumgockelst?«

»Du hast es doch selbst gesagt«. Er war jetzt ganz kleinlaut.

»Was habe ich gesagt, was?????«

»… dass ich zum Kaffeetrinken kommen soll …«

Einen Moment herrschte Stille. Dann brach sie in schallendes Gelächter aus.

Nikos verzog beleidigt das Gesicht. Gerade zwölf Stunden war es her, dass sie ihn gefragt hatte, ob er mit ihr einen Kaffee trinken wolle. Er hatte arglos vor seinem Haus gesessen und den Sonnenuntergang betrachtet, allein, das ganze Dorf war zu dieser Zirkusvorstellung in die Stadt gefahren. Da kam sie vorbeigerauscht, hatte zu plaudern begonnen und schließlich, als er ihr vorflunkerte, sie hätten ihn versehentlich ausgesperrt, diesen verhängnisvollen Satz von sich gegeben, wegen dem er jetzt hier saß und sich demütigen lassen musste. Wenigstens wollte er die Situation klären und sich reinwaschen.

»Wenn eine Frau einen Mann zum Kaffeetrinken einlädt, ist klar, was sie von ihm will!«

Wieder fing sie an zu lachen.

»Es ist besser du gehst jetzt!«, lenkte sie ein.

Er schraubte sich aus dem Stuhl, reflexartig fuhr die Hand ins Kreuz, drehte sich umständlich nach Alékos' Foto um, neigte kurz den Kopf und brummelte Unverständliches. Und zu ihr gewandt: »Entschuldige bitte!«.

Schwerfällig hinkte er zur Tür, stolperte über eine der Katzen, verkniff es sich, ihr einen Tritt zu versetzen. Im Türrahmen blieb er stehen, warf einen letzten Blick auf den Ort seiner Schmach.

»Keine Sorge«, meinte sie begütigend. »Von mir erfährt niemand was. Es sei denn ...«, sie erhob die Stimme, deutete auf die Katzen und fuhr mit der Handkante an ihrer Kehle entlang.

Einzige Lieben

1.

Unschlüssig drehte er den Luftpostbrief in seinen Händen. Er ahnte, dass er unangenehme Nachrichten enthielt. Schon die Kaffeespritzer auf dem Umschlag und der kreisrunde, braune Brandfleck in der unteren rechten Ecke verhießen nichts Gutes. Die Anschrift stammte unverkennbar von der Hand seiner Tochter. Er runzelte die Stirn. Seinen Doktortitel hatte sie unterschlagen, dafür den Doppelnamen ihrer Mutter ausgeschrieben. Missmutig schüttelte er den Kopf. Auch die Hausnummer fehlte. Nun gut, dachte er, selbst ohne Straßennamen wäre der Brief angekommen. Hier in Hamburg kannte jeder die Kanzlei. Ehrenreich und Pracht, das waren Namen, die über die Stadtgrenzen hinaus hohes Ansehen genossen.

Den Absender hatte sie vergessen, vielleicht sogar absichtlich weggelassen. Er wendete den Brief, kniff die Augen zusammen und beäugte prüfend den Poststempel. 1-9-9-6 konnte er lesen. Die restlichen Zahlen und einige Buchstaben waren verwischt. K - umgedrehtes V - A - T, entzifferte er. Resigniert zuckte er die Schultern. Weder das genaue Datum noch der Absendeort ließen sich erschließen. Das umgekehrte V kannte er noch aus seinem Physikunterricht. Lambda, der elfte Buchstabe des griechischen Alphabets. Irgendein Formelzeichen, er hatte keine genaue Erinnerung. Physik war nicht sein Lieblingsfach gewesen. Immerhin - ein Brief von Serena. Aus Griechenland! Sechs Wochen waren seit ihrem Anruf verstrichen, in dem sie ihren Eltern lapidar mitgeteilt hatte, sie komme nicht mehr nach Hamburg zurück.

»Macht euch keine Sorgen, mir geht es gut!« Danach hatte sie aufgelegt.

Seither lebten seine Frau und er in beständiger Unruhe. Die abendlichen Gespräche der Eheleute Pracht drehten sich längst nicht mehr um die Fälle ihrer Klienten und die Abläufe in der Kanzlei, sondern waren bestimmt durch die Sorgen und das Rätselraten über den Verbleib ihrer Tochter.

Anfang August sollte sie ihr Referendariat beginnen. Die Verlobung mit dem Sohn eines Kollegen stand bevor. Abend für Abend die gleichen Fragen. Weshalb nur war Serena nicht rechtzeitig von ihrer zweimonatigen Rucksackreise durch Griechenland zurückgekommen? – Warum meldete sie sich nicht? – Wo steckte sie? – Was war passiert?

Weder Pracht noch seine Frau fanden eine plausible Antwort. Die Ungewissheit trieb sie um.

*

»So kann es nicht weitergehen«, meinte Sonja eines Abends und trommelte mit den Fingerkuppen auf die Tischplatte. Sie saßen in der großen weißgefliesten Küche. Seitdem sie die Praxis gemeinsam führten, diskutierten sie hier allabendlich die Fälle, mit denen sie sich tagsüber in der Kanzlei beschäftigten. So verlängerten sie seit zwanzig Jahren ihre Arbeit in die Nacht.

Sonja hatte einige angebrochene Feinkostbecher mit Salaten, Heringshappen, Shrimps und Käsewürfeln aus dem Kühlschrank gekramt und achtlos auf den schweren Holztisch gestellt. Dazu zwei Rotweingläser, Gabeln, ein halbes Baguette vom Vortag. Pracht entkorkte eine Flasche *Chateau Margaux*.

»Etwas Lebensfreude kannst du mir ruhig gönnen«, brummte er, als er den missbilligenden Blick seiner Frau auffing.

»Seit Wochen haben wir keinen einzigen Fall mehr besprochen. Alles dreht sich nur noch um Serena. Ich arbeite gerade an einem hochkomplizierten Fall ...«

»Und?«, unterbrach sie Pracht empört. »Ist unser Kind nicht wichtiger?«

»Natürlich, Hermann! Aber das Leben hier geht auch weiter. Die Anwälte der Gegenseite haben inzwischen eine ganze Barrikade von Anträgen und Aufschubgründen aufgebaut. Wir haben kaum Aussicht auf Erfolg. Ich müsste mit dir über die Komplikationen sprechen, die sich ergeben haben, Details klären.«

Sie nahm das Weinglas in die Hand, schwenkte es, hielt die Nase über das Glas und atmete tief ein. »In der Kanzlei läuft auch einiges schief«, fuhr sie fort. »Die neue Anwaltsgehilfin spielt sich auf, als wäre sie die Bürovorsteherin.«

»Frau Trumpfheller ist eine ausgezeichnete Bürokraft«, wandte er schnell ein. »Und was diesen Fall betrifft ... die Erfolgsaussichten deines Mandanten waren von Anfang an gering. Schließlich hat das Unternehmen die Arzneimittel-studien tatsächlich erfunden. Du hättest den Fall nicht annehmen sollen!« Er holte tief Luft. »Du und dein krankhafter Ehrgeiz! Vor lauter Ehrgeiz kommst du nicht dazu, auch nur einen Blick in die Zeitung zu werfen. Sonst wüsstest du nämlich, dass Griechenland gerade ein Hexenkessel ist. Der ehemalige Premierminister ist vor fünf Tagen gestorben. Die Bevölkerung ist hoch emotionalisiert. Dazu sind die Griechen empört, weil die Olympiade in Atlanta stattfindet und nicht in Athen. Das kocht demnächst wieder hoch, wenn die Spiele beginnen. In der Ägäis streiten sich Griechenland und die Türkei um Hoheitsrechte und Seegrenzen und haben ihre

Flotten in Alarmbereitschaft gesetzt. Griechenland blockiert die Auszahlung von Geldern der EU an die Türkei und ...«

»Griechenland und die Türkei haben bereits Ende Januar ihre Kriegsschiffe wieder abgezogen, mein Lieber!«, unterbrach sie ihn kühl.

»Papperlapapp!« Er wedelte mit der Hand. »Beide Staaten betreiben ein Wettrüsten sondergleichen! Die Situation dort ist hochbrisant. Jederzeit könnte ein Krieg ausbrechen. Und unser Kind mittendrin!«

Pracht schaute Sonja durchdringend an. Er verstand seine Frau einfach nicht.

»Serena war schon mal in Griechenland. Sie kennt sich aus und sie kann die Sprache. Sie hat sogar einen Kurs belegt!«

Er schlug sich mit der flachen Hand an die Stirn. »Was redest du da? Sie hat nach ihrem Abitur eine zehntägige Gruppenreise gemacht. Und sie kann vielleicht ein paar Brocken!«

Sonja nahm ihre Brille ab, lehnte den Kopf in den Nacken und unterdrückte ein Gähnen. Ihm fiel auf, dass ihre Gesichtszüge hart geworden waren. Um Mund, Augen und auf der Stirn hatten sich Fältchen eingegraben. Die Mundwinkel zogen nach unten. Das Unterkinn hing schlaffer. Obwohl sie auf die Fünfzig zuging, gehörte sie bisher zu den Frauen, die ihr Äußeres bewahrt hatten. Ihre Frisur war die gleiche wie zu der Zeit, als er sie kennenlernte. Schulterlange, wellige Haare, die sie im Nacken zu einem lockeren Knoten schlang und bei entsprechenden Gelegenheiten, an die er jetzt lieber nicht dachte, herunterließ. Kein einziges graues Haar hatte sie. Das Kastanienbraun war noch immer ihre natürliche Haarfarbe, er hingegen war schon seit Jahren silbergrau. Nach wie vor war sie schlank, wirkte von ihrer Erscheinung her jugendlich. Im Gegensatz zu ihm achtete sie auf ihre Ernährung, joggte sonntagmorgens, wenn er noch schlief, eine Stunde an der Außenalster entlang und verrichtete täglich ihre Morgengymnastik, die sie den wechselnden Fitnesstrends – derzeit

Tae Bo – unterwarf. Um diese Zeit saß er schon längst am Frühstückstisch und schlemmte gemäß der Redensart wie ein Kaiser. Seine Kollegen beneideten ihn um sie, nicht nur wegen ihres juristischen Sachverstandes, sondern auch wegen ihres Äußeren und ihres angeblichen Charmes, den er aber schon seit langem vermisste. Eigentlich hätte er sich glücklich schätzen müssen.

Wenn sie bloß nicht so nüchtern und emotionslos wäre! Wenigstens ist Serena da anders. Obwohl sie ihrer Mutter total ähnlich sieht. Nur jünger eben, dachte er. Aber was ihr Inneres betrifft, da kommt sie doch eher nach mir.

Er wandte den Blick von seiner Frau, begutachtete die Feinkostbecher und stocherte mit der Gabel in den Shrimps, dann im Waldorfsalat herum, zog mit den Zinken waagrechte und senkrechte Linien. Nahm einen Happen auf und balancierte ihn zum Mund. Doch er landete stattdessen auf seiner Krawatte.

Sonja kräuselte die Nase. Sie wartete auf eine Antwort, doch Pracht war damit beschäftigt, den Salat von seiner Krawatte zu entfernen. Nachdem er die letzten Reste beseitigt hatte, schaute er Sonja eindringlich an.

»Den ganzen Tag über funktioniere ich. Im Gericht, in der Kanzlei, bei sonstigen Verpflichtungen. Wenigstens abends will ich mit meiner Frau über meine Tochter sprechen können, die immerhin seit sechs Wochen verschwunden ist.«

Sonja winkte ab.

»Unsere Tochter ist nicht verschwunden, sie hat sich nur seit drei Wochen nicht mehr gemeldet. Sie hat sich sogar telefonisch abgemeldet!«, korrigierte sie ihn. »Hermann, wir haben alles wochenlang zur Genüge durchgekaut! Es bleibt uns nichts anderes übrig, als abzuwarten! Und darauf zu vertrauen, dass Serena weiß, was sie tut!«

»Trotzdem«, beharrte er. »Ihr könnte etwas zugestoßen sein ... womöglich ist sie entführt worden ...«

Sonja lachte kurz auf. »Dann gäbe es Lösegeldforderungen!«

Sie schüttelte den Kopf. »Deine Fantasie geht mit dir durch. Sie wird sich verliebt haben und bleibt jetzt einfach länger als geplant. Oder ...«, sie erhob sich von ihrem Stuhl und machte eine wegwerfende Bewegung mit dem Arm, »... sie hat einfach keine Lust auf ein Leben wie dieses hier!«

Mit diesen Worten verließ sie die Küche. Pracht starrte seiner Frau mit offenem Mund hinterher.

»Niemals«, rief er ihr nach. »Niemals würde sie ihre Karriere aufs Spiel setzen. Das Leben mit Hans-Martin. Hörst du?«

Erst dann dämmerte ihm die Bedeutung ihres letzten Satzes. Er schnappte nach Luft. Auf seiner Stirn bildeten sich kleine Schweißperlen.

»Sonja?!« Seine Stimme klang brüchig.

*

Und nun! Endlich ein Lebenszeichen! Pracht stand vom Schreibtisch auf, trat ans Fenster, schob den Lamellenvorhang zur Seite und öffnete den Fensterflügel. Sonnenlicht und Julihitze flirrten herein. Für Hamburg ein ungewöhnlich heißer Tag. Er warf einen Blick nach draußen, auf die Rothenbaumchaussee, die Platanen, welche die Straße flankierten, den Vorgarten mit blühenden Rosenstöcken und violetten Lavendelbüschen.

Was für ein schöner Morgen, dachte er. Wenn nur dieser Brief nicht wäre. Wenn mein Fräulein Tochter rechtzeitig von ihrer Reise zurückgekommen wäre.

Er träumte sich aus dem Büro. Wir hätten am Nachmittag in den Alsterpavillon gehen und uns unter die Leute mischen können, die dort Eisbecher oder Fürst-Pückler-Torte und ein Kännchen Kaffee bestellen. Die sich über Belanglosigkeiten unterhalten statt über Fälle, Gerichtsurteile und Paragraphen. Den Segelschiffen und Tretbooten nachsehen, wie sie sorglos dahingleiten, dachte er wehmütig.

In Wirklichkeit war er nie mit Serena im Alsterpavillon gewesen und hätte auch heute keine Zeit gehabt.

Ich habe mich viel zu wenig um das Kind gekümmert, hielt er sich vor. Auch um Sonja nicht. Er schluckte, wandte den Kopf und nahm den Brief wieder ins Visier. Für den Bruchteil einer Sekunde zögerte er. Dann atmete er tief durch, riss das Kuvert auf, entfaltete das knittrige, hellblaue Papier und überflog die mit Kugelschreiber gekritzelten Zeilen. Sein Herzschlag geriet aus dem Takt, er schüttelte den Kopf, zwang sich, gleichmäßig und tief aus- und einzuatmen. Schleppend bewegte er sich zum Schreibtisch zurück, ließ sich in seinen Chefsessel fallen. Setzte ein zweites Mal zum Lesen an, langsamer jetzt. Doch die Bedeutung der flüchtig dahingeschriebenen Sätze blieb unverändert. Die wenigen Zeilen verschwammen vor seinen Augen. Sein Magen krampfte sich zusammen, ihm wurde heiß, das Herz stolperte und stotterte.

»Nicht zu fassen!«, stieß er hervor und donnerte mit letzter Kraft die Faust auf die Schreibtischplatte. Die Original-Kaiser-Idell-6631-Schreibtischlampe, die er sich 1970 von seinem ersten Honorar als Anwalt geleistet hatte, fiel scheppernd zu Boden. Seine Frau, deren Büroraum neben dem seinen lag, sowie die neue Anwaltsgehilfin stürzten herein.

»Raus!«, blaffte er die Anwaltsgehilfin an und wedelte mit der Hand Richtung Tür. Serenas Abwege musste nicht gleich die gesamte Kanzlei mitbekommen. Unschlüssig blieb die junge Frau im Türrahmen stehen, beäugte ihn sorgenvoll und machte kehrt. Er rang nach Luft. Seine Hand zitterte, als er seiner Frau Serenas Brief entgegenstreckte.

»Da hast du's! Das Ergebnis deiner Erziehung! Sie kommt nicht mehr zurück!« Seine Worte kamen schleppend. Pfeifend sog er den Atem ein.

Sonja starrte ihn an.

»Dein Herz«, rief sie besorgt. »Reg dich nicht auf, Hermann. Wo sind deine Tabletten? Ich rufe einen Arzt!« Sie hastete zum

Schreibtisch und langte nach dem Telefonhörer.

Er winkte ab.

»Hör dir an, was sie schreibt!«, schnaufte er. »,Versucht auf keinen Fall, mich zu finden. Ich habe hier ein neues Leben angefangen. Zum ersten Mal bin ich glücklich und frei!'«

Der Brief glitt aus seiner Hand. Er schnappte röchelnd nach Luft und sackte in sich zusammen.

2.

Die Fensterläden waren geschlossen. Durch die Ritzen quollen Sonnenstrahlen, in denen Staubpartikel quirlten, und tauchten den Raum in dämmriges Licht. Serena und Haris lagen erschöpft von der Liebe nebeneinander auf der Matratze des Metallbettes, das den größten Teil des Raums einnahm. Schweiß perlte über ihre nackten Körper, bildete kleine salzige Rinnsale.

Seit drei Generationen diente dieses Bett als Ruhe-, Schlaf- und Zeugungsstätte von Haris' Familie. Seine Urgroßeltern hatten aus den graubraunen Findlingen, welche die Mani hervorbrachte, inmitten eines Olivenhains ein bescheidenes Haus errichtet. Ein Steinquader mit Pyramidendach und Fenstern, kaum größer als eine Luke. An der Außenmauer verrostete ein gusseisernes Waschbecken. Einige Schritte entfernt duckte sich unter einer ausladenden Pinie, die die Grundstücksgrenze markierte, ein Holzverschlag – das Klosett, mit Wassereimer und Schöpfkelle. In diesem Anwesen fand seit über hundert Jahren das Leben und Sterben von Haris' Familie statt. Jetzt hauste er, der Letzte seiner Sippe, in diesem mittlerweile baufälligen Haus. Es genügte seinen Ansprüchen.

Haris mochte um die Vierzig sein, so genau wusste er das nicht. Ans Heiraten hatte er nie gedacht. Er lebte in den Tag hinein. Von Beruf war er Steinmetz, arbeitete unregelmäßig. Nur wenn jemand im Dorf gestorben war und die Angehörigen ihn beauftragten, einen Grabstein zu meißeln. Ansonsten hielt er sich mit Dealereien über Wasser. Einige Male hatte er deswegen im Gefängnis gesessen. Im Dorf wusste man über ihn wenig, munkelte jedoch umso mehr. Von Drogenexzessen, schwarzer Magie und — natürlich — Frauengeschichten.

Er entzog sich dem Dorfleben, suchte nicht die Gesellschaft der Männer im *Kafeníon* oder in der Taverne. So wucherten die Gerüchte. Die Dorfbewohner beäugten ihn misstrauisch.

Endgültig für verrückt erklärten sie ihn, als er seine goldbraune Lockenmähne, je nach Laune, zu zwei Zöpfen flocht, zu einem seitlichen Pferdeschwanz zusammenband oder zu einem lässigen Dutt auf dem Hinterkopf steckte. Die jüngeren Frauen des Dorfes indes warfen ihm verstohlene Blicke zu und hingen des Nachts ihren Fantasien nach. Vor allem im Sommer. Dann trug er nichts anderes als ausgewaschene Jeans, die ein locker sitzender Ledergürtel auf Hüfthöhe zusammenhielt.

Seinen Geschlechtstrieb befriedigte er, wenn er Geld hatte, im Bordell oder er riss in der Reisezeit vor dem Bahnhof von Kalamata Touristinnen auf. Das war billiger!

Auf diese Weise hatte er Serena kennengelernt.

*

Sie kam nach siebenstündiger Zugfahrt von Athen aus im Bahnhof von Kalamata an. Die Stadt, im Süden des Peloponnes gelegen, sollte die erste Station ihrer Reise sein. Es war Anfang Mai, Mittagszeit und angenehm warm. Ein Geruch von frühem Sommer, Jasmin, frisch gebackenem Brot, *Soufláki* und Abgasen hing in der Luft. Sie schulterte ihren Rucksack, machte sich auf in Richtung Zentrum, einen Stadtplan in der rechten Hand.

»*Can I help you*? Kann ich helfen?« Ein Mann vertrat ihr den Weg.

Sie sah vom Stadtplan auf und blickte in ein wettergegerbtes Gesicht, umrahmt von schulterlangen goldbraunen Lockenhaaren. Ende dreißig mochte er sein. Verwaschene Jeans trug er, mit Rissen oberhalb des Knies und ein knappes olivgrünes T-Shirt. Zwei grünbraune Augen taxierten sie vom Scheitel bis zu den Zehenspitzen.

Er stellte sich neben sie, sehr dicht, sie reichte ihm bis zu den Achselhöhlen. Sein Schweiß riecht angenehm, irgendwie animalisch, dachte sie. Wie zufällig berührte sein linker Arm ihren Rücken. Interessiert besah er mit ihr zusammen den Stadtplan, deutete mit dem Zeigefinger auf einige markante Punkte und wies mit der Hand in drei verschiedene Richtungen. Seine Fingernägel waren schmutzig.

»Am besten, ich bringe dich«, sagte er entschlossen. Seine Stimme klang angeraut.

Sie warf ihm einen irritierten Blick zu. Während der Bahnfahrt hatte sie den Stadtplan studiert, alles schien ganz einfach zu sein. Die Innenstadt war quadratisch strukturiert. Die Straße, die im Neunzig-Grad-Winkel auf den Haupteingang des Bahnhofs stieß, führte geradewegs zur *Plateía Basiléos Georgíou*, dem Platz, der laut Reiseführer das Zentrum der Innenstadt bildete.

So war es auch. Nach zweihundert Metern hatten sie den Platz erreicht.

»Warte«, sagte er und lief an den Kiosk, kam wieder zurück, in der Hand einen Fünftausend-Drachmen-Schein.

»Kannst du wechseln? Der *Perípteros* kann nicht rausgeben!«

Sie nestelte ihren Brustbeutel aus dem Ausschnitt, kramte nach Münzen und kleinen Scheinen.

»Reicht das?«

Er nahm ihr das Geld aus der Hand, versenkte den Geldschein in seiner Hosentasche, ging wieder zum Kiosk und kam nach einer Weile mit zwei Schachteln Zigaretten zurück. Sie hatte den Rucksack abgestellt.

»Komm, ich lade dich zum Kaffee ein.« Er schwang den Rucksack auf den Rücken und lenkte sie in das größte Kaffeehaus, das sich, neben anderen, an der einen Längsseite des Platzes erstreckte.

»Das ist das berühmteste Café von Kalamata. Das *Galáxia*. Musst du dir merken. Wenn du willst, kann ich dir noch andere Sehenswürdigkeiten zeigen«, erbot er sich.

Serena nickte. Sie sagte nicht viel an diesem Nachmittag. Immer wieder glitten ihre Blicke über diesen Mann. Dieser Fremde zog sie auf merkwürdige Weise an. Sie hätte nicht sagen können, was es war. Die athletische Gestalt, die milchkaffeebraune Haut, die in der Sonne golden schimmerte? Die Haartracht? Sein Geruch nach frischem Gras, Diesel, Meer und Schweiß? Seine Stimme, rau wie ein Reibeisen und doch angenehm warm? Die geheimnisvolle Aura, die ihn umgab? Oder war es eher die fremde Umgebung, die Wärme, das Licht, der ersehnte Abstand zu ihrer Familie und zu Hans-Martin? Sie wusste es nicht.

An diesem Nachmittag zeigte er ihr keine Sehenswürdigkeiten. Das *Galáxia* genügte ihnen. Sie saßen dort, bis die Sonne sich neigte. Serena klebte an seinen Lippen und lauschte gebannt, wie er in schlechtem Englisch mit eingeworfenen deutschen, italienischen und französischen Satzfetzen Legenden von dem mythenumwobenen mittleren Peloponnes-Finger, der Mani, erzählte, von Seide webenden Nonnen in Kalamata und dem schweren Erdbeben, das im Herbst 1986 die Stadt heimgesucht hatte.

Irgendwann fragte Serena nach einem Hotel. Auf Griechisch. Diesen Satz hatte sie in einer der ersten Stunden ihres Sprachkurses gelernt und nie vergessen. Er sah sie verblüfft an und überschüttete sie mit einem Wortschwall. Hilflos zuckte sie mit den Schultern.

Er winkte ein Taxi herbei, das sie zur *Paralía* brachte. Die

Strandstraße war um diese Uhrzeit stark befahren. Sie trennte den feinen Sandstrand mit der Promenade von den Hotels, die sich hier aneinanderreihten. Einige mit Baldachinen über den Eingängen. Andere mit an Seilen befestigten Wimpeln der Länder, aus denen die Gäste kamen. Auf Hochglanz polierte Messingschilder verrieten außer dem Namen des Hotels die Anzahl der Sterne, die ihm verliehen geworden waren.

Serena schüttelte den Kopf. »Zu touristisch. Zu teuer!«, machte sie ihm klar.

Er dirigierte den Taxifahrer hinter die Stadtgrenze, zu einem abseits der Straße gelegenen Campingplatz, der um diese Jahreszeit kaum frequentiert war. Zwischen Palmen und Oleanderbüschen standen mehrere einfache Holzhütten, die Maria, die Besitzerin, vermietete. Hier quartierte Serena sich ein.

»Ich hole dich morgen ab!«, versprach er und fuhr bedächtig mit der schmalen Kante seiner Zigarettenschachtel über ihre Wange.

Für den Bruchteil einer Sekunde drückte er seinen Körper an den ihren. Ihr vegetatives Nervensystem reagierte prompt. Körperhärchen richteten sich auf, sie bekam eine leichte Gänsehaut, die Brustwarzen versteiften.

Der Taxifahrer hupte. Er lief zum Wagen, kam zurück, sagte so etwas wie: »Der Fahrer kann nicht rausgeben«, und, als Serena in Unkenntnis der hiesigen Taxipreise, ihm fünf Tausend-Drachmen-Scheine reichte: »Das langt nicht für die Rückfahrt. Mein Auto steht am Bahnhof!«

Sie steckte ihm einen weiteren Fünftausend-Drachmen-Schein zu. Dann fuhr er davon.

Sie torkelte in die Hütte, warf sich auf die Liege. Ihre Hand tastete über ihren Unterleib, schob sich zwischen ihre Oberschenkel. Sie wusste nicht einmal, wie er hieß!

Den nächsten Tag über hielt sie sich in der Hütte oder in deren Nähe auf, aus Angst, sie könne ihn verpassen.

Er kam abends gegen zehn. Nahm sie wortlos bei der Hand, führte sie hinunter ans Meer, an eine kleine, von Felsbrocken eingerahmte Bucht. Es war Vollmond, das bleiche Mondlicht tänzelte auf dem Meer. Wellen plätscherten in unabänderlichem Rhythmus. Wortlos zog er sie an sich und küsste sie, schälte sie behutsam aus ihren Kleidern, bettete sie auf den Sand. Hastiger jetzt öffnete er die Knopfleiste seiner Jeans, beugte sich über sie und drang in sie ein.

»Ich heiße Haris«, keuchte er, als sie voneinander abließen. »Und du?«

Zwei Nächte vergnügten sie sich miteinander am Strand, dann nahm er sie mit in sein Haus. Im Gegensatz zu den anderen schreckte sie seine heruntergekommene Behausung nicht ab – sie blieb!

*

Serena setzte sich auf und lehnte sich an das Kopfteil des Bettes.

Was tue ich hier?, fragte sie sich. Ihre Blicke streiften durch den Raum. Es war ihr unerklärlich, wie man hier über Jahrzehnte leben konnte. Nachmittagshitze staute sich und umhüllte sie wie eine Wärmedecke. Die Luft war stickig, roch nach Moder, Staub und kaltem Rauch. Außer einem wackligen Holztisch mit zwei Stühlen, einer Kommode, auf der ein alter Fernseher mit einem ausladend gewölbten Hinterteil stand, und eben diesem Bett, in dem sie lagen, gab es kein weiteres Mobiliar. Die Innenwände waren notdürftig verputzt und geweißelt. An einer hingen schwere Bilderrahmen mit verblassten, braunstichigen Porträtaufnahmen von Haris' Vorvätern. Die Fenster, je zwei an der Nord- und der Ostwand des Hauses, waren kaum größer als Schießscharten. Im Sommer sollten sie die Hitze draußen halten, im Winter die Kälte. In einer der Ecken ein Ölofen.

Das Ofenrohr führte in einer gewagten Konstruktion die unteren Dachbalken entlang durch den Raum und verschwand in einer runden Öffnung nahe der Tür nach draußen.

Auf einem Fenstersims stand ein zweiflammiger Gaskocher, an den eine Propangasflasche angeschlossen war. Daneben ein Spülstein mit rostigem Wasserhahn, auf der Ablage ein Geschirrkorb mit wenigen Tellern, Bechern, einer Pfanne und einer Kasserolle. Was die vergilbte Tiefkühltruhe zwischen Spülstein und Eingangstür sollte, erschloss sich Serena nicht, zumal sie leer und nicht an den Strom angeschlossen war. Eine nackte Glühbirne baumelte an einem langen Kabel vom Dachgebälk.

Serena dachte an ihr komfortables Zwei-Zimmer-Apartment, das ihr im Dachgeschoß der elterlichen Villa zur Verfügung stand. Selbst das WG-Zimmer, das sie in Heidelberg bewohnte, war gegen Haris' Behausung eine Luxussuite. Auf Dauer würde sie so nicht leben können.

Haris röchelte ein wenig, drehte sich zur Seite und tastete suchend nach ihrem Körper. Legte seine Hand auf ihren Oberschenkel, atmete wieder ruhig und tief. Ihre Augen flossen streichelnd über seinen nackten Körper, quollen über. Sein Körper war vollkommen. Wie die Statue des Poseidon im Nationalmuseum von Athen.

Hans-Martin kam ihr in den Sinn. Ihr bester Freund seit Kindertagen, mit dem sie sich in Kürze verloben sollte. Ein guter, verlässlicher Mann. Sie liebte Hans-Martin. Irgendwie. Sofort bekam sie ein schlechtes Gewissen. Bewegte sich unruhig hin und her. Ihr Magen klumpte sich zusammen. Sie sollte aufstehen, sich anziehen, dieses Haus verlassen und ihre Reise fortsetzen. Oder am besten zurück nach Deutschland fliegen. Doch sie blieb sitzen.

»Was ist, Baby?«, nuschelte Haris verschlafen und rieb sacht mit seiner schwieligen Handinnenfläche ihren Bauch. Verrieb den Gedanken an Hans-Martin. Verstärkte den Druck jedes

Mal, wenn seine Hand ihren Schamhügel streifte. Das Kreisen seiner Hand versetzte sie erneut in fiebrige Erregung. Ihre Haut prickelte unter tausend kleinen Stromschlägen. Für einen Moment verirrten sich seine Finger in ihre Vagina.

»Bitte nicht schon wieder«, stöhnte sie und räkelte sich.

»Warte, Baby!« Er schien jetzt vollends wach, rappelte sich aus seiner Schlafposition auf, kniete sich über ihre Unterschenkel, umfasste mit beiden Händen ihre Hüften und ruckelte ihren Körper nach unten, sodass sie zum Liegen kam.

Einzelne Sonnenstrahlen tänzelten auf seinem schweißglänzenden muskulösen Körper. Sie sog tief seinen Geruch in sich ein, einen Geruch nach Schweiß, Blut, Manneskraft und wilden Tieren. Serena konnte sich nicht sattsehen, nicht sattriechen. Hans-Martin war nicht länger existent. Haris, immer noch kniend, verharrte in seiner sonnenumfluteten Männlichkeit und schaute ihr tief in die Augen. Sie klammerte sich an den Eisenstäben des Kopfteils fest und wand sich unter seinen Blicken in lustvoller Erwartung.

»Ich kann dir nichts bieten«, sagte er. Nach einer Pause: »Nur das!« Woraufhin sein Kopf zwischen ihren Schenkeln verschwand.

Serena stöhnte, langanhaltend und laut. Das, was er mit ihr tat, hatte sie nie zuvor erlebt. Sie ahnte, dass es noch viele dieser Dinge gab, von denen sie bis jetzt nichts wusste.

»Ich bleibe bei dir! Für immer«, entfuhr es ihr.

Abrupt tauchte sein Kopf auf.

»Wie?«, fragte er.

»Mach weiter«, flehte sie. »Bitte mach weiter.«

Haris bewegte sich jetzt nicht mehr.

»Ich habe meinen Eltern geschrieben, dass ich nicht mehr nach Hamburg zurückkomme«, stöhnte sie.

Er murmelte etwas, das sie trotz ihrer Griechischkenntnisse nicht verstand.

»Bitte, mach weiter!«

Aber Haris war jetzt nicht nach Weitermachen zumute. Er stand auf, zündete sich eine Zigarette an und schritt nachdenklich im Zimmer auf und ab.

3.

Noch am gleichen Nachmittag buchte Pracht für sich und seine Frau einen Flug nach Athen. Von dort aus würden sie mit einem Mietwagen nach Kalamata weiterreisen. Frau Trumpfheller, die Anwaltsgehilfin, wies er an, das beste Hotel der Stadt ausfindig zu machen und eine Suite für drei Personen zu buchen.

Sofort nach Prachts Herzattacke hatte Sonja den Hausarzt herbeitelefoniert. Doch Pracht, obwohl noch immer schwächelnd, widersetzte sich dessen Anordnungen und erst recht einer Einweisung ins Krankenhaus. Er stellte sich stur, ließ sämtliche Argumente an sich abprallen.

»Ich kann ihn nicht zwingen.« Resigniert zuckte der Arzt die Schultern und drückte Sonja eine Schachtel *Tenormin* in die Hand.

»Zweimal täglich einen halben Betablocker vor den Mahlzeiten. Wenn etwas sein sollte, können Sie mich anrufen! Seien Sie sicher, Sie werden mich anrufen!« Kopfschüttelnd verließ er das Büro.

Kaum war er draußen, hievte sich Pracht umständlich von der Besuchercouch, auf die ihn Sonja vorhin zusammen mit der Anwaltsgehilfin gebettet hatte, schlurfte zum Schreibtisch und ließ sich in seinen Chefsessel fallen. Dann beugte er sich leise stöhnend zur Seite und angelte aus der unteren Schublade seinen Diercke-Weltatlas, den er aus Nostalgiegründen dort aufbewahrt hatte.

Wenn seine Kommilitonen in den Semesterferien verreist waren, er aber arbeiten musste, um sein Studium zu finanzieren, kramte er abends seinen Schulatlas hervor, fuhr mit dem Zeigefinger Ländergrenzen, Flüsse, Meeresufer und Höhenlinien der Gebirge nach und träumte sich aus dem spärlich möblierten Zimmer in die weite Welt. Später, wenn ich Anwalt bin und Geld verdiene, dachte er, werde ich alle diese Länder bereisen. Doch als er tatsächlich Anwalt war und viel, sogar sehr viel Geld verdiente, hatte er keine Zeit mehr dafür.

Er schlug die Seite mit der Landkarte von Griechenland auf, nahm den Briefumschlag in die rechte Hand, setzte seine Lesebrille auf, vergewisserte sich noch einmal der lesbaren Buchstaben des Poststempels und begann, nach Städten zu suchen, die mit einem K begannen, ein umgedrehtes V, also ein L, ein A und ein T enthielten, in dieser Reihenfolge. Er prüfte, wie groß die Abstände zwischen den erkennbaren Druckbuchstaben waren. Acht Buchstaben musste der Name der Stadt haben, nach der er suchte.

4.

»Glaubst du, wir finden sie dort? Allein aufgrund eines Poststempels?«, fragte Sonja zweifelnd. Wenn es nach ihr gegangen wäre, wären sie in Hamburg geblieben und hätten abgewartet.

Pracht reagierte nicht, er fühlte sich eingeklemmt zwischen zwei Armlehnen, seiner Rückenlehne und der des Vordermannes, wusste nicht wohin mit Armen und Beinen, zog krampfhaft den Bauch sein. Seine Laune, ohnehin seit Erhalt von Serenas Nachricht nahe dem Nullpunkt, hatte sich noch weiter verschlechtert, als er das Flugzeug betrat und sich samt Handgepäck in einer Menschenreihe vorbei an der Business-Class in die dicht besetzte Economy-Class schob. Da er die

Flüge erst gestern Spätnachmittag gebucht hatte, waren weder bei *Lufthansa* noch bei *Olympic Airways* Plätze in der Business-Class frei gewesen. Verärgert brabbelte er vor sich hin. Auch seine Verhandlungen mit der Chefstewardess hatten kein Upgrade ermöglicht, selbst als er mehrere Geldscheine aus seiner Brieftasche zog.

Sonja, offenbar besserer Laune als er, ließ sich nicht beirren.

»Meinst du wirklich, wir finden sie dort?«, fragte sie wieder.

»Einziger Anhaltspunkt ist dieses Polaroid-Foto, das sie mitgeschickt hat.« Umständlich kramte sie die Fotografie aus ihrer Handtasche.

»Ich verstehe deine Tochter nicht!«, polterte er. »Schau dir diesen Typen an!«

»Sie sieht glücklich aus«, meinte Sonja gedankenverloren.

Eine der Stewardessen schob den Getränkewagen durch den engen Gang. Pracht verzog sein Gesicht, rieb sich das Schienbein und fluchte leise vor sich hin.

»*Sorry, Sir.*«

»Ist vielleicht nach dem Zwischenstopp in Frankfurt ein Platz in der Business-Class frei?«, heischte er.

Ihr berufsbedingtes Lächeln wurde noch breiter. Bedauernd schüttelte sie den Kopf.

»Ich muss was trinken«, sagte er und orderte einen Piccolo.

»Wegen so einem Kerl schmeißt sie ihre ganze Zukunft hin! Ihren Beruf! Ihre Karriere! Mich, ihren Vater! Die Kanzlei! Hans-Martin! Alles, einfach alles! Unfassbar!«

»Hans-Martin würde ich auch nicht heiraten!«, wandte Sonja ein und warf einen neuerlichen Blick auf das Foto.

In hastigen Schlucken leerte Pracht die Sektflöte, unterdrückte einen Rülpser und kippte den Rest aus der Flasche ins Glas. Aus den Augenwinkeln beobachtete er seine Frau, deren Blick noch immer auf dem Foto klebte.

»Was starrst du die ganze Zeit diesen Kerl an? Sag bloß, er gefällt dir!«

»Mein Vater wollte auch nicht, dass ich dich heirate! Erinnerst du dich?«

Und ob er sich erinnerte. Sie hatte seinen wunden Punkt getroffen.

»Ich habe aus der Klitsche deines Vaters die renommierteste Anwaltspraxis Hamburgs gemacht!«, schnaubte er. »Obwohl ich niemals standesgemäß war für deine noble Familie!«

»Was redest du da?«, funkelte sie ihn an. »Klitsche!«

*

Der alte Ehrenreich und sein Sozius betrieben damals eine florierende Kanzlei im Parterre der Gründerzeitvilla, in der sich auch die heutige Praxis befand. Pracht hatte dort eine der sechs Stationen seiner Referendarzeit abgeleistet. Arbeitseifer und Talent des ehrgeizigen Referendars hatten Ehrenreich derart beeindruckt, dass er ihm nach dessen zweiten Staatsexamen eine Stelle als Rechtsanwalt in seiner Kanzlei anbot.

Prachts saloppes Auftreten vor Gericht, seine unkonventionellen Methoden brachten ihm bald einen ausgezeichneten Ruf als Anwalt ein, der dazu führte, dass die Sozietät von Mandanten überlaufen war und weit über die Stadtgrenzen hinaus Bekanntheit erlangte.

Doch als Pracht und Sonja miteinander anbandelten, stieß die aufkeimende Liebschaft bei Ehrenreich auf strikte Ablehnung. Pracht stammte aus kleinen Verhältnissen und hatte sich nach einer Lehre über den zweiten Bildungsweg mühsam nach oben gearbeitet.

Das war zwar ehrenhaft und löblich, doch passte ein solcher Aufsteiger weder in Ehrenreichs gesellschaftliche Schicht noch in die Pläne, die er mit Sonja hatte. Die Tochter sollte in eine alteingesessene Hamburger Familie einheiraten, die Männer seit Generationen Juristen mit exzellentem Ruf. Da mochte Pracht noch so brillant sein als Anwalt, noch so viele Mandanten anziehen. In den Augen Ehrenreichs blieb er ein Emporkömmling.

Nach dem Tod seines Schwiegervaters wurde auf Prachts Betreiben hin die Villa kernsaniert, die Kanzlei um eine Etage und vier Anwälte erweitert, die beiden oberen Stockwerke in eine luxuriöse Stadtwohnung umgebaut, in der Dr. Hermann Pracht mit Gattin Sonja Pracht-Ehrenreich und der gemeinsamen Tochter fortan standesgemäß wohnte.

*

»Er hat mich immer gedemütigt«, stieß er hervor. Schon der bloße Gedanke an seinen Schwiegervater brachte ihn in Wallung. »Nur weil ich ohne Vater aufgewachsen bin, meine Mutter als Bedienung in einem amerikanischen Club gearbeitet hat. Sie musste mich und meine beiden Brüder versorgen. Weißt du, was das hieß in der damaligen Zeit? Immerhin hat sie uns durchgebracht. Deine noble Mutter konnte ihren Lebtag lang keinen Finger krumm machen.« Er schnaufte verächtlich. »Unsere Ehe war immer eine Mesalliance für ihn!«

»Wahrscheinlich hatte er recht. Nimm deinen Arm da weg!«, forderte sie ihn auf und drückte seinen Unterarm zur Seite. »Das ist meine Lehne! Dir gehört die Außenlehne!«

Entgeistert musterte er sie von der Seite.

»Sonja? Was willst du von mir?«

»Nichts mehr!«, entgegnete sie.

»Sonja, bitte!«

»Schau mich an, Hermann!«, forderte sie ihn auf und sah ihm, als er ihr das Gesicht zuwandte, eindringlich in die Augen.

»Zeit!«, sagte sie. »Ich wollte Zeit mit dir. Keine Sorge, jetzt nicht mehr! Ich habe mich an dieses Leben gewöhnt. Ich habe einen Mann, der nie Zeit für mich hat. Der immer nur arbeitet, abends in seine Versammlungen rennt, in seine Vereine, auf Treffen mit Kollegen und sonstige Meetings. Wenn du tatsächlich abends zu Hause bist, sitzen wir in der Küche und reden über unsere Fälle.«

»Weil ich deinem Vater permanent beweisen musste, dass ich ein guter Anwalt bin. Wenn ich schon kein ebenbürtiger Schwiegersohn gewesen bin. Außerdem bist du doch diejenige, die sich krank vor Ehrgeiz die schwierigsten Fälle an Land zieht und keine Zeit hat. Weil du aus irgendwelchen Gründen meinst, du müsstest mich stets übertrumpfen. Vielleicht, weil du keinen Doktortitel hast?«

»Ich musste mich schließlich um das Baby kümmern! Hör auf, irgendetwas in Bezug auf mich zu konstruieren. Mach dir nichts vor. Mein Vater ist vor zehn Jahren gestorben. Und meine Mutter vor lauter Kummer ein paar Monate später. Wem also musstest du etwas beweisen in den letzten zehn Jahren? Mir? Deinen Kollegen? Deinen Liebschaften?«

Pracht spürte, wie ihm Röte ins Gesicht stieg. Er nestelte an seinem Krawattenknoten. Dabei war er doch immer so vorsichtig, so diskret gewesen! Seine Gedanken stoben auseinander wie ein Vogelschwarm. Er kapierte, hier ging es um Schadensbegrenzung. Besänftigend tätschelte er ihren Handrücken. Er schluckte.

»Aber jetzt haben wir Zeit füreinander. Wir fahren doch gerade ...«, er suchte nach den richtigen Worten, »... sozusagen ... äh ... in Urlaub!«

Aber da landete sie schon wieder die nächste Attacke.

»Weißt du noch, wann wir das letzte Mal zusammen geschlafen haben?«, fragte sie unvermittelt. Er schwieg, wusste nicht, was plötzlich in sie gefahren war.

»Aber natürlich wirst du dich daran erinnern können, wann du das letzte Mal mit Frau Trumpfheller, unserer Anwaltsgehilfin, ...«, sie machte eine kurze Pause, kramte nach Worten, schluckte und sprach den Satz nicht zu Ende.

Er nestelte an seiner Krawatte. Die Stewardess kam wieder mit dem Getränkewagen vorbei. Pracht verlangte nach einem weiteren Piccolo.

»Trink nicht so viel!«, ermahnte sie ihn. »Mach dir lieber Gedanken, wie wir unsere Tochter finden!«

5.

Kardamili lag zwanzig Kilometer von Haris' Dorf entfernt. Das Bistro von Thanássis war Treffpunkt der Einheimischen, sozusagen ihr Wohnzimmer. Hier wurde getrunken, gegessen, ferngesehen, geraucht, diskutiert, gestritten, gelärmt, gesungen und manchmal auch getanzt. In einem heruntergekommenen Haus in einem Seitensträßchen gelegen wirkte es wenig einladend für Fremde. Sechsmal in der Woche arbeitete sie hier. Sechs Stunden am Tag, zu einem Stundenlohn von fünfhundert Drachmen.

»*Katapliktikó, moró-mou* - großartig, mein Baby«, meinte Haris, der es wissen musste. Serena hatte keine Ahnung von griechischen Löhnen.

Ihre Reiseschecks waren aufgebracht. Haris hatte neulich auf dem Nachhauseweg einen Unfall gebaut, er selbst keinen, aber sein Pick-up erheblichen Schaden erlitten.

»Wenn demnächst im Dorf einer stirbt, ist alles gut«, meinte er. Nur starb keiner und der rettende Auftrag für einen Grabstein blieb aus.

»Ich könnte Stoff verkaufen«, schlug er vor und warf einen Blick auf die Kühltruhe. Serena sah ihn fragend an. Im Dorf hatte sie aufgeschnappt, dass einige der Bewohner auf den Abhängen des Ridomo, dem zweithöchsten Berg des Taygetos, Cannabis-Plantagen angelegt hatten.

»Dieses Mal komm' ich lange in den Knast, wenn sie mich wieder erwischen«, grübelte er und machte ein bedenkliches Gesicht. »Früher war das nicht schlimm, aber jetzt ... jetzt habe ich Verantwortung. Für dich. Besser, wir kommen auf legalem Weg an Geld!«

Am Tag darauf brachte er sie bei seinem Freund Thanássis unter.

*

An diesem Samstag erschien Leonídas, ihre Ablösung, zwei Stunden später als vereinbart. Thanássis bedeutete ihr mit einem Kopfschnicken, sie könne ihre Arbeit für heute beenden. Endlich.

Acht Stunden hatte sie heute gearbeitet, schwere Tabletts geschleppt, Tische abgeräumt, gewischt, Geschirr gespült, Essen angerichtet. Unablässig hatte der Fernseher gedröhnt. In einer Endlosschleife flimmerten Ausschnitte der gestrigen Eröffnungsfeier über den Bildschirm, unterbrochen von Statements erregter Politiker, Funktionäre, Sportler und sonstiger Promis, die ihre Entrüstung ins Mikrofon peitschten und das Stimmengewirr im Lokal übertönten. Die Spiele hätten nach Athen gehört! Zum hundertjährigen Jubiläum zurück an den Ursprungsort! Darin waren sich alle einig. In den Fernsehstudios und in Thanássis' Bistro. Die Stimmung war aufgeheizt, die Debatten hitzig, ein jeder in seinem Nationalstolz gekränkt.

Trotz des alles überbordenden Themas fanden die meisten eine Gelegenheit, Serena die eine oder andere anzügliche Bemerkung zuzuraunen. Seitdem sich herumgesprochen hatte, dass sie mit diesem Verrückten zusammenlebte, bekam sie geballte Ablehnung zu spüren. Nicht nur von den Männern des Dorfes, auch von den Frauen, vor allem den jüngeren. Es wurde denkbar schlecht über sie geredet. Im Bistro kam es vor, dass Männer zudringlich wurden. Ihr auf den Hintern klatschten, wenn sie das vollgeladene Tablett durch die Reihen balancierte. Oder ihr beim Bezahlen einen zusammengefalteten Geldschein in den Ausschnitt steckten. Andere ergingen sich in ungebührlichen Andeutungen oder zweifelhaften Angeboten. Raunten ihr fragend ins Ohr, wie viel die Stunde denn bei ihr koste und ob sie es auch ohne mache.

Serena atmete erleichtert auf. Sie war mit ihren Nerven und Kräften am Ende. Thanássis drehte die Kurbel seiner Kasse.

Die Schublade sprang auf mit einem blechernen Bing. Er entnahm einen Fünftausend-Drachmen-Schein und meinte großspurig: »Wegen der Überstunden«.

Sie rechnete nach. Drei Mark fünfzig Stundenlohn. Wenn sie in Heidelberg hin und wieder ihre vermeintliche Unabhängigkeit von den monatlichen Überweisungen ihres Vaters beweisen wollte und im *Café Schafheutle* kellnerte, bekam sie das Dreifache. Ohne Trinkgeld, das hier ohnehin ausblieb.

Er zögerte einen Moment, legte den Schein wieder zurück.

»Besser, ich geb' dir das Geld morgen. Nachher kommt noch der Getränkefahrer!«

Serena schluckte, sagte aber nichts, denn sie wollte den Achtzehn-Uhr-Bus nicht verpassen, der letzte, der samstags in Richtung Kalamata fuhr. Doch der verschwand gerade in der Kurve, als sie auf die Straße trat.

Verdammte Kacke, fluchte sie und machte sich auf den Weg. Zwanzig Kilometer lagen vor ihr, steil ansteigende Serpentinen, die sich am Meer entlang wanden. Haris' Stimmung mochte sie sich gar nicht erst ausmalen. Irgendwann würde hoffentlich ein Auto anhalten. Doch im Moment war kein Verkehr. Die Einheimischen klebten vor den Fernsehgeräten und die Touristen waren um diese Zeit noch am Strand.

Schleppend setzte sie einen Fuß vor den anderen. Im Nu war sie schweißgebadet. Noch immer war es drückend heiß, kein Lufthauch regte sich. Der Asphalt flimmerte vor Hitze und klebte an ihren Schuhsohlen. Ihre Schuhe, Ballerinas mit kleinem Absatz und Fesselriemchen, bequem fürs Bistro, waren für solche Strecken nicht gedacht. Ihre Füße brannten. Ein Pick-up brauste vorbei, danach langsamer ein klappriger VW-Bus, doch keiner machte Anstalten, anzuhalten.

Sie schleppte sich weiter. Schritt für Schritt. Ihr Mund war trocken, die Zunge klebte an ihrem Gaumen. In der Eile des Aufbruchs hatte sie nicht daran gedacht, eine Flasche Wasser mitzunehmen. Nach Prosílio, dem nächsten Dorf, etwas abseits der Straße gelegen, waren es bestimmt noch sechs Kilometer.

Sie spürte, wie sich ihr linker Wadenmuskel zusammenzog und hart wurde. Keinen Schritt mehr konnte sie laufen. Der Schmerz war kaum auszuhalten. Sie jammerte, zwang sich, die Ferse nach vorne zu setzen, zog die Fußspitze in Richtung Körper und verharrte einige Minuten, bis der schlimmste Schmerz vorüber war und die Starre nachließ. Mutlos ließ sie sich auf einen Mauerrest sacken. Hier, im Schatten eines Olivenbaums, wollte sie verharren, so lange, bis Haris mit seinem Pick-up anbrettern und sie auflesen würde.

»Na, Haris, das wäre doch mal eine Idee. Loszufahren, mich suchen, abholen«, sagte sie laut.

Sie ballte die Fäuste. Wut züngelte in ihr auf, machte sich breit und verhakelte sich dort, wo ihre Gefühle für Haris saßen. Wieder drängte sich der Gedanke an Hans-Martin auf. Niemals würde der sie im Stich lassen. Er würde sie nicht zum Arbeiten schicken, um den gemeinsamen Lebensunterhalt zu verdienen. Sondern selbst dafür sorgen. Sie seufzte. Noch war es nicht zu spät. Hans-Martin wusste nichts von ihren Eskapaden. Allenfalls konnte er – mit Recht - monieren, dass sie nicht angerufen oder keine Postkarten geschickt hatte. Es sei denn, ihre Eltern hätten geplaudert. Wenn sie nur diesen verdammten Brief nicht geschrieben hätte. Überhaupt – wenn sie sich nur nicht auf diesen Mistkerl eingelassen hätte! Morgen früh würde sie den Bus nach Kalamata nehmen, von dort den Zug nach Athen und mit der erstbesten Maschine nach Hause fliegen.

Alles wird gut, sagte sie zu sich. Alles wird gut!

Doch zunächst musste sie in Haris' Dorf gelangen und ihre Sachen holen. Ohne Wasser lief gar nichts. Sie blieb sitzen, schwächelte. Der Kopfschmerz fühlte sich an, als würden tausend Vögel mit ihren Schnäbeln unablässig auf ihr Schädeldach hacken. Ihr wurde schwindelig.

Ein Wagen flitzte vorbei. Gleich darauf quietschten Bremsen. Surrendes Motorengeräusch, das immer näher kam. Sie sah auf, die Bilder verschwammen vor ihren Augen. Ein roter, ellipsenförmiger Farbklecks auf flirrendem Grau. Das Klappen einer Autotür.

»Kann ich Sie mitnehmen?« Ein Mann stand vor ihr.

»Haben Sie Wasser?«, keuchte sie.

Nach zehn Minuten und einer Flasche *Evian* war sie wieder ins Leben zurückgekehrt. Er fragte nicht, was sie in diese Situation gebracht hatte. In dem karmesinroten Cabrio bretterten sie die Serpentinen hinauf. Über lange Strecken wand sich die Straße linkerhand an einem felsigen Abhang entlang, der steil zum Meer hin abfiel. Serena wagte nicht, hinzuschauen. Eine Haltebucht bot sich vergeblich für den Ausblick aufs Meer an. Er lenkte den Porsche lässig mit der linken Hand, die rechte ruhte auf dem Schaltknüppel in bedenklicher Nähe zu ihrem Knie. An seinem Ringfinger prangte ein Siegelring. Der Ledersitz war kühl.

»Sitzklimatisierung«, erklärte er. »Wollen Sie noch ein *Evian*? Hinter Ihrem Sitz steht die Kühlbox!«

Sie schüttelte den Kopf.

»Ich trinke hier nur *Evian*. Das griechische Wasser ist mir suspekt!« Er lachte. »Wie die Griechen generell!«

Blödmann, dachte sie und beäugte ihn von der Seite. Markantes Profil, glattrasiert, raspelkurze Haare an den Seitenpartien, längeres dunkelblondes Deckhaar, die gegelten Strähnen vom Fahrtwind zerzaust. Die Sonnenbrille, unverkennbar eine Ray Ban, hatte er, da sie die Sonne im Rücken hatten, auf die Stirn geschoben. Er trug weiße zerknitterte Leinenhosen, ein kurzärmliges cremefarbenes Hemd, die Knöpfe offen. Am linken Handgelenk blinkte eine silberne Armbanduhr mit schwarzem Ziffernblatt, bestimmt eine Rolex. Minimalismus im oberen Preissegment, was seine Aufmachung betraf, konstatierte sie. Seitdem sie und ihre Mutter vor ihrer Abreise die Kleider für ihr Verlobungsfest erstanden hatten, kannte sie sich aus. Noch sehr bleich erschien ihr seine Haut. Vermutlich war er erst seit kurzem in Griechenland.

»Sie kommen mir bekannt vor«, sagte er unvermittelt. »Sind Sie auch aus Hamburg?«

»Hört man das?«, fragte sie zurück.

»Nein«, erwiderte er.

»Aus Frankfurt«, log sie.

»Das hört man erst recht nicht!«

»Schauen Sie lieber auf die Straße!« Seine saloppe Fahrweise, die Unbekümmertheit, mit der er den Wagen in die Steilkurven jagte, schlug ihr auf den Magen. Mit beiden Händen umklammerte sie ihren Sicherheitsgurt.

Er grinste. »Sie haben doch nicht etwa Angst?«, fragte er mitleidsvoll und trat noch stärker aufs Gaspedal.

Serenas Blick sprang zwischen seinem rechten Fuß und der Tachonadel hin und her. Ihr war speiübel.

»Achtung! Der Bus!«, schrie sie auf und stemmte beide Arme gegen das Armaturenbrett. Vor ihnen tuckerte, wie aus dem Nichts aufgetaucht, der Bus eine Steilkurve empor. Doch statt das Tempo zu drosseln, beschleunigte er und setzte in einer uneinsichtigen Kehre zu einem waghalsigen Überholmanöver an.

»Manchmal kommen einem hier auch Autos entgegen«, merkte sie mit zittriger Stimme an, als die Gefahr vorüber war, und überlegte, ob sie ihn bitten sollte, sie an der nächsten Bushaltestelle rauszulassen. Doch der Gedanke, dann noch später in Haris' Dorf anzukommen, hielt sie davon ab.

Auf der Gegenspur ratterten zwei der hier üblichen Pick-ups vorbei.

»Besser so?«, fragte er. Sein Blick konzentrierte sich auf die Fahrbahn. »Und Sie kommen wirklich aus Frankfurt?«, wiederholte er.

»Machen Sie Urlaub hier?«, fragte sie, um das gefährliche Terrain zu verlassen.

»Geschäfte! Ich kaufe für meine Firma alte Häuser auf, nein, Straßenzüge, am liebsten ganze Dörfer. Die wandeln wir dann in Luxushotels und Residenzen um. Überwiegend im Süden der Mani. Diese Region ist touristisch im Kommen!« Er rieb Daumen und Zeigefinger, senkte ein wenig die Stimme. »Wenn diese Dörfler eine Million hören, Drachmen, meine ich, bekommen sie bereits einen Glimmerblick! Unter uns - das ist nichts. Jedenfalls für uns. Vor allem nicht bei der monatlich steigenden Inflationsrate.« Er machte eine Pause. »Sozusagen eine Win-win-Situation! Hihi! Und ... seien wir ehrlich, hier brennt es im Sommer ohnehin dauernd. Besser, die Leute bekommen von uns eine Million für ihr Anwesen als zweihunderttausend Abfindung vom Staat für ein abgebranntes Haus. Eine Brandversicherung hat wohl keiner hier!«

»Sie nutzen das finanzielle Nichtwissen der Leute aus, um Profite zu machen?« Argwöhnisch schaute sie ihn von der Seite an.

Auf seiner Wange entdeckte sie eine dünne, verblasste Narbe. Sie war so lang wie die Stopfnadel, mit der sie vor ein paar Tagen Haris' abgewetzten Pullover flicken musste, den ihm vor zwei Jahrzehnten seine Mutter kurz vor ihrem Ableben noch gestrickt hatte. Eine dunkle Ahnung stieg in ihr auf.

»Wenn die sich querstellen, fackeln Sie deren Häuser ab?!«, forschte sie weiter.

Warum erzählte er ihr das? Was bezweckte er damit? Ihr gingen die Einwohner von Haris' Dorf durch den Kopf, die stets freundlich und hilfsbereit waren. Auch wenn sie Haris mit einem gewissen Befremden beäugten und sich ihm gegenüber reserviert verhielten bis zu jenem Zeitpunkt, an dem ein Familienmitglied verstarb. Denn nun schlug Haris' Stunde. Wenn er schweißtriefend mit Sprengeisen, Fäustel und Spitzeisen das harte Gestein traktierte, bis ein ansehnlicher Grabstein entstand, dann war er auf einmal doch einer von ihnen.

Solche arglose Menschen zog dieser Kerl über den Tisch. Wären es lediglich diese Deppen aus Thanássis' Bistro, wäre sie vermutlich weniger empört gewesen. Andererseits ging es hier um etwas Grundsätzliches, Ethisches!

»Beruhigen Sie sich! Was unterstellen Sie mir? Alle unsere Geschäfte bewegen sich im Rahmen der Legalität. Unsere Firma hat seit kurzem einen hervorragenden Rechtsbeistand. Einen jungen Anwalt aus Hamburg, mit bestem Renommee. Wenn Sie aus Hamburg wären, würden Sie ihn bestimmt kennen. Aber Sie sind ja nicht von dort!« Seine Stimme hatte einen lauernden Unterton angenommen. Eindringlich sah er sie an. Seine Hand landete auf ihrem Knie.

Serena zuckte zusammen. Ihr Gesicht begann zu glühen. Nervös zoppelte sie am Saum ihres Minirockes, obwohl sie sich erdenkliche Mühe gab, Contenance zu wahren.

»Nein, ich sagte bereits, aus Frankfurt!«

Sie ergriff seinen Unterarm und führte seine Hand zurück auf den Schaltknüppel.

Inzwischen hatten sie die letzte Serpentine hinter sich gelassen. Serena atmete auf. Die Sonne hatte sich in einen rotgoldenen Ball verwandelt und balancierte, bevor sie zum Untergang ansetzte, auf dem Grat des Gebirgszuges, der sich auf dem benachbarten westlichen Peloponnes-Finger erstreckte. Die Straße hatte das Hochplateau erreicht und wandte sich landeinwärts.

»Hier muss ich raus!« Sie deutete auf das Straßenschild, das den Abzweig in Haris' Dorf anzeigte.

»Sie sind sicher, dass Sie nicht mit mir in meinem Hotel zu Abend essen möchten?« Er verlangsamte das Tempo und zwinkerte ihr zu. »Sie wollen wirklich nicht mit mir ins Hotel? Das glaube ich nicht!«

Ohne ihre Reaktion abzuwarten, drückte er wieder aufs Gaspedal und beschleunigte den Wagen.

»Halten Sie an!«, schrie sie und zog, als er nicht reagierte, mit beiden Händen ruckartig an der Handbremse. Dieser Mann machte ihr Angst.

Der Wagen schlingerte und kam nach einer gefühlten Ewigkeit zum Stehen. Fluchtartig stieg sie aus, knallte die Wagentür hinter sich zu. Sie zitterte am ganzen Körper.

Jedenfalls wusste sie jetzt, wer sie da aufgegabelt hatte. Ein ehemaliger Kommilitone von Hans-Martin, der zweimal durchs erste Staatsexamen gefallen und danach von der Bildfläche verschwunden war. Er war Mitglied der Burschenschaft Germania Königsberg, einer schlagenden Verbindung, die ganz in der Nähe ihres Elternhauses ihr Verbindungshaus unterhielt. Serena, der derartige Männerbünde zuwider waren, hatte seine Gesellschaft stets gemieden und Hans-Martin die bittersten Vorwürfe gemacht, wenn er hin und wieder mit ihm auf ein Bier ausgegangen war. Ausgerechnet dieser Kerl hatte sie aus ihrer misslichen Lage errettet. Hoffentlich hatte er sie nicht erkannt. Und was hatte er da von einem jungen Hamburger Rechtsbeistand gefaselt, den sie kennen würde, wenn sie in Hamburg lebte? Sollte das etwa Hans-Martin sein? Ihre Gedanken begannen zu kreiseln. Was für ein Tag heute! Acht Stunden in Thanássis' Bistro, die Männer dort mit ihren unflätigen Andeutungen, der verpasste Bus. Dazu die Begegnung mit diesem Immobilienbetrüger, dessen Andeutungen sie nicht mehr losließen. Völlig verstört machte sie sich auf den Weg zu Haris' Haus.

Haris lag nackt auf dem Bett, eine Zigarette zwischen den Fingern und blies Rauchkringel ins Dachgebälk. Auf der Kommode schepperte der Fernsehapparat und verbreitete im schummrigen Raum flackerndes blaues Licht. Das gleiche Programm wie im Bistro. Energisch drückte Serena mit spitzem Finger den Ausschaltknopf, überhörte Haris' »Lass an!«, tastete sich zu seiner Liegestatt und sank erschöpft auf den Bettrand. Beugte sich über ihn und küsste ihn.

»Ich bin so froh, dass ich wieder da bin«, flüsterte sie. War es tatsächlich. Ihr Vorhaben, ihn zu verlassen, war nach dieser abstrusen Begegnung verblasst. Haris blies den Rauch aus dem linken Mundwinkel an ihrem Gesicht vorbei und starrte an die Decke.

»Warum kommst du so spät?« Er wirkte ungehalten.

Serena zog die Augenbrauen in die Höhe und warf ihm einen entgeisterten Blick zu. Öffnete den Mund, setzte zu einer Erklärung an, sagte aber doch nichts. Ohnehin konnte sie nichts von dieser Autofahrt erzählen. Haris wäre fuchsteufelswild geworden, wenn er erfahren hätte, dass sie zu einem fremden Mann ins Auto gestiegen war. So sagte sie lediglich »Der Bus hatte Verspätung« und beließ es dabei. Über die Anmache im Bistro konnte sie mit ihm auch nicht reden. Nach der Männerlogik, die hier auf der Mani verbreitet war, war sie selbst schuld, wenn ihr ein Mann dumm kam.

»Hast du für uns gekocht?«, wollte sie stattdessen wissen.

»Kochen ist Frauensache!« Er nestelte an ihrem Top, das kurz über ihrer Taille endete. »Ich will nicht, dass dich andere Männer so sehen! Hörst du? Du siehst aus wie eine *Poutána* – wie ein Flittchen!«

Er zog sie zu sich auf die Matratze.

»Überhaupt will ich nicht, dass meine Frau arbeiten geht!«

Serena horchte auf. »Meine Frau«, hatte er gesagt.

Er fuhr mit der Hand unter ihr Oberteil. »Morgen gehst du einfach nicht mehr hin!«

»Und wovon sollen wir leben?«

»Ich sorg' schon dafür – irgendwie!«, erwiderte er.

»Vielleicht stirbt bald einer im Dorf.« Er sah ihr fest in die Augen. »Vergiss nicht, dass ich dich immer gewarnt habe. Aber du wolltest ja unbedingt bleiben.«

Dann grinste er sie an: »Aber jetzt sorg ich erst mal für was anderes!«

6

Dr. jur. Hermann Pracht und seine Gattin Sonja Pracht-Ehren-reich stiegen standesgemäß im *Filoxénia* ab, dem teuersten Hotel Kalamatas. Es lag am Ende der Strandpromenade, die Uferstraße bog leicht nach links vom Meer ab, um dann in einem beinahe Neunzig-Grad-Winkel nach rechts auf den mittleren Peloponnes-Finger, die Mani, abzuzweigen. Zwischen Kurve und Meer lag das Terrain, auf dem sich der Hotelkomplex erstreckte. Abgesichert zur Straße hin durch eine weißgetünchte kniehohe Mauer, dahinter üppig blühende Oleanderbüsche in Weiß und sämtlichen Rottönen. Das Hotel-gebäude war u-förmig, der Trakt zur Straße hin einstöckig, ebenso der rechte Seitentrakt, dem wiederum ein breites recht-eckiges Gebäude vorgelagert war, in dem Restaurant, Bar und Nightclub untergebracht waren. Die Suiten lagen in der oberen Etage des gegenüberliegenden Seitentrakts, wahlweise mit Blick auf das Taygetos-Gebirge oder das Meer. Zwischen beiden Trakten ein üppiger Garten mit Swimmingpool, dahinter feiner Sandstrand und eine Bucht mit glasklarem Wasser.

Gegen fünf Uhr nachmittags steuerte Pracht den Mietwagen, einen 190er Mercedes, durch das breite Eingangstor vor das *Filoxénia*. Ein Boy eilte die Marmortreppenstufen herunter, riss die Beifahrertür auf und flitze um den Wagen herum. Pracht hatte bereits die Tür geöffnet und schälte sich aus dem Wagen, reckte und streckte sich, sog tief die flirrende, von Blumenduft geschwängerte Luft ein.

»Ahhh«, machte er.

Der Boy zog die beiden Bordkoffer hinter sich her. Mehr Gepäck hatten sie nicht, da sie von einem kurzen Aufenthalt ausgegangen waren. Er geleitete Pracht und seine Frau zur Rezeption, ließ sich die Autoschlüssel aushändigen, um den Wagen dauerhaft zu parken.

In der mit Marmor ausgekleideten Empfangshalle standen mehrere Sitzgruppen aus dunklem, schwerem Eichenholz, dazwischen überdimensionierte Bodenvasen mit üppigen Blumenarrangements. An den Wänden goldgerahmte Spiegel und modernistische Ölgemälde, auf denen grellbunt griechische Gottheiten in Gruppen arrangiert waren.

»Schön, nicht?« Pracht wandte sich seiner Frau zu, die während der vierstündigen Autofahrt kein unnötiges Wort verloren hatte.

Sonja zuckte mit den Schultern.

Der Livrierte hinter dem Tresen empfing sie mit einem offenen Lächeln, legte ihnen nach dem üblichen Willkommensgeplänkel die Anmeldeformulare vor, erbat im Gegenzug die Reisepässe und übergab schließlich hoheitsvoll einen Messingschlüssel, der an einer schweren Holzkugel befestigt war.

»Ihr Gepäck ist schon auf Ihrem Zimmer. Östlicher Trakt, Parterre, letztes Zimmer rechts, Nummer 06, mit Aussicht auf den Pool. Wie gewünscht«, radebrechte er auf Englisch.

Pracht schaute auf Sonja. »Was sagt er? Ich verstehe nur ‚*room*', ‚*pool*' und ‚*sex*'!«

»*Six*«, korrigierte sie.

Als er die schwere Eichenholztür aufschloss, traf ihn der Schlag. Er betrat keine Suite, sondern gemessen an seinen Ansprüchen ein einfaches Hotelzimmer mit der üblichen Raumplanung. Ein schmaler dunkler Flur, links die Tür zum Bad, gegenüber ein Einbauschrank. Danach ein Raum mit Doppelbett, Nachttischen und einer Liege an der Wand. Eine mit bodenlangen Gardinen behangene zweiflüglige Glastür führte ins Freie. Auf der Schrankseite standen zwei Sessel, dazwischen ein runder Couchtisch, eine Art Kommode, in der sich die Minibar befand, obenauf ein Fernsehgerät, auf dem wechselnde Bilder vom Hotel flimmerten.

»Das muss ein Irrtum sein«, erboste sich Pracht, während er aufmerksam die Bildfolge mit den Hotelzimmern, Apartments und Suiten auf dem Bildschirm verfolgte. Er griff zum Telefonhörer, zögerte und reichte ihn an Sonja weiter.

»Du kannst besser Englisch als ich!«

»Ach! Es gibt jemanden, der etwas besser kann als du?«

»Lass, ich kümmere mich.« Er riss ihr den Hörer aus der Hand, knallte ihn auf die Gabel und hastete zornesrot aus dem Zimmer.

An der Rezeption erfuhr er, nachdem der Gärtner hinzu geholt wurde, der etwas Deutsch konnte, dass eine Frau Trumpfheller aus Hamburg von der Kanzlei *Dr. Pracht, Pracht-Ehrenreich & Kollegen* ein Dreibettzimmer mit Blick auf den Pool für ein Ehepaar Pracht reserviert habe. Eine Suite sei kurzfristig leider nicht frei, bedauerte der Rezeptionist.

»Anderes Hotel mit *five stars*?«, radebrechte Pracht und streckte ihm zur Verdeutlichung die Handinnenfläche mit gespreizten fünf Fingern entgegen. »*Five stars?*«

Abrupt verdunkelte sich dessen Gesicht, er murmelte etwas, das wenig freundlich klang und verschwand in der schmalen Tür hinter dem Tresen.

Pracht lief keuchend den langen Flur zurück zum Zimmer und fand Sonja schlafend auf der Liege vor. Sie lag auf dem Rücken, den Kopf zur Seite gedreht mit leicht geöffnetem Mund. Die offenen kastanienbraunen Haare flossen über das Kopfkissen. Ein knöchellanges Negligé umschmeichelte ihren Körper, schimmerte seidig-weiß.

Für einen Augenblick stand Pracht regungslos und beäugte die Frau, die da ausgestreckt auf der Liege lag. Seine Frau. Wie schön sie ist.

Er war überrascht. Wie lange hatte er Sonja auf diese Weise nicht mehr angesehen. Vorsichtig setzte er sich auf den Bettrand, legte seine Hand auf ihren Fußrücken und strich behutsam ihr Schienbein entlang, dabei den Stoff nach oben schiebend. Bis zu ihrem Knie. Er zögerte kurz, dann weiter über den Oberschenkel bis zu der Stelle, an der seine Hand so oft gelandet war, als sie sich, frisch verliebt, in Ermanglung anderer Möglichkeiten auf dem Rücksitz von Sonjas VW-Käfer vergnügt hatten. Behutsam tastete er sich mit Zeige- und Mittelfinger weiter. Sonja räkelte ihren Unterleib und stöhnte leise. Mit kreisenden Bewegungen fuhr er über ihre Scham-lippen, verstärkte den Druck. Dann streifte er, mittlerweile mit drei Fingern, ihre Schamlippen entlang. Sonja stöhnte erneut, etwas lauter diesmal. Daraufhin wurde er mutiger und drang mit seinen Fingern zwischen ihre Schamlippen, umstrich mit langsamen, kreisenden Bewegungen ihre Klitoris, spürte, wie sie größer wurde und sich versteifte, variierte Druck und Geschwindigkeit der Kreisbewegung, verkleinerte den Radius seiner Bewegungen. Mit der anderen Hand griff er ihre linke Brust, stimulierte die Brustwarze und gelangte, da sich Sonjas Körper unter seinen Händen in rhythmischen Bewegungen wand und bog, selbst in einen Zustand fiebriger Erregung.

»Sonja!«, flüsterte er. Ein zweites Mal. Etwas lauter.

Sie schlief. Er verstärkte den Druck seiner Finger, nahm die Hand von ihrer Brust, nestelte hastig an der Schnalle seines Gürtels, dem Hosenknopf und schließlich am Reißverschluss. Zog den Bauch ein, fuhr mit der Hand in die geöffnete Hose, umschloss seinen erigierten Penis mit einer lockeren Faust und ließ seine Hand auf- und abgleiten, erst langsam und sanft, dann immer schneller und fester.

Er keuchte. In diesem Moment schrillte das Telefon.

Er zuckte zusammen, zog hastig seine Hand aus der Hose und seine Finger aus Sonjas Vagina.

Ring – ring. Immer weiter schrillte das Telefon. Sonja riss die Augen auf, schreckte hoch.

»Was ist los? Serena?!« Sie war verwirrt, setzte sich auf, rieb sich die Augen, angelte mit dem rechten Arm nach dem Telefon, das auf dem Nachttisch stand, unablässig läutend.

»Ah, Frau Pracht-Ehrenreich.« Die Stimme klang zuckersüß,

mit heischendem Unterton. »Ich wollte mich erkundigen, ob Sie und Ihr Gatte gut angekommen sind, Mietwagen und Hotelbuchung in Ordnung sind!«

Sonja, schlagartig hellwach, versteifte. Schweigend reichte sie Pracht den Hörer, sprang aus dem Bett und verschwand im Bad.

7.

Am nächsten Tag, einem Sonntag, fuhren sie gegen elf mit einem Taxi in die Innenstadt. Der Fahrer setzte sie mit dem Wort »*Kentro*« an einem großen rechteckigen Platz ab. Hier tobte um diese Uhrzeit das Leben. Motorenlärm, das Knattern der Zweiräder, unablässiges Gehupe, Stimmengewirr vermischten sich zu einem Geräuschbrei, der jedes Gespräch von vornherein zunichtemachte. Stoßstange an Stoßstange wälzten sich Personenwagen und Pick-ups durch die engen Straßen, die an drei Seiten des Platzes vorbeiführten. Mopeds und Motorroller flitzten knatternd und tutend zwischen den Autos hindurch, die Fahrer sorglos und ohne Helm. Die Regeln der Verkehrsampeln schienen außer Kraft gesetzt. Die meisten Fahrzeuge, erkannte Pracht, waren ältere Modelle, die Karosserien eingedellt, verrostet. Gerade noch am Rande der Verkehrstüchtigkeit. Manch einem fehlte ein kompletter Kotflügel. Pracht schüttelte den Kopf.

»TÜV gibt es wohl keinen hier!«, brummte er.

Pracht tupfte sich mit einem weißen Baumwolltaschentuch die Schweißperlen von der Stirn. Er hüstelte, japste nach Luft.

»Was für ein Gestank!«, schrie er Sonja ins Ohr. »Und hier fühlt die sich wohl!«

Sie schoben sich durch die Menschengruppen, die über den Platz flanierten, hin zu der Gebäudezeile, die eine der

Längsseiten des Platzes begrenzte. Sonja immer zwei Schritte voraus. In beinahe jedem dieser Häuser befand sich im Erdgeschoss ein Café oder ein Schnellrestaurant. Davor waren unter Sonnensegeln, überdimensionierten Sonnenschirmen oder Jalousien runde Metalltische, Stühle, Sessel aufgereiht, alle besetzt.

Pracht fluchte. Ihm war es zu heiß, zu laut, zu stinkig.

»Warte auf mich! Nicht so schnell!« Er griff nach Sonjas Hand. Zielsicher lotste sie ihn an einen Tisch, der gerade frei wurde. Erschöpft sank Pracht in einen Metallsessel.

»So!«, meinte sie spitz. »Hier willst du also unsere Tochter finden!« Dies war der erste Satz, den sie seit dem Anruf der Anwaltsgehilfin von sich gab.

Alle seine Beschwichtigungsversuche am gestrigen Abend waren fehlgeschlagen. Sonja hatte eisern geschwiegen und ihn aus großen, mit Kajalstift umrandeten Augen vorwurfsvoll angeschaut.

Selbst als sie auf der Terrasse des Hotelrestaurants saßen, unter einem Himmel, an dem alle Sterne funkelten wie der Orlov-Diamant von Katharina der Großen, dem Geschenk eines in Ungnade gefallenen Liebhabers, mit dem er die Zarin zurückgewinnen wollte. Ein bombastischer Blick auf die Bucht, an deren Ufer sich Lichter vereinzelten und wieder verdichteten, die Stadt Kalamata ein Lichtermeer, ein glitzerndes Diadem, das sich an die Messenische Bucht schmiegte. Ein leiser Windhauch durchwob die Hitze, der Geruch des Meeres, Kerzenschein, gedämpfte Musik. Dazu ein erstklassiges Abendessen.

Pracht allein mit sich und den verwirrenden Gefühlen, die das Erlebnis mit seiner schlafenden Frau ausgelöst hatte. Je länger sie schwieg, umso unbehaglicher fühlte er sich.

Auch wenn dieser erste Satz, den Sonja von sich gab, keine freundliche Botschaft transportierte, so war Pracht doch erleichtert, dass sie überhaupt wieder sprach. Ein Kellner tauchte aus dem Gewirr auf, die Knöpfe seines weißen Herrenhemdes bis zum Brusthaaransatz geöffnet. Schweißflecken unter den Achseln.

Pracht hielt ihm die Polaroid-Aufnahme unter die Nase, fragte auf Deutsch, auf Englisch: »Kennen Sie diesen Mann?«, und erntete einen verständnislosen Blick.

»Kaffee, bitte«, mischte Sonja sich ein, strahlte den Kellner an und deutete auf die Kaffeegläser auf dem Nachbartisch, knipste ihr Lächeln aus, als sie sich Pracht zuwandte.

»Wenn sie sich hier in Kalamata oder in der Nähe aufhält, und das muss sie, denn hier wurde der Brief abgestempelt, dann wird auch wohl irgendjemand diesen Kerl kennen. Einer, der so aussieht, ist sicherlich kein Unbekannter«, konstatierte er. »Warum strahlst du diesen Kellner so an?«

Statt des Kellners brachte eine junge Frau mit einem tiefen Ausschnitt die gewünschten *Frappédes*. Pracht beugte sich über das Glas, bestaunte die Schaumkrone, sog kräftig am Strohhalm und ließ den Kaffee schmatzend durch seinen Mund wandern.

»Gequirlter Nescafé mit kaltem Wasser und Zucker«, konstatierte er. »Sonst nichts!« Schwerfällig schälte er sich aus seinem Sitz. »Ich geh mal rüber zu diesem Kiosk und frag', ob sie eine deutsche Zeitung haben! Gib mir das Foto mit!«

»In der Nähe habe ich im Vorbeifahren das Telefonamt gesehen. Du könntest deine Anwaltsgehilfin anrufen und ihr untersagen, uns im Hotel zu belästigen! Zumindest, so lange ich das Zimmer mit dir teile!«

Pracht kramte nach seinem Taschentuch und tupfte sich erneut die Stirn. »Sonja, Schatz, bitte!«

Sie warf ihm einen tödlichen Blick zu, worauf er sich schleunigst davon trollte.

Sonja richtete sich in dem unbequemen Metallsessel ein, legte die Unterarme auf die Armlehne, atmete tief ein, tief aus, so wie sie das in ihrem Hatha-Yoga-Kurs gelernt hatte, und schaute dem Gatten nach, der sich durch die engen Sitzreihen hin zum Kiosk zwängte. Ihr fiel auf, wie dick er aussah. In Hamburg hatte sie das nie wahrgenommen. Eine regelrechte Wampe schob er vor sich her.

Was diese Trumpfheller bloß an ihm fand? Sein Äußeres war es sicherlich nicht. Sein Geld, sein Ansehen, seine soziale Stellung? Darum ging es vermutlich. Oder hatte das arme Ding einen Vater-Komplex? War sie verliebt in ihn, so wie sie, Sonja, damals, nachdem sie ihm in der Kanzlei ihres Vaters zum ersten Mal begegnet war?

*

Sie stand auf einem Stuhl vor dem mächtigen Bücherregal in dessen Büro, zog aus der oberen Regalreihe den Palandt und begann zu blättern. In diesem Moment ging knarrend die Tür auf. Sie fuhr herum, das Buch fiel ihr aus der Hand und knallte zu Boden.

»Mein Gott, haben Sie mich erschreckt«, herrschte sie ihn an. »Was machen Sie überhaupt hier? Wer sind Sie?«

Er grinste. Seine Blicke wanderten ihre Beine entlang, die unter dem Minirock herausschauten. Verlegen zupfte sie an ihrem Rocksaum. Er bückte sich schnell und hob das Buch auf.

»Der neue Anwalt«, sagte er und deutete eine Verbeugung an. »Auf keinen Fall Ihr Gott!«, setzte er hinzu.

»Aber vielleicht bin ich Ihre Göttin!« Sie stützte sich auf seiner Schulter ab, sprang vom Stuhl, sodass der Fußboden ächzte, und baute sich vor ihm auf. Er war nur unwesentlich größer als sie.

»Verraten Sie mir, was eine Göttin mit einem Gesetzes-kommentar macht?«, fragte er belustigt.

»Ich bin die Tochter!« Sie plinkerte mit den Augendeckeln. »Die folgsame Anwaltstochter studiert Jura in Heidelberg im siebten Semester und schreibt gerade an einer Hausarbeit in Zivilrecht. Bevorzugt nachts. Arbeiten Sie auch immer nachts?«

»Wenn's sein muss, schon!«

»Lassen Sie sich bloß nicht ausbeuten von meinem alten Herrn! Der tendiert qua seiner Herkunft zur Ausbeutung!«

»Keine Sorge«, knurrte er. »Wenn mich einer ausbeutet, dann bin ich es selbst.«

Sie standen sich gegenüber und musterten einander neugierig. Er hatte dunkelblonde Haare und warme, braune Augen. Ein wenig erinnerte er sie an Robert Redford in *Sundance Kid*. Nur ohne Schnauzbart. Er gefiel ihr.

Sie neigte den Kopf leicht zur Seite.

»Würden Sie sich von mir ausbeuten lassen?«, fragte sie kokett. »Es geht um Rücktritt vom Kaufvertrag seitens des Verkäufers bei nicht fristgerechter Zahlung des Kaufpreises für einen bereits anbezahlten Neuwagen trotz angemessener Nachfrist mit Ablehnungsandrohung.«

Statt eine Antwort abzuwarten, stürmte sie nach oben in die Wohnung und holte ihre Unterlagen.

*

Sonja seufzte. Das alles lag weit zurück. Heute ging es nur noch um Fälle und Mandanten, die Kanzlei, die Angestellten. Darum, wie das viele Geld, das sie verdienten, angelegt werden sollte. Zeit füreinander hatten sie schon längst keine mehr. Ihre Liebe und ihr Leben waren auf der Strecke des beruflichen Erfolgs zurückgeblieben.

Neidvoll betrachtete Sonja all die gut gelaunten Menschen, die ringsum an den Tischen saßen, sich lauthals unterhielten, lachten, an ihrem Kaffee nippten, von Cremetörtchen naschten und den Eindruck erweckten, als verfügten sie über alle erdenkliche Zeit der Welt. Nichts auf der Welt schien wichtiger, als hier in diesem Café zu sitzen.

Diese Leichtigkeit des Seins war ihr abhandengekommen. Sie seufzte. Wieder kam ihr in den Sinn, dass Serenas Entscheidung vielleicht doch die bessere war. Sicherlich, Hans-Martin war ein intelligenter, gutaussehender, netter junger Mann aus bestem Hause, hin und wieder sogar mit einer bescheidenen Portion Charme ausgestattet. Obwohl erst Anfang dreißig, war er finanziell bestens gestellt, sein Ruf als Anwalt bereits hervorragend. Kurzum, Serena würde ein ähnliches Leben bevorstehen wie das ihrige. Sollte sie ihr das tatsächlich wünschen?

Plötzlich entdeckte sie Pracht. Er kam aus der Richtung des Kiosks und kämpfte sich mit rudernden Armen durch die Stuhlreihen, bemüht, den dicken Bauch einzuziehen. Immer wieder musste er warten, bis jemand seinen Stuhl näher an den Tisch gerückt hatte, damit er vorbei kam. Einmal winkte er ihr sogar zu. Doch sie tat, als sähe sie das nicht. Mein Robert Redford, dachte sie mit einem Anflug von Wehmut. Was ist nur aus ihm geworden!

Schnaufend stand er an ihrem Tisch. Schweiß rann ihm übers Gesicht. An der Spitze seines Kinns hing ein dicker Schweißtropfen, der auf die Tischplatte tropfte. Gerade noch rechtzeitig hatte Sonja ihr Glas mit dem *Frappé* zur Seite geschoben. Prachts weißes Herrenhemd aus Baumwoll-Batist war durchgeschwitzt.

»Hier, ich hab´s!« Er fuchtelte mit einem Zettel vor ihrem Gesicht herum. »Das ist die Adresse von diesem Kerl, wegen dem deine Tochter alles hinschmeißen will! Ein Glücksfall. Der Kioskbesitzer kann ein paar Brocken Deutsch. Hab' ihm das Foto gezeigt! Klar doch, dass so einer stadtbekannt ist.«

»Hast du dir mal überlegt, ein paar Kilo abzunehmen?«, fragte sie. »Das würde dir bestimmt guttun!«

Er ließ sich in seinen Sessel fallen, fuhr mit dem Unterarm über die schweißnasse Stirn.

»Hier ist es wie im Glutofen!«, stöhnte er. Mit unbeteiligtem Gesicht ließ er einfließen: »Unsere Anwaltsgehilfin habe ich auch angerufen und ihr gesagt, dass wir später als geplant zurückkommen.« Er machte eine Pause und wartete ab, wie Sonja reagierte. Doch außer einem spitzen »So?« hatte sie nichts beizufügen. »Wir werden Urlaub machen. Hier. Wir drei. Ich, du, Serena. So etwas hast du dir doch immer gewünscht! Ist das nicht schön?« Er rieb die Hände. »Freust du dich, mein Schatz? Urlaub! Wann hatten wir das letzte Mal Urlaub?«

Sonja schaute Pracht mit großen Augen an, ließ ihren Blick auf ihm ruhen, so lange, bis er begann, auf seinem Sessel hin und her zu rutschen.

»Schatz, sag was! Freust du dich denn nicht auf unseren Urlaub?« Er tätschelte jovial ihr Knie. »Komm, bitte, lass uns beratschlagen, wie wir am besten unser Kind da raus holen.«

»Woraus genau?«, fragte sie mit scharfer Stimme. Und als Pracht nicht antwortete: »Hermann, lass uns zurückfliegen. Das ist das Beste für alle Beteiligten!«

8.

Die Nacht war samtig und scharf. Ihre Körper klebten aneinander. Mittagssonnenlicht zwängte sich durch die Fensterlöcher und verbreitete eine dämmrige Helle. Serena hatte in der Nacht wirres Zeug geträumt. Noch immer in ihrem Traum gefangen, döste sie eine Weile mit geschlossenen Augenlidern vor sich hin. Dann löste sie sich behutsam von Haris' Körper. Als ihr die Tageszeit bewusst wurde, sprang sie mit beiden Beinen aus dem Bett.

»Haris, du musst mich fahren. Ich habe verschlafen!«

Doch Haris machte keinerlei Anstalten aufzustehen.

»Verschlafen gibt es nicht! Der Körper holt sich den Schlaf, den er braucht!«, brummte er.

Sie setzte Wasser auf, bereitete zwei Becher Nescafé zu und trug sie zum Bett. Haris lehnte mittlerweile mit dem Rücken am Kopfende des Bettes, zündete die erste Zigarette an und blies Rauchschwaden ins Dachgebälk. Auf seiner Stirn hatten sich zwei dicke Denkerfalten gebildet.

»Mach mal den Stecker von der Tiefkühltruhe in die Dose«, ordnete er an.

»Warum?«

»Frag nicht, tu einfach, was ich sage!« Er verfiel wieder in nachdenkliches Schweigen.

Als Serena ihm den Becher mit Kaffee reichte, tauchte er auf aus seiner Gedankenwelt und fuchtelte abwehrend mit der Hand.

»Keinen heißen Kaffee. Nicht bei dieser Hitze.«

Dabei stieß er mit der Hand an den Becher und die heiße Brühe ergoss sich auf seinen Bauch.

»Pass doch auf.« Er warf ihr einen bitterbösen Blick zu.

Schnell beugte sie den Kopf über seinen Bauch und schleckte die Kaffeelache auf. Wegen einer derartigen Lappalie wollte sie keine Missstimmung aufkommen lassen. Der gestrige Tag saß ihr noch immer in den Knochen.

»Besser?«, fragte sie.

Er drückte ihren Kopf in Richtung seines Genitals.

»Sehr gut!«, stöhnte er.

Eine Stunde später brachen sie auf. Haris, sichtlich gut gelaunt, sang mit tiefer, blecherner Stimme sämtliche Strophen von »*Énas alítis péthane* – ein Herumtreiber ist gestorben«, dem einzigen *Rembétiko*, den er auswendig konnte. Sie tuckerten in dem notdürftig reparierten Pick-up die Dorfstraße entlang. An der Kreuzung, an der Serena gestern aus dem Porsche-Cabrio geflohen war, bog er links ab.

»Rechts!«, rief sie. »Nach Kardamili. Ich muss ins Bistro!«

Er schüttelte den Kopf. »Habe ich dir gestern nicht verboten, dorthin zu gehen?«

»Du hast gesagt, du willst nicht, dass deine Frau arbeiten geht!«, zitierte sie ihn, betonte das ‚deine Frau', um zu sehen, wie er reagierte. »Das ist ein Unterschied!«

»Das ist dasselbe! Wenn ich dir was verbiete, dann ist das so«, erwiderte er. »Wir machen jetzt einen Ausflug auf den Ridomo. Du bist schon so lange hier und warst noch nie auf dem Ridomo.«

»Wir brauchen das Geld!«, entgegnete sie.

»In Kürze haben wir mehr Geld als wir ausgeben können!«, brüstete er sich.

»Thanássis schuldet mir von gestern fünftausend Drachmen!«, wandte sie ein.

Abrupt trat er auf die Bremse. Serena prallte mit der Stirn an die Scheibe.

»*Pròs'eche, maláka* - Pass auf, du Wichser!«, schrie Haris.

Der greise *Barba* Dimitris täppelte gestützt auf seine dreibeinige Gehhilfe über die Straße und winkte, als er unversehrt die andere Seite erreicht hatte, Haris dankend zu.

»Na, wer sagt's denn. Beinahe ein Grabstein«, grinste Haris. Erschrak, als er Serenas blutverschmierte Handinnenfläche, dann die Platzwunde auf der Stirn sah.

»Oh, *moró-mou*, das wollte ich nicht. Hätte ich besser den Alten überfahren.«

Er fuhr rechts ran, zerrte so lange an seinem T-Shirt, bis er ein Stück Stoff in der Hand hielt, tupfte behutsam ihre Wunde und küsste sie zwischendurch abwechselnd auf Mund, Nasenspitze und Augenlider. Nachdem er den Blutfluss gestoppt hatte, begutachtete er die Wunde.

»Keine große Sache. Du musst nicht zum Arzt!«

Er warf den blutgetränkten Lappen aus dem Fenster, ließ den Motor aufheulen, wendete und fuhr in Richtung Kardamili.

Sie entdeckte den Wagen bereits, als sie in die Seitenstraße einbogen. Schräg gegenüber von Thanássis' Bistro parkte der karmesinrote Porsche. Sonnenstrahlen tänzelten, reflektierten auf der Karosserie und versahen das Cabrio mit einem unheilrot flimmernden Heiligenschein. Etwas, das sich anfühlte wie eine Stromwelle, durchlief ihren Körper. Konzentrierte sich im Brustkorb und löste ein feines Vibrieren aus, das sich bis zu ihrem Kopf fortsetzte. Diesem Kerl wollte sie kein zweites Mal begegnen.

»Wow!«, entfuhr es Haris, als er seinen Pick-up in die Parklücke hinter diesen unerfüllbaren Traum von Automobil jonglierte.

»Baby, wenn wir Geld haben, kaufe ich mir auch so einen. Also uns. Nächste Woche. Verlass' dich drauf. Ich chauffiere dich damit überall hin. Wo immer du hin willst.« Er schnappte nach Luft. »Selbst nach Hamburg. Zu deinen Eltern. Sie werden begeistert sein von mir, wenn ich ihre Tochter in einem solchen Wagen vorfahre.«

Nachdem sie keine Anstalten machte, auszusteigen: »Du kommst nicht mit?«, fragte er enttäuscht. »Los. Wir lassen uns von Thanássis ein Bier ausgeben und kassieren deine fünf-tausend Drachmen. Danach sagen wir, dass du nicht mehr bei ihm arbeiten wirst, weil ...«, er machte eine kurze Pause, »... wir nächste Woche mit einem roten Porsche Cabrio nach Deutschland fahren. Zu meinen Schwiegereltern!« Er lachte und strahlte übers ganze Gesicht.

»Ich glaube, es ist besser, wenn ich hier auf dich warte. Umso schneller kommen wir auf den Ridomo!«

Sie war bombensicher, dass dieser Betrüger im Bistro saß auf der Suche nach weiteren Opfern für seine dubiosen Immobilien-geschäfte. Warum sonst würde sein Wagen ausgerechnet hier parken? Touristen verirrten sich selten hierher.

»Na gut.« Haris küsste sie auf den Mund. »Bin gleich zurück, und dann geht's los.«

Er kam nicht gleich zurück. Ungeduldig trippelte sie neben den geparkten Autos auf und ab, litt unter der Mittagshitze, setzte sich auf die Treppenstufen eines Hauseingangs, sprang auf, ging wieder auf und ab. Das Bistro beständig im Visier, als wolle sie Haris mit ihren Blicken heraussaugen aus dem, was darin vor sich ging. Ihr schwante Böses. Haris war, als sie aufbrachen, wild entschlossen gewesen, schnellstens auf den Ridomo zu fahren. Durch Belanglosigkeiten würde er sich nicht aufhalten lassen. In ihrem Magen breitete sich ein flaues Gefühl aus. Außerdem hatte sie Kopfschmerzen. Vorsichtig betastete sie die Wunde auf ihrer Stirn. Noch immer sonderte sie ein klebriges Sekret ab. Sie hätte darauf bestehen sollen, zu einem Arzt zu gehen. Aber hier auf der Mani machten die Leute nicht viel Aufheben um solche Kleinigkeiten, die Natur würde es richten.

Endlich sah sie Haris in der Eingangstür auftauchen. Er verzögerte seinen Schritt, schaute nach hinten, als ob ihn jemand mit Worten zurückhielte. Sogleich schlug Serenas Herz schneller, als sie ihn stehen sah, so hünenhaft mit seiner goldenen Mähne, eingerahmt von einem Türstock aus Eichenholz, umflutet von Sonnenlicht. Hans-Martin, der gestern einen überlebensgroßen Platz in ihrer Gefühlswelt eingenommen hatte, war wieder auf ein Minimum geschrumpft.

Haris trat auf die vorgelagerte schmale Veranda, schaute sich suchend um und schlenderte betont langsam über die Straße. Er schnippte seine Kippe auf den Boden und bedeutete ihr mit einem Kopfnicken, einzusteigen. Sie versuchte, in seinen Gesichtszügen zu lesen, doch seine Miene wirkte unbeteiligt. Fast gleichzeitig ließen sie sich auf ihre Autositze fallen.

»Hier!« Haris knallte drei Tausend-Drachmen-Scheine auf die Ablage. »Dieser Verbrecher! Den Rest hat er einbehalten, weil du nicht gekommen bist heute!«

Das ist es also, dachte sie erleichtert.

Er legte den ersten Gang ein, warf den Motor an, ohne auf die Kupplung zu treten. Der Pick-up machte einen Satz vorwärts und touchierte mit dumpfem Knall die Stoßstange des Cabrios.

Serena wurde nach vorn geschleudert und konnte sich gerade noch rechtzeitig mit beiden Händen am Armaturenbrett abstemmen, bevor sie ein zweites Mal an die Frontscheibe knallte.

»*Óppa*«, machte Haris, setzte ein Stück zurück, drückte aufs Gaspedal, fuhr ein weiteres Mal auf das Cabrio auf.

»*Óppa, óppa!*«

Ein drittes Mal.

»*Óppa, óppa, óppa!*«

Im Türrahmen erschienen wild gestikulierend Thanássis und der Cabrio-Fahrer.

»Ha!«, donnerte Haris und drohte den beiden mit der Faust. Rangierte den Pick-up aus der Parklücke und brauste davon.

Sie tuckerten die Landstraße zurück. Haris saß mit nach vorne geneigtem Oberkörper hinter dem Lenkrad und kniff die Lippen zusammen. Den Blick starr auf die Straße gerichtet, die sich steil den Berg hinaufwand. Sein Fuß drückte aufs Gaspedal, als gelte es, das *Pikes Peak International Hill Climb* zu gewinnen. In jeder Serpentine verlor der Pick-up an Geschwindigkeit. Haris fluchte, schlug mit der flachen Hand auf den Lenker, traktierte das Gaspedal. Angespannt beobachtete Serena ihn von der Seite.

»Verdammt, jetzt sag halt, was du hast!« Immer musste sie seine Befindlichkeiten erraten.

Haris überhörte ihre Fragen. Konzentrierte sich auf die Straße, als ob dort das Weltgeschehen stattfände. Serena war Luft für ihn. Irgendetwas – sie befürchtete, im Zusammenhang mit ihr – musste in diesem gottverdammten Bistro vorgefallen sein. Aber warum redete er nicht? Warum behandelte er sie derart abfällig?

Seitdem sie hier auf der Mani war, hatte sie zur Genüge das patriarchalische Gehabe der Männer, auch der jungen, mitbekommen. Deren Auffassung von männlicher Ehre. Die Wichtigtuerei aufgrund ihres Geschlechts. Anfangs hatte sie sich darüber empört, mittlerweile amüsierten sie derartige Lächerlichkeiten nur noch. Über Haris jedoch konnte sie sich heute nicht amüsieren, denn er übertrieb gewaltig.

Sie seufzte. Hans-Martin! Immer, wenn es kompliziert wurde, kam ihr Hans-Martin in den Sinn. Wie einfach und klar war das Leben mit ihm. Sie sah ihn vor sich, mit seinen gescheitelten, aus der Stirn gekämmten braunen Haaren, den blitzgescheiten Augen und seiner ultradünnen Titanbrille. Voraussehbar. Beständig. Verlässlich. Durchorganisiert. So wirkte er. Mit einem Wort, resümierte sie, langweilig! Wieder stieß sie einen Seufzer aus, so laut, dass Haris ihr einen kurzen Blick zuwarf.

Trotzdem! Die Sache mit Haris hatte keine Zukunft, das wusste sie seit Anbeginn. Diese Liebschaft entbehrte jeglicher Vernunft. Nicht nur wegen seiner Lebensumstände und seines Machogebarens. Manchmal malte Serena sich Haris in Hamburg aus, als Mann an ihrer Seite. Bei einem Essen mit Anwaltskollegen, zu dem er sie begleiten musste. Im Anzug. Einem Dreiteiler mit einreihigem Drei-Knopf-Jackett plus Weste. So, wie sich Juristen anzuziehen pflegten. Die Krawatte erließ sie ihm in ihrer Vorstellung. Den Kragen seines schneeweißen oder hellblauen Herrenhemdes durfte er zwei Knöpfe weit offenlassen. Dazu geschlossene dunkle Schuhe mit schwarzen Socken. Die begrenzten Konversationsmöglichkeiten wegen mangelnder Sprachkenntnisse und Bildung. Seine Tischmanieren würden alle in höfliches Erstaunen versetzen und hinter ihrem Rücken einen Sturm der Entrüstung auslösen.

Ihr war klar, sie würde nach Hamburg zurückfliegen, ihr Referendariat beginnen, sich mit Hans-Martin verloben, ihn heiraten, ein oder zwei Kinder bekommen, als Anwältin arbeiten. Die Sonntage wären mit Besuchen bei seiner und ihrer Familie gespickt, zweimal im Jahr würden sie in den Gerichtsferien für vierzehn Tage verreisen. Die Hotels, in denen sie abstiegen, die Zimmer, das Frühstücksbuffet, überall gleich auf der Welt.

Noch war sie innerlich nicht bereit. Selbst wenn Haris in der Fahrerkabine vor sich hin schmollte, sie ignorierte, weil ihn anscheinend etwas in seiner Mannesehre verletzt hatte, fühlte sie sich mit ihm tausendmal besser als mit Hans-Martin. Mit Haris spürte sie, dass sie lebte!

Zögerlich legte sie ihre flache Hand auf Haris' Oberschenkel, so, wie sie es immer tat, wenn sie mit dem Pick-up unterwegs waren. Mit einem Kopfschlenker signalisierte er, sie solle ihre Hand dort wegnehmen.

Sie wandte sich ab, ruckelte näher zur Wagentür und lehnte ihren Kopf an den Fensterrahmen. Felsabhänge, rau und kahl, rauschten vorbei. Sie hatte keinen Blick für die Landschaft. Der Fahrtwind zerstäubte ihre Tränen.

»Wir sind da.« Seine Stimme klang belegt. Riss sie aus ihrem Gedankenknäuel. Der Schotterweg, der in langen Kurven den Berghang hinauf führte, verlor sich in einer Geröllhalde. Haris stellte den Motor ab. Der Pick-up vibrierte und dieselte nach, bis er schließlich mit lautem Knall abstarb.

Die Sonne brannte weiß verschleiert vom Himmel. Die Luft stand, kein Geräusch war zu hören. Nur das Knirschen ihrer Schritte auf dem Felsschutt. Der Anstieg war steil.

Haris stapfte voran. Bei jedem Tritt sanken Serenas Füße bis zu den Knöcheln ins Geröll. Ihre Beine wurden schwer. Sie keuchte, fiel zurück. Schweiß rann über ihre Stirn und lief stechend in die Augenwinkel. Sie wischte mit dem Handrücken über die Augenlider, den Blick angestrengt auf den Boden gerichtet, auf ihre Füße. Einen Fuß vor den anderen setzte sie. In gleichem Abstand, langsam, Tritt für Tritt.

Schließlich erreichte sie das Hochplateau. Sie schleppte sich noch einige Schritte und sank erschöpft auf einen Felsblock. Streckte die Beine aus, ließ die Füße kreisen. Riemchensandalen waren kein geeignetes Schuhwerk hier oben. Der Boden war ausgedörrt und rissig, weite Teile mit welkem Gras und niederem Dornengestrüpp bedeckt, vereinzelt schossen Disteln mit purpurroten Röhrenblüten in die Höhe.

Haris war nirgends zu sehen. Wieder hatte sie kein Wasser dabei. Mund und Kehle waren ausgetrocknet. Sie schnappte nach Luft. Ihr Herz hämmerte dumpf.

Im Westen erstreckte sich in einiger Entfernung tief unten das Meer, glatt wie eine Silberfolie, auf der das Spiel der Sonnenstrahlen funkelnde Reflexionen erzeugte. In terrassierten Steillagen Olivenhaine und Orangenplantagen, die sich in changierendem Grün langsam auslaufend bis zum Meer hinzogen. Irgendwo glaubte sie, die lehmbraunen Ziegel von Haris' Haus zu erkennen. Der Anblick des Meeres beruhigte sie.

Sie atmete langsam und tief, um wieder in einen gleichmäßigen Atemrhythmus zu gelangen, vor allem, um nicht in Panik zu verfallen. Haris war wie vom Erdboden verschluckt. Die Totenstille hier oben verstörte sie. Außer der zum Meer gewandten Seite des Plateaus nichts als Berge und über ihr der wolkenlose Himmel. Das tonnenschwere satte Blau drückte sie nieder.

Sie legte die Hände trichterförmig an den Mund. »Haris«, rief sie in die beängstigende Stille, »Haris.«

Doch statt einer Antwort schallte das Echo seines Namens zurück. Hinter der verfallenen Siedlung zogen steile, schütter bewachsene Hänge zum Hauptkamm des Taygetos. In einer Felsspalte glaubte sie, einen Wasserfall zu erkennen.

Ihre Zunge klebte am Gaumen. Sie kniff beide Augen zusammen, hielt die flache Hand vor die Augenbrauen. Tatsächlich! Sie setzte sich in Bewegung, ihr Ziel fest im Blick. Sie tappte über ausgetrocknete Erde, darauf bedacht, sich nicht in dem dornigen Gestrüpp zu verfangen, das den Boden entlang wucherte.

Plötzlich entdeckte sie Haris, der am Fuß des Wasserfalls in einem Kanister Wasser auffing und zu einer der Hausruinen schleppte. Dort verschwand er aus ihrem Blickfeld.

Neugierig näherte sie sich dem verfallenen Gebäude, vernahm auf einmal in der Stille ein leises Motorengeräusch, das lauter wurde, je näher sie kam. Durch die Fensterlöcher schimmerte helles Grün, hin und wieder tauchte Haris' Kopf auf.

Als sie vor der bröckelnden Fensteröffnung stand und die fächerförmigen Blätter erkannte, hatte sie Gewissheit. Haris baute hier oben Cannabis an. Deshalb machte er sich beinahe täglich für Stunden davon. Er musste sich um die Bewässerung kümmern.

Entschlossen stieg sie über die von der Witterung ausgewaschenen Mauersteine, die einstmals die Türschwelle gebildet hatten. Vor ihr erstreckte sich ein Feld mit Hanfpflanzen, etwa so groß wie ein Aufschlagfeld eines Tennisplatzes. Die rückwärtige Hauswand und eine der Schmalseiten existierten nicht mehr.

Haris war dabei, die Pflanzen zu wässern. Sie blühten weiß und violett, waren also, soviel wusste Serena, reif für die Ernte. Deshalb hatte er am Morgen von viel Geld und dem Kauf eines Cabrios gefaselt.

Er schreckte auf, als sie sich zwischen den mannshohen Pflanzen hindurch einen Weg zu ihm bahnte. An seinem Oberkörper perlten Wassertropfen herab, seine Jeans waren nass.

»Was machst du hier?«, fuhr er sie an und ließ den Wasserschlauch sinken. »Keinen Schritt weiter! Geh sofort zurück!«

Serena zuckte hilflos mit den Schultern.

»Keine Sorge. Ich verrate niemandem etwas!« Sie verstand seine Angst nicht, denn im Dorf war es längst ein offenes Geheimnis, dass so mancher Olivenbauer auf dem Ridomo seine Pflanzen züchtete.

»Ich habe Durst!«, sagte sie kläglich.

Er streckte ihr eine vergilbte Plastikflasche entgegen. Misstrauisch beäugte sie die Flasche.

»Kannst du trinken. Ist Quellwasser!«

Doch als sie danach greifen wollte, zog er die Flasche wieder zurück und drückte sie mit der linken Hand fest an seine Brust. Mit der anderen ergriff er Serenas Handgelenk und zog sie brüsk an sich heran. Sein Gesicht näherte sich bis auf wenige Zentimeter dem ihren.

»Wenn das weitergehen soll mit uns«, donnerte er und funkelte sie mit seinen grünbraunen Augen an, »dann versprich mir jetzt und hier, wo der Himmel so dicht über uns ist und wir Gott so nah sind, dann versprich mir, dass du nie wieder zu einem fremden Mann ins Auto steigst!«

Am Abend dann die Versöhnung.

Haris hatte ihr noch voller Stolz die Motorpumpe, sein Bewässerungssystem und das kleine Wasserreservat gezeigt, das er unterhalb des Wasserfalls angelegt hatte. Danach noch einige Zweige abgeschnitten, die er zu Hause trocknen wollte. Sie waren nebeneinander zum Pick-up gelaufen und im gleißenden Rot der untergehenden Sonne zurück ins Dorf gefahren. Unterwegs hatten sie kurz angehalten, eine Flasche *Retsína*, Fladenbrot, Tomaten und eine Tüte voller *Souflákia* gekauft.

Die Hitze, die im Raum stand, überkam sie wie eine Fieberwallung. Sie lagen auf dem Bett. Nackt, verschwitzt. Auf den beiden Stühlen, die sie als Ablage für ihr Essen und die Flasche *Retsína* benutzten, brannten mehrere Kerzen und verwandelten die Dunkelheit des Raumes in ein Spiel aus Licht und Schatten.

Serena schmiegte sich an ihn. Sie fühlte sich lebendig und leicht. Sie war glücklich. Haris gesprächig. Erzählte von seiner Plantage, die er letztes Jahr angelegt hatte. Weihte sie ein, wie er das Hasch herstellte. Wozu er die Kühltruhe benötigte.

Malte sich aus, was er mit dem Geld anfangen würde. Sinnierte darüber, was geschähe, wenn man ihn erwischte.

Über das, was sich im Bistro ereignet hatte, sprach er nicht und Serena rührte auch nicht daran. Sie wollte nach diesem anstrengenden Tag den Abend und die Nacht mit ihm genießen. In Gedanken verschob sie ihren Abflug, der in den letzten Tagen hin und wieder bedrohlich real schien, auf den Sankt-Nimmerleins-Tag.

»Lass uns ausgehen«, bettelte sie. »Ich habe Lust zu tanzen. Bitte, Haris!«

Er schüttelte den Kopf. »Heute nicht! Außerdem ist heute kein *Panagíri*!«

»Ooooch«, machte sie. »Bitte! Ich will auch auf kein *Panagíri*.«

Sie hatte Bilder im Kopf, wie sie in der Bar des *Filoxénia* oder des *Élite-Hotels* zu bluesiger Musik eng umschlungen tanzten. Haris in einem weißen Leinenanzug, den er nicht besaß. Sie im eng anliegenden kleinen Schwarzen, das zu Hause in ihrem Kleiderschrank hing. Inmitten anderer Paare. Als Paar unter Paaren. Über ihnen der Himmel, die Sterne, der Mond. Die Frauen verschlangen Haris mit Blicken, musterten sie, Serena, eifersüchtig. Die Männer taxierten Haris und die Augenbewegungen ihrer Tanzpartnerin.

»Heute nicht!«, wiederholte er. »Heute findet der Tanz hier statt!« Er küsste sie mehrmals auf den Bauch, verweilte einen Moment mit seiner Zunge in ihrem Nabel. Sprang dann mit einem Satz auf sie und setzte sich mit nach hinten angewinkelten Beinen auf ihre Oberschenkel. Reckte seinen Oberkörper in die Höhe, drückte das Rückgrat durch.

»Das bin ich!«, sagte er stolz. »Ich, Haris!«

Er ruckelte leicht vor und zurück, Serena hob ihren Kopf, näherte sich seinem Genital.

In diesem Moment klopfte es laut und vernehmlich. Haris, in seiner Pose verharrend, blickte erstaunt in Richtung Tür.

»Wer kann das sein? Hier kommt doch nie einer vorbei!«

Es klopfte ein weiteres Mal. Da öffnete sich auch schon knarrend die Holztür und herein kamen Sonja und Hermann Pracht.

9.

Das Kerzenlicht warf den flackernden Schatten zweier verschlungener Körper an die Wand. Es dauerte einen Moment, bis Pracht und seine Frau die Situation begriffen.

»Was macht ihr hier?« Serenas Stimme schrillte durch den Raum, während Haris, immer noch auf Serena hockend, den Eindringlingen die rechte Handinnenfläche mit gespreizten Fingern entgegenhielt und »*fiege, fiege* – hau ab!« schrie.

Sonja zerrte an Prachts Hemd. »Lass uns gehen, Hermann. Wir haben hier nichts zu suchen!«

»Doch!«, bellte Pracht und schlug ihre Hand weg. Entschlossen stapfte er im Halbdunkel auf das Bett zu und positionierte sich am Fußende.

Haris hatte geschwind seinen Platz auf Serena verlassen. Beide saßen nun kerzengerade mit ausgestreckten Beinen auf der Matratze, ihre Blöße notdürftig mit einem Betttuch bedeckend.

»Ihr sollt gehen«, schrie Serena. Ihre Stimme überschlug sich.

»Hermann, so komm doch!« Sonja stand noch immer an der Tür. Ihre Blicke wanderten durch den Raum. Das Kerzenlicht verbreitete eine warme, romantische Atmosphäre und verlieh der heruntergekommenen Ausstattung, die sie dennoch bemerkte, den Hauch gelebten Lebens. Irgendwie beneidete sie Serena ein wenig um das, was sie derzeit erlebte.

Pracht klammerte sich mit beiden Händen an die gusseiserne Querverstrebung des Fußteils und musterte die beiden mit einem verächtlichen Blick.

»Schämst du dich nicht?«, herrschte er seine Tochter an. »Du stehst jetzt auf und kommst augenblicklich mit!«

»Nein!«

»Doch!«

Serena rührte sich nicht.

Voller Zorn rüttelte Pracht am Bettgestell, dass es nur so krachte und schepperte.

»Wenn ich sage, du kommst mit, dann kommst du mit!« Pracht geriet immer mehr in Rage.

Sonja befürchtete das Schlimmste. »Hermann! Denk an dein Herz!« Sie machte ein paar zögerliche Schritte auf ihn zu.

»Ich denke an das Glück meiner Tochter, unseren Ruf und ihre Karriere! Basta!«, polterte er. Zu Serena gewandt: »Los, wird's bald!«

»Nein!« Sie kniff die Augen zusammen und starrte ihm regungslos ins Gesicht.

Pracht konnte ihrem unbewegten Blick nicht standhalten, wurde noch lauter. Unflätig wurde er.

Da schlug Haris das Betttuch zur Seite, erhob sich in seiner Nacktheit betont langsam, bückte sich im Zeitlupentempo, so dass er Pracht sein Hinterteil zuwandte und tastete mit der Hand suchend unterm Bett.

»Kann der auch noch etwas anderes, außer sich nackt zur Schau zu stellen?«, donnerte Pracht.

»Hermann, lass uns gehen«, flehte Sonja. Irritiert schaute sie zwischen ihrem Mann und Haris hin und her.

Dieser hatte gefunden, wonach er suchte. Denn er schwang sich jetzt blitzschnell auf, in der Hand ein altes Jagdgewehr, das er auf Pracht richtete.

»*Fiege* – hau ab!«, schrie er und schoss zur Bekräftigung zweimal aus dem Fenster.

Sonja stieß einen spitzen Schrei aus, Pracht brüllte: »Wir sehen uns vor Gericht wieder!«, und ballte drohend die Faust.

Serena war aufgesprungen und versuchte Haris das Gewehr

zu entreißen. »Jetzt geht doch endlich!«, kreischte sie. Tränen strömten ihr übers Gesicht.

Pracht und Sonja stolperten den steinigen Fahrweg hinunter.

»Ein Wahnsinniger«, keuchte Pracht immer wieder. »Deine Tochter liebt einen Wahnsinnigen!«

Das Taxi wartete an der Abbiegung. Der Fahrer hatte sich angesichts der Schlaglöcher geweigert, die beiden bis vors Haus zu fahren. Schon von weitem blendete er die Scheinwerfer auf.

Pracht hatte nicht mit dem Mietwagen fahren wollen. Er war unsicher, ob er angesichts der Wegbeschreibung, die ihm der Portier im Hotel aufgemalt hatte, das Haris-Haus finden würde. Es lag, wie ihm am Mittag der Kioskbesitzer erklärt hatte, außerhalb eines Dorfes, das seinerseits abseits der Landstraße lag. Das Haus selbst nur über Feld- und Fahrwege zu erreichen, die auf keiner Landkarte verzeichnet waren. Zudem hatte der Portier geraten, erst nach Sonnenuntergang aufzubrechen, da vorher vermutlich bei diesem Wetter keiner zu Hause sei.

Schwer atmend ließ sich Pracht auf den Beifahrersitz fallen, Sonja stieg hinten ein. Das Taxameter zeigte bereits sechzehntausend Drachmen an, knapp hundert D-Mark.

»*Filoxénia*«, herrschte er den Fahrer an. Als dieser den Wagen nicht sogleich anspringen ließ, ein weiteres Mal. »Hotel *Filoxénia*!«

Da er gerade in Rage war, wandte er den Kopf zu Sonja und meinte abschätzig: »Deine Tochter! Das ist deine Tochter!«

Sonja spürte, wie eine kalte Wut in ihr hochkroch und sich spinnenfingrig in ihrem Brustkorb ausbreitete.

»Wir haben nicht das Recht, uns in ihr Leben einzumischen. Sie ist eine erwachsene Frau, ob dir das passt oder nicht!«

»Natürlich haben wir das!«

»Wir hätten niemals herkommen dürfen! Auf diese Weise werden wir sie verlieren!«

Sie drehte den Kopf zur Seite, lehnte ihre Stirn an die

Fensterscheibe und starrte hinaus ins Dunkle. Umrisse von Buschwerk und Felsgestein, die den Fahrweg zu den Olivenhainen hin begrenzten, schoben sich vorbei, weiter hinten die Silhouetten geduckter Bäume. Es war Neumond. In der Ferne hob sich die Bergkette des Taygetos wie ein schwarzer Scherenschnitt vom sternenhellen Himmel ab. Sonja kurbelte die Scheibe herunter und sog die hereinströmende, warme Luft ein, die nach Meer, Zitronen und wilden Kräutern roch.

»Nicht einmal Straßen bauen können sie, die Griechen!«, wetterte Pracht, als das Taxi in ein Schlagloch bretterte. »Gut, dass wir nicht mit dem Mietwagen gefahren sind. Der wäre am Ende ruiniert.«

Sonja war versunken in die Landschaft, die Gerüche. In Gedanken irgendwie auch bei Serena. Und diesem Mann.

»Wie fährt dieser Kerl denn?«, setzte Pracht erneut an, als wäre er derjenige, der den Weg kennen würde. »So sind wir nicht hergekommen! Der fährt einen riesigen Umweg. Der will uns abzocken!« Er warf einen Blick auf den Taxameter. »Fünfundzwanzigtausend!«, keifte er nach hinten. »Nicht mit mir!«

Gegen dreiundzwanzig Uhr erreichten sie das Hotel. Pracht bezahlte murrend den Taxifahrer, gab aber kein Trinkgeld. Die Empfangshalle war leer, von der Bar wehte leise Musik herüber. Pracht strebte auf die Rezeption zu und ließ sich den Zimmerschlüssel aushändigen.

»*Efcharistó* – danke.« Sonja lächelte dem Portier zu. Dann, zu Pracht gewandt, sehr bestimmt: »Wir müssen reden, Hermann!«

Dieser sah sie erstaunt an, sein Mund wurde schmal. So schmal, dass kein einziger Buchstabe mehr hindurchpasste. Sein Blick wanderte in Richtung Flur, der zu ihrem Zimmer führte.

»Morgen!«, presste er hervor, tat so, als ob er gähnte, und lief davon.

Sonja stand unschlüssig am Empfang. Sie malte sich den Streit aus, den sie bekämen, wenn sie gemeinsam im Hotelzimmer wären. Auf keine der Szenen, die sich in ihrem Kopf abspielten, hatte sie Lust.

Vom draußen plätscherte leise Musik an ihr Ohr. Zögerlich folgte sie den Klängen und landete im Garten. An den Wegrändern warfen Laternen mondgelbes Licht. Die Bar war schwach besucht. Die wenigen Gäste waren Ausländer. Griechen und erfahrene Griechenlandtouristen saßen um diese Zeit noch beim Abendessen.

Am Piano klimperte ein junger Mann verloren vor sich hin. Er hatte dunkle schulterlange Haare, einen Vollbart und traurige, tiefbraune Augen. Sein Gesichtsausdruck wirkte ebenso melancholisch wie sein Klavierspiel. Ein Paar, eng umschlungen, stand auf der Tanzfläche und fand keinen Rhythmus.

Sonja setzte sich ein wenig abseits, an einen der filigranen Metalltische in der Nähe des Schwimmbeckens, und bestellte einen *Campari Orange*. Sie hatte keine Ahnung von Cocktails.

Windlichter spiegelten sich flackernd auf der Wasseroberfläche des Pools. Die Klaviermusik stimmte sie wehmütig. Wie einen Film spulte sie die Ereignisse des heutigen Tages ab. In Zeitlupe die Szenen, in denen Pracht seine Auftritte hatte. An diesen Stellen hielt sie den Film an und zoomte ihren Ehemann dicht heran. Einmal zoomte sie den Freund ihrer Tochter näher, so nah, dass sie nur noch einen kleinen Bildausschnitt sah. Die Bilder in ihrem Kopf verselbstständigten sich, verknüpften sich mit anderen, erschufen neue. Verstörten sie. Widerwille machte sich in ihr breit.

Der Kellner brachte einen zweiten *Campari Orange*. Sie sah überrascht auf. Der traurige Pianist nickte ihr zu und lächelte.

Später, als Popmusik aus der Lautsprecheranlage tönte, Gespräche unmöglich machte und die Tanzfläche sich gefüllt hatte, saßen sie einander gegenüber, redeten kaum und schauten sich tief in die Augen. Als er ihre Hand ergreifen wollte, stand Sonja auf und ging.

Beschwingt von dieser Begegnung lief sie den spärlich beleuchteten Flur entlang zu ihrem Zimmer, hoffte, dass Pracht schlief. Als sie die Tür erreichte, hörte sie ihn sprechen. Behutsam legte sie ihre Hand auf die Türklinke und verharrte regungslos. Drückte ihr Ohr an das Türblatt. Seine Stimme klang gedämpft. Er sprach ein wenig schleppend, verhaspelte manchmal die Silben, machte längere Sprechpausen, flüsterte, kicherte. Nach dem dritten Satz war Sonja klar, mit wem er telefonierte.

Sie riss die Tür auf. Pracht saß breitbeinig mit geöffnetem Hosenschlitz auf dem Bettrand, in der einen Hand den Telefonhörer, mit der anderen spielte er an seinem Genital.

Als er ihrer gewahr wurde, erstarrte er und stierte sie mit glänzenden Augen an. Der Hörer fiel ihm aus der Hand. Eine Frauenstimme quäkte aus der Hörmuschel. Entsetzt huschte Sonjas Blick zwischen seinem hochroten Kopf, dem heraushängenden Glied und dem Hörer hin und her. Auf dem Nachttisch stand ein rundes Silbertablett mit einer leeren Flasche *Boutári Neméa*, zwei unbenutzten Rotweingläsern und einem Eiskühler. Eine Flasche hatte ihm offenbar nicht gereicht. Deshalb hatte er die Minibar geräubert. Vermutlich, weil er sich nicht die Blöße geben wollte, ein weiteres Mal beim Zimmerservice eine Flasche zu ordern. Leere Miniaturen und Schraubverschlüsse lagen auf dem Boden verteilt. Whisky, *Metáxa*, *Ouzo*, *Tsípouro*. Dazwischen die Schachtel mit dem *Tenormin.* Sonja schüttelte den Kopf. Normalerweise trank er keine harten Sachen.

»Probleme mit Alkohol zuschütten, ist keine gute Lösung, Hermann!«, sagte sie laut und vernehmlich.

»Hicks«, machte Pracht. Und wieder »hicks«. Bei jedem Schluckauf zuckten seine Schultern. Er hielt die Luft an, und als das nicht half, steckte er die Zeigefinger in die Ohren. »Sonja!«, stammelte er hilflos.

Die drehte sich um und verließ fluchtartig das Zimmer. Hastete durch Gänge, die Empfangshalle in Richtung Bar. Jetzt brauchte sie unbedingt etwas zu trinken. Die Tanzfläche hatte sich geleert. Die wenigen Paare, die noch an den Tischen saßen, waren mit sich selbst beschäftigt, verschmolzen ineinander im Kerzenlicht.

Der Pianist saß wieder am Klavier und klimperte selbstvergessen vor sich hin. Sah kurz auf, als sie kam. Seine Miene erhellte sich. Sonja ging auf ihn zu, fing seinen Blick ein. Für einen Moment verknoteten sich ihre Blicke ineinander. Sie trat hinter ihn, neigte sich leicht nach vorn, sodass sie mit ihrem Oberkörper seinen Rücken berührte und legte ihren linken Arm über seine Schulter. ‚As Time Goes By' intonierte er jetzt. Mit der rechten Hand klimperte sie eine Oktave höher die Melodie mit. Später liefen sie Hand in Hand, ihre Seelen im Gleichklang, hinunter zum Strand.

Im Nordosten über dem *Kaláthi*, dem Hausberg von Kalamata, erhob sich der Morgenstern. Sonja klaubte ihre Sachen zusammen, küsste ihren Begleiter auf den Mund, murmelte »*It was nice to meet you!*«, und verschwand in der Umkleidekabine. Als sie wieder herauskam, war der Pianist verschwunden. Sonja atmete auf, strich ihr Kleid glatt und wischte die letzten Sandkörner aus Nacken und Dekolleté. Dann machte sie sich auf ins Hotelzimmer.

Prachts Schnarchen drang ihr schon von Weitem entgegen. Die Tür war nur angelehnt. Im Zimmer stank es nach abgestandenem Rotwein und Schnaps. Außerdem hatte der viele Alkohol Prachts Darmflora durcheinandergebracht. Sonja rümpfte die Nase. Wie ein nasser Sack hing er auf dem Bett, noch immer in Hemd und Hose. Sein Genital lugte schlaff aus dem offenen Hosenlatz.

Hastig stopfte sie ihre Kleider in den Koffer, Toilettenartikel und Kosmetika in den Beauty Case. Inspizierte ihre Handtasche, ob sie Geld, Reiseschecks, Ausweis und sonstige Papiere beisammen hatte. Ihr Pass fehlte. Ihr fiel ein, dass sie ihn bei der Ankunft an der Rezeption hinterlegt hatte. Ihren Schlüsselbund legte sie auf den Nachttisch. Den brauchte sie jetzt nicht mehr.

Sie schaffte ihr Gepäck auf den Flur, ging zurück ins Zimmer, um nachzusehen, ob sie nichts vergessen hatte. Fast war sie schon wieder zur Tür hinaus. Doch dann zögerte sie, kehrte um, entnahm der ledernen Schreibmappe, die auf der Kommode lag, einen Briefbogen. Sie kritzelte einige Zeilen auf das Papier, faltete es sorgfältig und steckte es in einen Briefumschlag. »Hermann« schrieb sie mit Druckbuchstaben auf das Kuvert und schob es unter den Schlüsselbund. Sie warf einen letzten Blick auf ihren Mann, der in unveränderter Haltung auf dem Bett lag, röchelnd miefige Luft einsog, schnarchend säuerlichen Atem ausblies, gelegentlich flatulierte. Dann zog sie leise die Tür ins Schloss und verließ im Morgenblauen das Hotel.

10.

»Du kannst ihn doch nicht ...«, stammelte Serena. Seitdem ihre Eltern das Haus verlassen hatten, kauerte sie auf dem Bettrand. Ihre Seele war wundgescheuert.

»Doch, kann ich!«, schrie Haris. Noch immer hatte er das Gewehr in der Hand. »Bis vor Kurzem wurde in der Mani bei Ehrverletzungen sogar noch Blutrache genommen!«

Er schnippste die Zigarettenkippe auf den Holzfußboden, trat sie aus und zündete die vierte Zigarette in Folge an. Erregt ging er auf und ab.

»Der kommt einfach in mein Haus. Ohne eingeladen zu sein! Maßt sich an, über mein Leben zu bestimmen. Was glaubt der, wer ich bin?«

Er blieb stehen, presste seine flache Hand auf die Brust, dort, wo die Herzgegend war, und warf den Kopf in den Nacken.

»Ich bin Haris, der Steinmetz! Herr über mein Haus. Und über mein Leben!«

Serena, die die ganze Zeit mit den Tränen kämpfte, spürte, wie ihre Mundwinkel ob dieser Geste unwillkürlich ein winziges Stück nach oben wanderten. Sie biss sich auf die Lippen.

Haris legte nach.

»Und du? Fällst mir in den Rücken, wenn ich dich vor diesem Despoten beschützen will. Überhaupt, was mischst du dich ein? Das ist eine Sache unter Männern!«

Sie stand auf, ganz ruhig jetzt und besonnen, ging auf ihn zu, nahm ihm das Gewehr aus der Hand und warf es achtlos auf die Matratze. Dann sah sie ihm lange ins Gesicht. Aus seinen Augen, so schien ihr, zuckten Blitze auf sie herab. Plötzlich brach sie in schallendes Gelächter aus. Anfangs hielt sie noch die Hand vor den Mund, wollte sich Einhalt gebieten. Haris, der Verteidiger seiner Mannesehre, starrte sie entgeistert an.

Als krachend die Tür ins Schloss fiel, kam Serena wieder zu sich. Sie hörte, wie Haris mehrere Male versuchte, den Motor anzuwerfen, der Pick-up schließlich knatternd ansprang und den Fahrweg hinunter ratterte. Sie stand reglos. Lauschte in die Dunkelheit, in der sich das Geräusch schon längst verloren hatte.

Im Raum war es stickig und schwül. Serena konnte kaum atmen, traute sich aber nicht, die Tür oder ein Fenster zu öffnen. Auch so sirrten genügend Stechmücken durch das Dunkel. Um das Haus herum raschelte, knisterte, knarrte und knackte es. Überlaut. Wildes Fauchen, darauf ein langgezogenes, schmerzerfülltes Kreischen einer Katze. Ihr war unheimlich.

Einmal glaubte sie, Schritte zu hören. Angespannt horchte sie nach draußen. Vor kurzem hatte Haris nachts mit seiner Flinte einen Albaner gestellt, der sich durch seinen keuchenden Atem verriet, als er vor einem der Fenster stand und spannte.

Sie lag mit offenen Augen auf dem Bett und starrte ins Nichts des Dachgebälks. Ihre Eltern hätten niemals hierherkommen dürfen. Aber sie hatte es auch nicht zulassen können, dass Haris sie mit seinem Jagdgewehr bedrohte. Noch weniger konnte sie zulassen, dass Haris sie derart klein machte. In der Frühe würde sie hier weggehen. Für immer. Wieder kamen ihr die Tränen.

Als die Zikaden anhoben und milchig graues Licht durch die Ritzen der Fensterläden quoll, hatte sie sich ausgeweint. Sie stand auf, suchte ihre Sachen zusammen und stopfte sie in den Rucksack, der eingestaubt an der Kommode lehnte. Mit Zahnbürste und Tube in der Hand trat sie vor die Tür. Die Stelle, an der Haris seinen Pick-up zu parken pflegte, war leer. Es dauerte, bis sie ihren Blick davon lösen konnte. Notdürftig verrichtete sie an dem gusseisernen Waschbecken ihre Morgentoilette. In Athen würde sie gleich nach ihrer Ankunft ein Hotelzimmer mit Dusche mieten.

Über den Bergkämmen des Taygetos erhob sich die Sonne wie ein roter Feuerball. Der Morgenbus nach Kalamata, das wusste sie, fuhr erst um halb zehn. Zwanzig Minuten brauchte sie bis zur Haltestelle. Noch eine gute Stunde hatte sie Zeit. Sie bereitete einen kalten Nescafé zu, studierte Reiseunterlagen, zählte ihr Geld. Tief im Rucksack hatte sie eine kleine Reserve für den Notfall vergraben. Die würde reichen für die Fahrt nach Athen. Dort musste sie weitersehen. Schlimmstenfalls konnte sie als Kellnerin arbeiten, bis sie das Geld für die Heimreise zusammen hatte.

Wo Haris nur steckte? Besser, wenn ich ihn nicht mehr sehe, dachte sie, lief aber doch den Fahrweg hinunter bis zu dem

Sträßchen, das ins Dorf führte. Wartete. Er kam nicht. Sie war erleichtert. Enttäuscht. Oder war sie einfach nur übernächtigt? Sie machte kehrt. Niemals würde sie ihn wiedersehen. Die runzligen Gesichter, die sich in die Rinde der Olivenbäume eingekerbt hatten, blickten sie traurig an.

Ein letztes Mal schaute sie sich in dem Raum um, in dem sie für zehn Wochen ihr Lebensglück erfahren hatte. Ihr Blick saugte sich am Betttuch fest. Sie riss es von der Matratze, schnupperte daran. Bis in die Lungenspitzen sog sie den Geruch ein, den sie in diesem Bett hinterlassen hatten, um ihn für immer ihrem Geruchsgedächtnis einzuprägen. Dann faltete sie das Tuch sorgfältig zusammen und packte es in ihren Rucksack.

Draußen das Brummen eines Motors. Je näher es kam, desto stärker wuchs in ihr die Hoffnung. Für den Bruchteil einer Sekunde setzte ihr Herz aus. Schlug dann gleichmäßig weiter. Haris' Pick-up klang anders. Unschlüssig blieb sie stehen. Um diese frühe Tageszeit kam niemals jemand herauf, selten jemand zu späterer Zeit. Reifen knirschten, Bremsen quietschten. Eine Wagentür wurde zugeschlagen. Schritte näherten sich.

»Se-re-naaaa!« Sein Ruf klang wie ein Hilfeschrei.

»Papa!« Sie stürzte zur Tür. Vor ihr stand Pracht. Unrasiert, bleich, die Augen gerötet, die Haare wirr. Hemd und Hose waren zerknittert. An den Füßen zwei ungleiche Sandalen. Ein Bild des Jammers.

Intuitiv streckte sie beide Arme aus, wollte ihn umarmen, hielt aber in der Bewegung inne, ging zwei Schritte zurück und rümpfte die Nase.

»Hier, lies!« Er wedelte mit einem Briefkuvert vor ihrem Gesicht herum. Seine Hand zitterte. Der Umschlag glitt ihm aus den Fingern, flatterte vor Serenas Füße. Pracht stöhnte, griff sich ans Herz, sackte in sich zusammen und sank zu Boden.

11

Sonja lief die Strandstraße entlang, den Rollkoffer hinter sich herziehend, den Beautycase in der Hand, Tasche über der Schulter. Irgendwann muss doch ein Taxi vorbeifahren, dachte sie. Den Hotelportier, der hinter der Empfangstheke eingenickt war, hatte sie nicht wecken wollen. Sicher würde man ihn später wegen ihres Verschwindens befragen. Da war es besser, wenn er von nichts wusste.

Von Weitem dröhnte überlaute Musik. Kraftvolle Gesangsstimmen mixten sich mit lautstarker, instrumentaler Begleitung oder umgekehrt. Überboten sich gegenseitig an Lautstärke, verstärkt durch übersteuerte Lautsprecheranlagen mit Halleffekt. Händeklatschen, *Óppa-* und *Bravo*-Rufe, das Klirren von zerbrechendem Geschirr, als die Musik ausklang. Vor dem runden Glasgebäude mit dem patinagrünen Kuppeldach standen in Reihe einige Taxen, die auf das große Geschäft mit den restlichen Besuchern des *Bouzoúki*-Lokals hofften.

»*Station*«, sagte Sonja zu einem der Taxifahrer, der neben seinem Wagen stand und rauchte. »*Athens!*«

Der Fahrer sah übernächtigt aus. Nikotingeruch hing penetrant in seinen Kleidern. Gestenreich und in englisch-deutsch-griechischen Wortfetzen erklärte er, der Frühzug würde in diesem Moment abfahren. Er deutete auf das Ziffernblatt seiner Armbanduhr. »*Nine! Next Traino!*«

Sie wies ihn an, sie zunächst zum Bahnhof zu fahren. Um sicherzugehen, wollte sie jetzt schon die Fahrkarte kaufen. Danach sollte sie der Fahrer ins *Galáxia* bringen. Einen anderen Ort, um die Zeit zu überbrücken, kannte Sonja in dieser Stadt nicht.

Der Bahnhof war ein schmuckes Natursteingebäude mit ziegelroten Einfassungen um Fenster und Türen und erinnerte an eine Fabrikationshalle aus dem vergangenen Jahrhundert.

Die Zeiger der wagenradgroßen Bahnhofsuhr standen auf fünf vor sechs. Noch war die Sonne nicht aufgegangen.

»Frühe Morgen, viele *Parkingplace*«, radebrechte der Fahrer und parkte auf einem der weißmarkierten Felder vor dem Eingangsbereich direkt hinter einem roten Cabrio.

»*Popopó, Germanía*«, machte er voller Anerkennung, als er den Wagen sah.

»*I come back immediately*«, sagte Sonja und wiederholte den Satz auf Deutsch. »Ich komme sofort zurück!« Nicht, dass er mit ihrem Gepäck davonfuhr.

Sonjas Augen brauchten einen Moment, bis sie sich an das Halbdunkel der Eingangshalle gewöhnt hatten. Auch tagsüber hielt man die Rundbogenfenster mit den hellgrauen Holzläden verschlossen, um die Hitze auszusperren. Die paarweise angeordneten länglichen Glasscheiben der Eingangstüren waren verdreckt.

Es war kaum Betrieb. Zwei Frauen mit einem plärrenden Säugling schoben sich langsam auf den Ausgang zu. Weiter hinten, an einer der Türen, die hinaus zu den Bahngleisen führten, begrüßten sich zwei Männer. Sie umarmten sich kurz, boxten sich gegenseitig auf die Schulter, setzten sich dann in ein Gespräch vertieft langsam in Bewegung, der eine einen Bordkoffer hinter sich herziehend.

Sonja ging an einem alten Mann vorbei, der eine Ziege an einem Seil führte, auch wie eine solche roch. Er trat von einem Fuß auf den anderen, murmelte Unverständliches in Richtung des Tieres. Offenbar wartete er darauf, abgeholt zu werden. Sonja trat an den einzigen offenen Schalter. Ein Mann stand gestikulierend vor ihr, lieferte sich eine wilde Diskussion mit dem Schalterbeamten und zog schließlich laut schimpfend ab.

»*Athens, nine o'clock*!« Sonja löste ihre Fahrkarte und steckte sie in den Geldbeutel. Trottete in Richtung Ausgang und vergrub dabei das Portemonnaie in ihrer Handtasche. Der alte Mann stand noch immer vor sich hin brummelnd mit seiner

Ziege in der Mitte der Halle, die anderen Reisenden hatten mittlerweile den Bahnhof verlassen.

Ihr Fahrer tigerte rauchend neben seinem Wagen auf und ab. Das rote Cabrio war verschwunden. Stattdessen parkte ein Pick-up an dieser Stelle. Vielleicht wird der Alte mit seiner Ziege endlich abgeholt, dachte Sonja und stieg wieder ins Taxi. Das *Galáxia* lag nicht weit vom Bahnhof entfernt. Der Fahrer stellte ihr Gepäck auf den Gehweg, der zum Caféhaus führte.

»*Kaló rísiko, Kyría* – viel Glück, meine Dame«, wünschte er, als ahnte er, dass sie gerade ihre ersten Schritte in ein neues Leben tat. Sonja gab ihm ein üppiges Trinkgeld.

Sie war die Erste im Café. Kein einziger Platz war belegt. Die Tische, die bis in die Mitte des Platzes standen, noch nicht hergerichtet. In der Glastür, die zum Innenraum führte, lehnte der Kellner von gestern. Sonja erkannte ihn sofort wieder. Frisch rasiert und geduscht. Die Haare feucht. Das weiße Hemd noch bis zum Kragen geschlossen. Gut sah er aus. Er nickte ihr zu, seine Augen leuchteten kurz auf.

Wann hatte Pracht das letzte Mal leuchtende Augen gehabt, als er sie ansah? Sonja ging zu einem der Tische, die dicht an der dem Platz zugewandten Seite des Gebäudes standen. Manövrierte Koffer und Beautycase zwischen Stühle und Tisch. Der Kellner erschien und brachte ein Sitzkissen. Sie bestellte einen doppelten griechischen Mokka.

Noch lag die Stadt im Tiefschlaf. Herabgelassene Rollgitter vor Schaufenstern und Ladeneingängen. Die wenigen Autos auf den Straßen ausschließlich Taxis. Eine Handvoll Männer, die in einer kleinen Gruppe auf dem Platz zusammenstand, gehörte zur Straßenreinigung. Der Besitzer des Kiosks an der Ecke legte die ersten Stapel Zeitungen aus. Ein paar Hunde auf der Suche nach Futter streunten verloren über den Platz. Ein vorbeieilender Pope verpasste dem Rudelführer einen Tritt, woraufhin dieser laut aufheulend davonjagte. Auf dem Sockel des Denkmals hatte sich ein junger bärtiger Mann mit einem Saxophon niedergelassen. Der Instrumentenkoffer aufgeklappt zu seinen Füßen. Kein Stimmengewirr, kein Gekreische, keine Motorengeräusche. Das Geknatter der Zweiräder fehlte, kein Gehupe war zu hören. Die Luft klar und frisch, durchwoben von einsamen Klangfäden des Saxophons.

Sonja bestellte einen zweiten Mokka. Nicht einmal vierundzwanzig Stunden war es her, dass sie mit Pracht in diesem Café gegessen hatte. Ihre Blicke wanderten über die leeren Tischreihen, über denen, wie von Zauberhand gelenkt, die Sonnenschutzplanen ausfuhren. Da vorne an diesem Tisch hatten sie gesessen. Ein Ehepaar, das sich auseinandergelebt, es nicht einmal bemerkt hatte. Hermann und sie. Ein Paar unter vielen.

Ihre Augenlider wurden schwer. Seit Freitagnacht hatte sie nicht mehr richtig geschlafen. Um sich wachzuhalten, nahm sie die beiden Kassenbons, die der Kellner mit jedem Mokka gebracht hatte, und rechnete den Betrag aus. Kramte in der Handtasche nach ihrer Geldbörse und legte einen Schein und mehrere Münzen auf den Tisch.

Danach blieb sie noch eine Weile sitzen. Mit einem Male hatte sie eine bleierne Müdigkeit überfallen. Sie gähnte. Ihre Augenlider fielen zu. Ober- und Unterlid schienen mit einem Faden vernäht. Nichts mehr um sich herum nahm sie wahr.

Irgendwann kippte ihr Kopf nach vorne weg. Sie schreckte hoch. Mit einem Schlag war sie hellwach, glaubte, Prachts Stimme gehört zu haben. Verstört sah sie um sich. Das Kaffeegedeck war abgeräumt, das Geld lag nicht mehr auf dem Tisch. Stattdessen ein Zettel mit einer Telefonnummer. Besser, wenn sie jetzt ging. Ihr Zug würde ohnehin bald abfahren.

Vom *Galáxia* aus waren es bis zum Bahnhof höchstens fünfhundert Meter. Der Taxifahrer hatte ihr vorhin den Weg gezeigt. Sie schulterte ihre Handtasche, nahm den Beautycase in die linke Hand, mit der anderen zog sie den Koffer aus der

Sitzreihe. Einige Tische weiter hatten zwei junge Männer Platz genommen, der Kellner nahm gerade die Bestellung auf. Sie wartete, bis er in ihre Richtung schaute, und winkte ihm zu. Er neigte leicht den Kopf zur Seite, lächelte, führte seine Hand ans Ohr und spreizte dabei Daumen und kleinen Finger. Am liebsten wäre sie zu ihm hinübergegangen und hätte ihm zum Abschied die Hand geschüttelt. Doch er hatte zu tun. An den Tischen, die in vorderster Reihe zum Platz standen, saßen jetzt ein paar Leute. Darunter der Saxophonist. Offensichtlich hatte er genügend Geld für einen Kaffee zusammenbekommen. Aus dem Innenraum des Cafés dröhnte der Fernseher. Die Berichterstattung über den dritten Tag der Olympischen Spiele nahm ihren Lauf. Die Stadt war erwacht.

Es war Viertel vor neun, als sie den Bahnhof erreichte. In der Halle herrschte reger Betrieb. Der Zug stand bereits abfahrbereit auf dem Gleis. Ein kräftiger, etwa dreizehnjähriger Junge mit einem Bauchladen bahnte sich seinen Weg zwischen den Menschen hindurch, eine Duftwolke von frischen Sesamkringeln hinter sich herziehend. Er nickte freundlich, als er Sonja die Tüte mit dem Gebäck reichte.

»*One moment, please*«, meinte sie und kramte weiter in ihrer Handtasche nach dem Portemonnaie. Sie fühlte das Brillenetui, ihr Schminktäschchen, aber nichts, was sich anfühlte wie ihr Geldbeutel. Sie beugte sich tiefer über die Tasche. Der Junge beobachtete jede ihrer Bewegungen aufmerksam und zog die Tüte mit den Kringeln langsam wieder zurück. Sie kramte und suchte weiter. In diesem verdammten Halbdunkel konnte man so gut wie nichts sehen. Sie signalisierte dem Jungen, dass sie gleich wieder da sei und er einen Blick auf ihr Gepäck haben solle. Hastete hinaus vor das Bahnhofsgebäude, ins Helle.

Es blieb keine Zeit, nach einer Sitzgelegenheit zu suchen. Sie ging in die Hocke und kippte den Inhalt ihrer Handtasche aus. Brillenetui, Papiertaschentücher, Lippenstift,

Deo-Stick, eine Haarbürste, Kugelschreiber, Notizbuch, ein Parfumzerstäuber, der Pocket-Sprachführer Griechisch, Mundspray, der zerknitterte Notizzettel mit der Wegbeschreibung zum Haris-Haus, eine Handvoll Steine, die der Pianist am Strand für sie gesammelt hatte. Alles lag kunterbunt durcheinander vor ihr auf dem Bürgersteig. Akribisch wanderte ihr Blick über jedes einzelne Teil, ging suchend in die leere Handtasche. Von dort wieder über den vor ihr ausgebreiteten Tascheninhalt. Ihre Knie versteiften in dieser ungewohnten Hockstellung. Sie glitt auf die Pobacken, streckte unter Stöhnen die Beine aus. Fehlte noch, dass einer der Passanten eine Münze zu ihren Siebensachen legen würde.

Sie schaute auf ihre Armbanduhr. In fünf Minuten verließ der Zug nach Athen den Bahnhof von Kalamata. Das Portemonnaie war nicht da. Wenn kein Wunder geschah, konnte sie den Neun-Uhr-Zug vergessen.

Waggontüren schlugen zu mit lautem Knall, schrilles Pfeifen, ein langgezogenes Tuten. Das Geräusch eines abfahrenden Zuges.

Sie saß noch immer auf dem Trottoir vor dem Bahnhof. Das also war der Beginn ihres neuen Lebens. Sie lachte zynisch.

Das Einfachste wäre, mit einem Taxi zurück zum Hotel zu fahren. Der Portier würde sie auslösen, ihr einen zweiten Zimmerschlüssel aushändigen. Sie könnte zurück ins Zimmer schleichen, den Abschiedsbrief zerreißen, ... sie war sicher, dass Pracht noch fest schlief und lauthals schnarchte. Bei dieser Menge Alkohol, die er getrunken hatte. Sie schüttelte sich bei dieser Vorstellung.

Das Portemonnaie musste im *Galáxia* abhandengekommen sein, rekapitulierte sie. Oder auf dem Weg zum Bahnhof. Sie konnte sich allerdings nicht vorstellen, dass es aus ihrer Tasche gefallen war. Sie hatte sie immer fest unter ihren Arm geklemmt. Jemand musste den Geldbeutel gestohlen haben. In den Minuten, in denen sie kurz eingenickt war. Einer der beiden Männer, die nur wenige Tische entfernt saßen? Der Saxophonist? Ein anderer Gast? Gar der Kellner?

Ihre Gedanken überschlugen sich. Sie musste so schnell wie möglich weg hier. Wenn Pracht endlich irgendwann aufwachte und ihren Brief fand, würde er alle Hebel in Bewegung setzen, um sie zu finden. Vermutlich würde er die Polizei einschalten. Wen sonst sollte er um Hilfe bitten? Er kannte niemanden hier. Zu Serena würde er sich nach seinem gestrigen Auftritt nicht trauen. Ob die Polizisten sofort eine Suchaktion starteten, wenn die Vermisste gerade erst einige Stunden weg war, stand zwar auf einem anderen Blatt. Vielleicht, überlegte sie, wenn er ein prall gefülltes Kuvert über den Tisch schob. Davon hatte sie hin und wieder in den Zeitungen gelesen. In Griechenland schien mit einem solchen *Fakeláki* alles möglich.

Der nächste Zug fuhr um dreizehn Uhr. Bis dahin musste der Geldbeutel wieder aufgetaucht sein. Ohne Geld war sie aufgeschmissen.

Sie raffte ihre Sachen zusammen, die noch immer neben ihr auf dem Trottoir lagen, und verstaute sie in ihrer Handtasche. Sollte sie nicht doch besser zu Pracht ins Hotel zurückkehren? Sie seufzte. Gab sich einen Ruck. Es hatte keinen Sinn, weiter vor dem Bahnhof auf dem Boden rumzusitzen und nachzudenken, sie musste aktiv werden. Oder ein Taxi zum *Filoxénia* nehmen.

Ihr Gepäck stand einsam in der Mitte der Halle. Der Junge mit dem Bauchladen war verschwunden. Außer dem Stationsvorsteher, der in der hinteren Ecke mit dem Schalterbeamten zusammenstand, war kein Mensch mehr zu sehen.

Holpernd zog sie den Koffer hinter sich her und tappte die Straße entlang, die geradewegs auf den Platz zuführte. Auf der rechten Seite, auf der Höhe des Kiosks, lag das *Galáxia*, so weit kannte sich Sonja mittlerweile aus. Auf jeden Fall wollte sie dort nachfragen. Auch wenn sie keine Hoffnung hatte, dass das Geld noch da war. Danach musste sie dringend hier weg. Wenn Pracht tatsächlich nach ihr suchte oder es geschafft hatte, dass die Polizei aktiv geworden war, würde man zuerst am Bahnhof, am Busbahnhof, am Flughafen und an jenen Orten nach ihr fahnden, an denen sich Touristen üblicherweise aufhielten.

Aber wie, wenn sie kein Geld hatte? Notfalls konnte sie ihre Armbanduhr verkaufen. Und ihren Ehering. Ihr fiel ein, dass Serena vor ihrer Abreise erwähnt hatte, man könne innerhalb weniger Stunden Geld an jeden beliebigen Ort der Welt überweisen. Vielleicht war das eine Möglichkeit. Jetzt würde sie erst im *Galáxia* nachfragen, vielleicht hatte sie Glück. Danach würde sie weitersehen. Die wenigen Optionen, die ihr verblieben, hatte sie ja bereits im Kopf.

Neben ihr stoppte ein Taxi. Sie blieb stehen, überlegte kurz, schüttelte den Kopf. Nein, sie wollte nicht zurück. Nicht ins Hotel, nicht zu Pracht. Nicht in ihr altes Leben.

Sie setzte sich wieder in Bewegung. Die ersten Sonnenstrahlen blinzelten über den Häusern.

Eine Hand berührte Schulterblatt. »*Can I help you?*«

Die Stimme klang rau, mit einem warmen kehligen Unterton. Sie fuhr herum. Blickte in ein wettergegerbtes Gesicht, umrahmt von schulterlangen goldbraunen Locken. Zwei grünbraune Augen taxierten sie vom Scheitel bis zu den Zehenspitzen.

Er sah übernächtigt aus. Sonja hatte nicht den Eindruck, dass er sie erkannte.

*

Pracht wurde im Krankenhaus von Kalamata notfallversorgt und am nächsten Tag mit einem Ambulanzflugzeug nach Hamburg transportiert, wo er sich einer Bypass-Operation unterziehen musste. Nach seiner Rehabilitation zog er sich schrittweise aus seiner Kanzlei zurück. 2001 erlag er einem Herzinfarkt während einer Kreuzfahrt im östlichen Mittelmeer. – Serena begann im Oktober 1996 ihr Referendariat. Noch im gleichen Monat ehelichte sie ihren Jugendfreund Hans-Martin. Aus der Ehe gingen zwei Kinder hervor. – Sonja Pracht lebte mit Haris zusammen, bis dieser 1997 wegen Drogenanbaus und -handels zu einer langjährigen Gefängnisstrafe verurteilt wurde. Sie wohnte noch einige Zeit in seinem Haus, bis ein Waldbrand das Anwesen zerstörte. Danach verlor sich ihre Spur.

Verkehrsunfall

Ein schwarzer Kombi bog viel zu schnell um die Ecke und kam auf der gegenüberliegenden Seite des Dorfplatzes neben einem Fischerboot zum Stehen. Staubpartikel wirbelten auf.

»*Malákas* – du Wichser, mein Boot«, schimpfte Petros, der Fischer, und pulte eine Zigarette aus einer der zerdrückten Packungen, die zwischen Mokkatassen, Wassergläsern, Feuerzeugen, überquellenden Aschenbechern und Schlüsselbunden auf dem Tisch herumlagen. Sein Unterarm war über und über mit Bootslack besprenkelt, viel Weiß und ein wenig Blau.

Jannis pfiff anerkennend durch die Zähne. »Mercedes!«

»E 430 T, 8-Zylinder, Baujahr 2001«, ergänzte Spiros, der in einer Autowerkstatt arbeitete. »Unerschwinglich für unsereins!«

Vasilis, der Besitzer der Taverne, erschien im Türrahmen. Fragend schaute er in die Runde, zog die Augenbrauen hoch und drehte die Handinnenflächen nach oben. »Was ist los?«

»Kundschaft!« Jannis deutete mit seinem Kinn Richtung Wagen.

Vasilis seufzte erleichtert. Im September kam kaum noch jemand in das abgelegene Fischerdorf. Die fünf starrten wortlos auf den Wagen, als ob er ein Heilsversprechen in sich trüge.

»*Malákes*, steigt endlich aus!« Allmählich wurden sie ungeduldig. Aus dem Wageninneren drang Stimmengewirr, aus dem eine schrille Frauenstimme hervortönte. Eine Zigarettenkippe flog nach draußen und glimmte auf dem Boden weiter.

»So entstehen Waldbrände«, erboste sich Jorgos. Vorletzten Sommer war ein Drittel seines Olivenhaines niedergebrannt.

»Gleich brennt mein Boot, *Maláka*. Kein Wald! Siehst du hier irgendwo einen Baum?« Petros streifte Vasilis mit einem verärgerten Blick. »Der Herr Wirt hat sie abgeholzt, damit seine Gäste parken können«. Er schnippte seine Kippe auf den Boden des Vorbaus. »Dabei kommen kaum welche.«

Nichts tat sich. Jannis ließ sich einen weiteren Mokka bringen. Spiros, der Automechaniker, zündete die letzte Zigarette an, die er in seiner Schachtel vorfand. Jorgos klimperte mit seinem *Komboloi* und Petros versuchte mit halb geöffneter Hand eine Fliege zu fangen, die immer langsamer ihre letzten Sterberunden um den Tisch zog.

Nach einer gefühlten Ewigkeit wurde die Fahrertür aufgestoßen und heraus schälte sich ein untersetzter Endvierziger mit Sonnenbrille und Strohhut. Er dehnte und reckte sich, zoppelte den Hosenbund seiner Bermudas über den Bauch, den ein bunt kariertes Hemd kaschierte und streifte mit kurzem Blick die Männer, die auf dem Vorbau der Taverne hockten.

Auf seinen Pfiff hin quälte sich ein Junge auf der Beifahrerseite aus dem Wagen. Die wadenlangen Hosen ließen ihn noch gedrungener erscheinen als er ohnehin war. Über Brust und Bauch spannte sich ein Shirt, das seine speckigen Oberarme freilegte. Das aufgedruckte Logo zur Unkenntlichkeit in die Breite gedehnt. Die Mundwinkel nach unten gezogen, brummelte er etwas, was ihm einen erhobenen Zeigefinger einbrachte. Er plusterte seine Pausbacken auf, schob sich zum Heck des Wagens und öffnete die Heckklappe. Aus dem Laderaum sprang kläffend ein silbriggrauer Husky, der sofort an Petros' Boot sein Bein hob.

Dieser schnappte empört nach Luft. »Scheißköter!«

Danach kletterte ungelenk ein Mädchen im Teenageralter aus dem Kofferraum. Mit einem luftigen Sommerkleid vorteilhafter angezogen als der Junge, aber genauso pummelig. Dieser rammte ihr den Ellbogen in die Seite, so dass sie zusammenzuckte. Reflexartig trat sie ihn ans Schienbein, worauf er kurz aufheulte und zu seinem Vater humpelte.

Jannis fiel die Kinnlade herunter. »Das ist doch Panagiótis Kotsópoulos.«

»Bist du sicher?«

»Klar, ich war mit ihm zusammen in der Volksschule, hab' ihn immer abschreiben lassen! Vor allem im Rechnen«.

Stolz reckte er die Brust.

Die anderen lachten: »Im Gegensatz zu dir ist der heute ein stinkreicher Häusermakler in Athen!«

Inzwischen waren drei Frauen aus dem Fond des Wagens gestiegen. Jannis runzelte die Stirn. Alexía! Er tat so, als sähe er sie nicht. Über zwanzig Jahre hatte er sie nicht mehr gesehen, überschlug er und nahm, um zu einem korrekten Ergebnis zu gelangen, seine Finger zu Hilfe. Ihre Frisur war noch immer die gleiche, nur waren die Haare mittlerweile von grauen Strähnen durchzogen. Trotz der Geburt dieser beiden Pummel hatte sich ihre Figur kaum verändert, sie war noch immer schlank. Nur die Fröhlichkeit von damals war aus ihrem Gesicht gewichen.

Neben diesem Koloss von Schwiegermutter wirkt sie total verloren, dachte Jannis. Diese trug trotz ihres massigen Körpers ein bunt bedrucktes Kleid, dessen Farben sich im Make-up widerspiegelten. Ihre rotblond gefärbten Locken erinnerten ihn an die Käse-Butter-Rosetten, die seine Frau an Ostersonntag mit der Spritztülle auf den Vorspeisenteller drückte. Hals und Armgelenke waren üppig mit schwerem Goldschmuck behängt. Dass sie Alexía um einen Kopf überragte, lag wohl eher an den aufgetürmten Haaren und den Sandalen mit Plateausohle. Panagiótis drückte seiner Mutter zwei breitkrempige

Sonnenhüte in die Hand und machte eine Kopfbewegung hin zu seiner Großmutter, die gebeugt und hutzelig, aber nicht minder schmuckbehangen daneben stand.

Merkwürdig, dachte Jannis, da wollen sie an den Strand und sind alle mit Goldklunkern behängt. War wohl ein Gehabe von reichen Leuten. Panagiótis hatte schon in der Schulzeit gerne geprotzt. Er schüttelte den Kopf und wandte sich seinen Freunden zu.

»Und die kennst du?« Spiros, der Jüngste der Runde, schaute Jannis bewundernd an.

»Klar, die ganze Familie Kotsópoulos«, brüstete sich Jannis. »Panagiótis, Großmutter, Mutter, seine Frau Alexía und seine beiden Kinder, Smaragda und Takis. Ich kenn' sie alle persönlich! Alexía wohnte oben im Nachbardorf.«

»*Óppa*«, sagte Vasilis und rieb sich die Hände. »Vier Generationen Kotsópoulos in unserem Dorf!« Er eilte in die Küche.

Jannis erhob sich und gockelte mit ausgebreiteten Armen auf Panagiótis zu. Doch der würdigte ihn keines Blickes, denn er war gerade damit beschäftigt lautstark anzuordnen, welche Strandutensilien Ehefrau und Tochter zur nahe gelegenen Badebucht zu tragen hatten. Abwartend stand Jannis unweit des Wagens. Alexía, schwer beladen, warf ihm einen kurzen Blick zu, den er ignorierte. Der Tross setzte sich in Bewegung. Jannis ließ seine immer noch ausgebreiteten Arme sinken und blickte dem Zug nach, bis dieser hinter dem Sandfelsen verschwand. Mit gesenktem Kopf schlurfte er an seinen Tisch zurück.

»Kennt dich wohl nicht mehr, dein nobler Mitschüler«, höhnten die anderen.

»Hat er dir nicht dein Mädchen weggeschnappt?« fragte Petros, der Fischer, lauernd. Jannis hob Augen rollend den Kopf gen Himmel und schnalzte mit der Zunge.

*

Alexía! Siebzehn oder achtzehn war sie damals. Ein Vierteljahrhundert war das her. Sie saß zusammen mit ihren Freundinnen in einer der langen Tischreihen, die man im Innenhof der Klosterruine aufgestellt hatte zum *Panagíri*, dem Patronatsfest des Heiligen Elias. Zwei Tische weiter thronten deren Familien und hatten die Töchter im Blick. Die Mädchen steckten die Köpfe zusammen, schwatzten, tuschelten, kicherten. Jannis konnte seine Augen nicht von ihnen abwenden. Besonders Alexía in der Mitte hatte es ihm angetan. Ihr dunkles glattes Haar glänzte im Schein der Lichterketten, hob sich wohltuend von den blondierten Lockenmähnen der Freundinnen ab. Sie trug eine schlichte Bluse mit Perlenstickerei am Halsausschnitt, während ihre drei Gefährtinnen ihre Oberkörper in grellbunte Korsagen gezwängt hatten. Einmal schlug sie sich mit der Hand kurz auf den Mund, als sei ihr etwas herausgerutscht, was sie besser verschwiegen hätte. Daraufhin reckten alle die Köpfe und schauten zu ihm herüber, wobei Alexías Blick länger auf ihm ruhte als der der anderen – glaubte er zumindest.

Schließlich standen die Mädchen auf, zwängten sich durch die Tischreihen zur Tanzfläche und reihten sich in den Kreis der Tanzenden ein.

Hatte ihm Alexía im Vorbeigehen nicht einen aufmunternden Blick zugeworfen? Jannis wartete einige Minuten, schlenderte dann mit einer Bierdose in der Hand nach vorne zur Bühne.

Dröhnend quoll ein Volkslied aus den Verstärkern, so dass die Ohren schmerzten. Dennoch verharrte er und hielt Ausschau nach Alexía. Der Reigen wogte an ihm vorbei. Im Vortänzer erkannte Jannis mit Erstaunen seinen Onkel, der seit Monaten über Schmerzen in den Knien klagte – Arthrose hatte der Dorfdoktor diagnostiziert – und die Arbeit im Olivenhain ganz allein ihm, Jannis, seinem Neffen, überließ. Der Onkel vollführte Drehungen, Hüpfer und Hocken in allen Varianten. Dabei wirbelte er mit der linken Hand ein Tuch über dem Kopf, zog mit der anderen die übrigen Tänzer hinter sich her. Da um diese Uhrzeit der Alkoholpegel noch niedrig war, schafften es die meisten, die komplizierte Schrittfolge einzuhalten. So bewegte sich der Kreis in rhythmischem Schweben zwischen Stehenbleiben und Vorwärtsdrängen und erinnerte Jannis an die unablässig heranlaufenden Wellen des Meeres.

Aufmunternd winkte ihm der Onkel zu, doch Jannis hielt sich lieber am Rande des Geschehens auf, zumal er nur die ersten drei der zwölf Grundschritte des Tanzes beherrschte. Die gellenden Töne der Klarinette bohrten sich im Siebenachteltakt in seinen Magen, dorthin, wo sich gerade ein anderes, merkwürdiges Gefühl breit machte.

Endlich erspähte er sie, drängte sich in den Kreis zwischen Alexía und eine ihrer Freundinnen, ergriff ihre Hände, ließ sich vom Rhythmus mitreißen und verwechselte, je mehr der Vortänzer an Tempo zulegte, die Schrittfolge. Er geriet aus dem Takt, stolperte, fing sich, torkelte weiter, warf angespannte Blicke auf die Füße, fand keinen Einstieg. Unbeirrt kreuzte Alexía grazil Schritte vorne, hinten, seitwärts in Tanzrichtung, in Kreismitte, setzte rechts vor links und links vor rechts auf, tippte auf der Stelle, kreuzte wieder, tänzelte weiter und alles in einer Geschwindigkeit, dass Jannis schwindelig wurde. Ihre Hand zog ihn unerbittlich mit, doch schließlich hatte sie ein Einsehen und zerrte ihn aus dem Kreis heraus an die Mauer des Klostergartens. Er schnappte nach Luft, fuhr mit dem Unterarm über die schweißnasse Stirn.

»Ich muss mal«, keuchte sie. »Begleitest du mich?«

»Hast du keinen älteren Bruder?«

Sie zuckte die Schultern. »Du bist jetzt mein Bruder! Kann ich was dafür, dass es hier keine Klohäuschen gibt?«.

Sie schoben sich Richtung Ausgang, verließen das Klostergemäuer, schlängelten sich zwischen Autos und

Mopeds hindurch, die die Besucher kreuz und quer vor dem Kloster abgestellt hatten.

»Wo steht dein Auto?«, wollte sie wissen.

»Nicht hier«, erwiderte er und hoffte, dass sie nicht weiter fragen würde.

Sie erreichten einen Feldweg, den Olivenbäume säumten. Alexía legte einen Schritt zu. »Da vorne ist ein Gebüsch! Warte hier! Nicht gucken!«

Jannis bleibt zurück. Im Mondlicht schillern die Blätter der Olivenbäume silbrig. Die Sterne, so scheint es ihm, funkeln in dieser Nacht wie Diamanten. Er wandert mit den Augen erst die Milchstraße, dann die Sterne des Großen Wagens ab. Vom Kloster weht Musik herüber, durchwebt das Heulen einer Eule. Eine Sternschnuppe blitzt auf. Sein Herz hüpft. Lautlos bewegt er die Lippen, ist felsenfest überzeugt, dass sich sein Wunsch erfüllt. Metá - später. Irgendwann.

»Fertig!« Sie tippt ihm auf die Schulter. Er fährt herum, tut erschrocken, sieht ihr Gesicht dicht vor dem seinen. So schnell, denkt er. Sein Herz pocht bis zum Hals, obwohl es gerade im Hosenboden sitzt. Er wagt kaum zu atmen, schürzt die Lippen, nähert sich spitzmäulig ihrem Mund. Abrupt dreht sie ihr Gesicht zur Seite, lacht. »Du machst ein Maul wie ein Fisch!«

Kichernd springt sie davon. Jannis trottet enttäuscht hinterher.

In der Klosterruine dampfte überlaut die Musik. Das Orchester war bei den *Rembétika* angelangt. Um die Tanzfläche hatte sich eine Menschentraube gebildet. Der Höhepunkt des Abends war erreicht. Ohne hinzusehen, wusste Jannis genau was dort abging. Panos, Fotis und Aléxis, Zigarette im Mundwinkel, drehten sich, die Arme ausgebreitet wie Schwingen, Finger schnippend im Zeitlupentempo um die eigene Achse. Den Kopf leicht zur Seite geneigt mit Blick auf die Füße. Zogen ein Bein elegant im rechten Winkel in Hüfthöhe, machten eine halbe Drehung, um den Fuß im nächsten Moment auf den Boden zu stampfen, hüpften leichtfüßig von einem Bein aufs andere, ließen sich in die Knie fallen und federten sogleich wieder in die Höhe. Die Umstehenden klatschten rhythmisch in die Hände und trieben die drei mit »*óppa*«- und »*éla*«- Rufen an. Jannis' Blick streifte die Menge, glaubte Alexías brünetten Haarschopf zu erkennen. Hörte in seinem Schädel ihr Lachen: »Du machst ein Maul wie ein Fisch!«

Er spuckte auf den Boden, steuerte geradewegs zum Getränke-ausschank, kaufte ein halbes Dutzend Bierdosen, die er in eine Plastiktüte verstauen ließ und bahnte sich den Weg zu seinem Platz. Seine Kumpels waren verschwunden, ebenso Alexías Freundinnen und deren Familien. Vermutlich alle vorne bei den drei Tänzern, die sich aufführten wie die Gockel. Nur vereinzelte Paare oder solche, die zuviel getrunken hatten, hingen an den Tischen ab, auf denen es genauso trist aussah wie in Jannis Herzen. Halbleer gegessene Plastikteller, Bestecke, zerknüllte Servietten, Brotreste, abgenagte Knochen, leere Getränkedosen, Zigarettenschachteln lagen herum. Die Papier-tischdecken voller Fettflecken, eingerissen, durchweicht von verschüttetem Bier und Cola.

Irgendwann wankte er zur Tanzfläche, schob sich durch die Umstehenden. Aléxis war noch der einzige, der mit weit ausgebreiteten Armen Finger schnipsend seine Pirouetten drehte, hüpfte und federte. Sein Hemd hing aus der Hose, die Knöpfe standen offen und entblößten seine schwarzbehaarte Brust. Unter den Achseln hatten sich Schweißflecke gebildet. Zu seinen Füßen kniete Alexía, die ihm im Takt zuklatschte und ihn mit verliebten Blicken überflutete.

Sechs Monate später gaben Aléxis und Alexía ihre Verlo-bung bekannt.

*

»He, was ist mir dir?« Petros rüttelte seine Schulter. Jannis fuhr auf, grabschte nach einer Zigarettenschachtel.

»Panagiótis hat Aléxis das Mädchen weggeschnappt!«, nuschelte Jannis, eine Zigarette im Mundwinkel. »Kurz vor der Hochzeit! Aléxis konnte *Rembétiko* tanzen wie ein junger Gott, aber Panagiótis hatte Geld, so war das!«

»Alexía und Alexís«, genüsslich ließ Petros, der Fischer, die Vornamen auf der Zunge zergehen. »Schon von den Namen her waren sie füreinander bestimmt«, meinte er. »Nicht Jannis und nicht Panagiótis!« Jannis zog einen Mundwinkel nach oben und runzelte die Stirn.

»Deshalb empfängst du den Geldsack mit offenen Armen«, grinste Jorgos. »Weil er deinem Widersacher das Mädchen ausgespannt hat, das du geliebt hast. Ich muss später im Nachbardorf was einkaufen. Soll ich Aléxis eine reinhauen von dir, wenn ich ihn sehe?«

»*Malákes*!« Jannis war verärgert. Hätte er lieber seinen Mund gehalten.

Drinnen läutete mehrere Male das Telefon. Vasilis erschien im Türrahmen.

»Deine Frau wartet mit dem Essen auf dich!«, knurrte er Jannis an.

Die anderen erhoben sich von ihren Stühlen und trabten in Richtung ihrer Häuser. Jannis blieb sitzen.

Jemand klopfte ihm auf die Schulter.

»*Gia sou, file* – hallo, mein Freund!«

Jannis zuckte zusammen und riss die Augen auf. Panagiótis stand vor ihm. »Wie geht's? Gut? Gut!« Zu Vasilis gewandt:

»Gibt's frischen Hummer?«

Vasilis hob den Kopf leicht nach oben und rollte die Augen himmelwärts.

»Dorade?«

Er verneinte abermals.

»Dann bring halt, was du hast!«

Vasilis trollte sich in die Küche. Jannis schaute Panagiótis erwartungsvoll an, doch der drehte ab und schritt über den Dorfplatz.

Gegenüber stand seine Familie unschlüssig um einen der Tische, die Vasilis in der warmen Jahreszeit am Meer aufzubauen pflegte. Panagiótis deutete auf zwei aneinander gestellte Tische unter einem gelben Sonnenschirm in der hintersten Ecke, wedelte mit den Händen und wies jedem einzelnen einen Platz zu. Er selbst thronte am Kopfende, ihm gegenüber Alexía. Zu seiner Rechten saßen Sohn Takis und seine Großmutter. Linkerhand seine Mutter, daneben die Tochter.

Geschäftig balancierte Vasilis auf der Handinnenfläche ein schwer beladenes Tablett an Jannis vorbei zu den Gästen. Schweißtropfen perlten von seiner Stirn. Vorsichtig stellte er das Tablett ab, versah den Tisch mit Papierdecken, arrangierte Teller, Gläser, Bestecke, Cola-Flaschen, Wasser und eine Karaffe mit *Retsína*; platzierte etliche Teller mit Vorspeisen und zwei Brotkörbe in der Mitte. Panagiótis gestikulierte unwirsch mit der Hand, Alexía räumte ihren Platz, zog den Stuhl zur Seite, während Vasilis beflissen einen dritten Tisch anbaute. Er legte eine weitere Tischdecke auf, arrangierte Teller mit den Vorspeisen neu und verzog sich eiligst, um die Hauptgerichte zuzubereiten.

Jannis reckte den Hals. Die Familie saß schweigend um den Tisch, mit Essen beschäftigt. Nur Alexía nahm keinen Bissen zu sich. Unbeteiligt schaute sie aufs Meer, nippte hin und wieder an ihrem Glas.

Sie sieht verhärmt aus, da täuscht auch ihr Goldschmuck nicht drüber hinweg. Ob sie glücklich ist mit ihrem Leben? Jannis seufzte und verlor sich in Gedanken.

Lautes Geplärr holte ihn zurück. Gerade noch sah er, wie Panagiótis seine Hand zurückzog, während sich Takis die rechte Backe hielt.

»Dein Sohn«, schrie er in das Gebrüll hinein. »Kein Benimm! Woher auch?«

Alexía griff nach etwas auf dem Tisch, sprang auf, doch Panagiótis hielt sie mit einer Kopfbewegung zurück. Gehorsam setzte sie sich. Takis plärrte noch immer. Jetzt richteten sich alle Blicke auf die Tochter. Jannis vernahm die donnernde Stimme seines Schulkameraden.

»Was faselst du, Smaragda? Meine Großmutter soll das Glas umgestoßen haben? Wag dich!« Drohend hob dieser seine Hand, Smaragda duckte sich eilends weg.

Vasilis erschien mit dem Tablett im Türrahmen gerade in dem Moment, in dem Panagiótis donnernd seinen Namen rief. Er erblasste.

»Was hat der denn?« Er stellte das Tablett auf Jannis' Tisch ab und trabte los.

Der Geruch gebratener *Biftékia* stieg Jannis in die Nase. Er lenkte seinen Blick auf die Teller und Platten, auf denen frittierte Tintenfischringe, gegrillte Sardinen, *Biftékia*, *Souflákia*, in Öl ausgebackene Kartoffel-, Auberginen- und Zucchinischeiben angerichtet waren. Seine Frau würde wütend auf ihn sein und hatte bestimmt nicht sein Mittagessen warm gestellt. Außerdem konnte er jetzt auf keinen Fall hier weg. Er schaute hinüber zur Tischgesellschaft. Panagiótis redete gestikulierend auf Vasilis ein. Jannis wandte sich wieder dem Tablett zu und stibitzte einen Tintenfischring und schob eine Kartoffelscheibe nach.

»Schmeckt's?« fragte Jorgos, der Olivenbauer, und schlenkerte die Autoschlüssel zwischen Mittel-, Zeigefinger und Daumen. Sein Blick wanderte über das Tablett. »Bei uns gab's nur Bohneneintopf. Was geht ab?«

Jannis pulte ein Stück Fleisch von Holzspieß, schob es in den Mund. »Der spielt sich auf, wie immer!«, schmatzte er und widmete sich erneut dem *Soufláki*.

»Ich fahr' jetzt los. Brauchst du was?«

Jorgos trollte sich zu seinem Pick-up, nachdem Jannis mit einem Schulterzucken reagiert hatte. Vasilis kam zum Tisch zurück.

»Mensch, geh heim, wenn du Hunger hast!«. Er war ungehalten. »Rühr bloß nix mehr an! Muss den Tisch neu eindecken. Das Dickerchen hat seine Cola umgestoßen.«

Mit frischen Tischtüchern, diesmal aus Stoff, hastete er hinüber zu Panagiótis, richtete den Tisch mit geübten Händen neu und eilte sofort wieder zurück, um das Tablett zu holen.

Er starrte auf die angefressenen Teller, stieß einen Fluch aus, verschwand in der Küche und tauchte nach einer halben Stunde auf, das Tablett auf der flachen Hand balancierend. Mit der anderen knallte er Jannis eine Rechnung auf den Tisch.

»Das zahlst du mir!«

Noch während dieser sich über die Unverschämtheit des Wirts ärgerte, war von drüben Panagiótis Stimme zu hören.

»Mieser Service!«

»Du bist schuld!« wetterte Vasilis, bleich im Gesicht. »Zahl' deine Rechnung und hau ab«.

Jannis schraubte sich langsam aus seinem Stuhl. Er hielt es für besser zu gehen, zumal er nicht im Traum daran dachte, die Rechnung zu begleichen. Sollte Vasilis diesem dickbäuchigen Wichtigtuer ein paar Drachmen mehr auf die Rechnung schreiben. Obendrein bedeutete der Rauswurf, dass er gleich den Zorn seiner Ehefrau über sich ergehen lassen musste, da er trotz ihres Anrufes nicht zum Essen erschienen war.

Alexía stand verloren – oder war es eher unschlüssig? – am Tischende. Die anderen waren noch enger zusammengerückt, starrten sie an und redeten auf sie ein. Panagiótis unterstrich wie immer seine Worte mit großen Gesten, so dass die Karaffe zu Boden ging. Er haute mit der Faust auf den Tisch, die

Gläser klirrten. Alexía setzte sich langsam, aber bestimmt in Bewegung, nahm an Panagiótis Platz etwas vom Tisch und lief immer schneller werdend zum Auto. Zum Schluss rannte sie, riss die Wagentür auf, setzte sich ans Steuer, warf den Motor an, legte den Rückwärtsgang ein, wendete und brauste davon. Panagiótis erreichte keuchend den Dorfplatz und starrte mit offenem Mund den Staubwolken hinterher.

*

Jannis schrak aus seinem verspäteten Mittagsschlaf auf, den er sich nach Sofias Donnerwetter gegönnt hatte, und eilte ans Fenster. Jemand hatte seinen Namen gerufen. Unten stand Vasilis und winkte.

»Schnell, es ist was passiert!«

Er stürmte nach draußen. Der Dorfplatz lag verwaist im Halbschatten, kein einziges Auto zu sehen, nur Petros' frisch gestrichenes Boot.

Er schnickte mit dem Kopf Richtung Tisch. »Wo sind sie hin?«

»Unfall!«, stieß Vasilis hervor.

Jannis griente. »Macht nix!«

»Alexía, *Maláka*! Die anderen sind mit dem Taxi weg.«

Er schluckte. »Wie? Wo? Schlimm?«

»In der Kurve mit dem Abzweig zum Kloster. Ein Traktor. Jorgos hat vom *Magasin* aus angerufen.«

Jannis stürzte in den Anbau neben seinem Haus, warf sich aufs Moped und ratterte an Vasilis vorbei.

»Haaalt, nimm mich mit!« schrie dieser, doch Jannis war längst um die Kurve gebogen und trieb sein Moped die Anhöhe hinauf. Er ruckelte am Lenker, wippte gleichzeitig auf dem Sattel. Mit der flachen Hand schlug er immer wieder auf den Benzintank ein, so wie er früher seinen Esel geschlagen hatte, um ihn voranzutreiben. Mehrere Male trat er fest gegen den Motor, als wolle er ihm die Sporen geben. Doch das Gefährt holperte vor sich hin, verlor mehr und mehr an Geschwindigkeit. Dabei hatte es Spiros erst letzten Monat in seiner Werkstatt frisiert und ihm zwanzigtausend Drachmen dafür abgeknöpft, die er mangels eigener Barschaft aus Sofias Zuckerdose leihen musste.

»Gauner!«, zischte er.

Der Fahrweg wand sich bergwärts in Serpentinen durch Olivenhaine, der Motor begann zu stottern. Jannis sprang vom Moped, schubste es in den Graben und stapfte weiter. Zu Fuß kam er schneller voran als mit dieser Eierschaukel. Schweißtropfen perlten von seiner Stirn, er keuchte. Schon war aus der Ferne das Hui-hui eines Polizeiwagens zu hören. Obwohl er kaum noch Luft bekam, hetzte er weiter. Alexía brauchte jetzt seine Hilfe.

Ein Traktor, hatte Vasilis gesagt. Er spürte ein ruckartiges Ziehen in der linken Brusthälfte und verlangsamte das Tempo. In der nächsten Kurve war der Abzweig zum Kloster. Das Kloster, das Fest damals! Das Hui-hui kam näher und brachte ihn in die Gegenwart zurück. Die letzten Meter rannte er.

»*Panagía-mou* – mein Gott!« Er schlug die Hand vor den Mund, blieb abrupt stehen.

Der alte, klapprige Traktor stand quer zum Fahrweg, das Vorderteil schräg nach links geneigt. Jannis schluckte.

Der Motor tuckerte noch. Unweit lag mitten auf der Straße das wuchtige Vorderrad. Ein Stück weiter eine Stoßstange. Dahinter ein abgerissener Außenspiegel. Ebenso ein zerbeulter Kotflügel. Rechterhand nahe der Abzweigung zum Kloster – er wagte erst gar nicht hinzusehen – Panagiótis' Wagen. Auf dem Dach, entgegen der Fahrtrichtung. Sonnenstrahlen tanzten funkelnd auf Glasscherben.

Er brauchte einige Zeit, bis er zu sich kam.

»Alexíía!« Aus Leibeskräften rief er ihren Namen. »Alexíííía!«

Sie ist tot, dachte er, tot, und schrie noch lauter.

Hinter ihm bremste ein Wagen. Die Sirene wurde ausgestellt, Türen knallten. Jorgos, der den Unfall gemeldet hatte, tauchte aus der anderen Richtung auf. Sein Gesicht war so weiß wie das Betttuch, auf dem seine Mutter ihre hausgemachten Nudeln zum Trocknen auslegte.

Jannis stolperte ihm entgegen. »Tot?

Jorgos zuckte die Schultern.

»Ist sie tot?« War dieser *Malákas* nicht fähig, ihm zu antworten?

Die beiden Polizisten kamen heran. »Der Rettungswagen kommt gleich«, beschwichtigte der eine und klopfte Jannis auf den Rücken, während sich der andere eine Zigarette anzündete.

»Keiner da!« Jorgos Stimme klang tonlos. »Hab´ alles abgesucht.«

Jannis und die beiden Polizisten starrten ihn an.

»Es muss Verletzte geben, so wie das hier aussieht!«, beharrte der eine.

»Oder Tote!«, fügte sein Kollege hinzu. «Hast du im Wagen nachgesehen?«

Jorgos nickte und schüttelte zugleich den Kopf. Jannis drückte es das Herz ab. Auch der Polizist zog ihren Unfalltod in Betracht.

Während die beiden Polizisten den Olivenbauern mit Fragen überhäuften und ihm, Jannis, ohnehin keine Beachtung schenkten, löste er sich aus der Gruppe und ging mit hastigen Schritten Richtung Unfallwagen. Den Blick hielt er auf den Boden gerichtet, versuchte die Reifenspuren zu lesen, die sich auf dem brüchigen Straßenbelag abzeichneten. Er machte die Stelle aus, an der die Räder blockiert hatten und es zur Kollision mit dem Traktor gekommen war.

Was sie dabei wohl empfunden hat, überlegte er. Sicher hatte sie Todesängste ausgestanden. Hatte sie den Fahrer des Traktors erkannt?

Jannis warf einen verächtlichen Blick auf das von Rost angefressene Gefährt, zog die Nase hoch und spuckte auf den Boden.

Er hörte die Polizisten seinen Namen rufen. Eilig setzte er seinen Weg fort. Die Spuren verliefen nun bogenförmig, überkreuzten sich. Ein Ölfleck schimmerte in Regenbogenfarben, Glasscherben überall. Der stechende Geruch nach verbranntem Gummi lag in der Luft. Mit klopfendem Herzen stand er vor dem Unfallwagen, der kopfüber halb auf dem Fahrweg, halb auf dem Ackerrand lag, hinter dem der Olivenhain begann.

Dachholm und Motorhaube waren eingedrückt, die Karosserie verzogen, die Türen geschlossen. Er schluckte, zögerte einen Moment, bückte sich und lugte durch die geborstenen Scheiben ins Wageninnere. Jorgos hatte recht gehabt. Sie war nicht drin! Er inspizierte den Boden neben der Fahrertür, glaubte, zwischen den Scherben verschmiertes Blut zu sehen, richtete sich auf, drehte sich bedächtig um sich selbst und spähte in alle Richtungen. Wo konnte sie sein? Erschöpft ließ er sich auf einen Gesteinsbrocken am Straßenrand sinken, das Unfallauto vor Augen. Er sollte heimgehen zu Sofia.

Doch er blieb sitzen.

Jorgos und die Polizisten näherten sich. Für die hatte er jetzt gar keinen Nerv. Außerdem musste er pinkeln. Mühsam erhob er sich und schlug sich seitwärts in einen Olivenhain auf der Suche nach einer uneinsichtigen Stelle. Das trockene Gras kitzelte ihn an den Fußzehen. Ihm fiel ein, dass er Sandalen trug. Er richtete seinen Blick auf die verdorrten kniehohen Grasbüschel, spitzte die Ohren, zog die Füße höher an, damit er nicht von einer Schlange gebissen würde, die es in dieser Jahreszeit noch gab. Er vernahm ein leichtes Rascheln, blieb stehen, lauschte, wanderte mit seinen Augen den Boden ab. Der Druck auf die Blase wurde stärker, er schaute sich um, man konnte ihn nicht mehr sehen vom Fahrweg aus. Er knöpfte den Hosenschlitz auf, friemelte nach seinem Penis und pinkelte im hohen Bogen. Breitbeinig stand er da, fest und sicher, als sei er im Boden des Olivenhains verwurzelt, und verfolgte stolz, wie sein Strahl prasselnd die ausgetrocknete Erde bewässerte.

Ich bin Jannis. Mir kann keiner, dachte er, klopfte sein Glied ab und verstaute es in der Hose.

Wieder raschelte es. Seine Augen tasteten den Boden ab und als er dort keine Schlange entdecken konnte, spähte er neugierig durchs Astwerk. In geraumer Entfernung glaubte er eine Gestalt auszumachen. Er stakste einige Schritte vorwärts. Die Gestalt gewann an Kontur. Ein Mann. Er stand breitbeinig vor einem Olivenbaum, hatte ihm den Rücken zugewandt.

»Wenn das jetzt jeder macht, stinkt bald der ganze Olivenhain nach Pisse«, grummelte Jannis und wollte kehrt machen. Mitten in der Drehbewegung hielt er inne. Ein Stöhnen war an sein Ohr gedrungen. Er führte die gewölbte Hand hinter die Ohrmuschel, kniff gleichzeitig die Augen zusammen und spähte durchs Blattwerk. Zwischen Zweigen, Blättern und halbreifen Oliven hindurch nahm er wahr, dass sich der Körper des Mannes rhythmisch hin und her bewegte. Er machte einen letzten, vorsichtigen Schritt, so dass er nur noch zwei Bäume entfernt war.

Nackte Frauenbeine umklammerten die Hüften des Mannes, und er erkannte Aléxis. Dieser hatte seine Hände stützend unter ihre Pobacken geschoben und bewegte ihren Unterleib in kurzen Abständen vor und zurück. Ihr linkes Knie blutete. Die Hände hatte sie fest in seine Schultern gegraben. Ein vereinzelter Sonnenstrahl fiel durchs Blätterdickicht. Ihr Ehering funkelte.

*

Alexía habe, so gingen die Gerüchte, neun Monate nach dem verhängnisvollen Verkehrsunfall einen Jungen geboren. Wo sie sich mit dem Kind aufhielt, vermochte niemand zu sagen. Aléxis hatte Ehefrau und Kind sitzen lassen und das Dorf mit unbekanntem Ziel verlassen. Panagiótis teilte angeblich Tisch und Bett mit seiner Haushälterin, zum Missfallen von Mutter und Großmutter. Er kam nie wieder nach Kalamata.

Männerbegehren

Eftýchios verließ seine Praxis früher als üblich. Er tänzelte durch die Gassen, summte eine Tonfolge von *Zorbas' Dance*, blieb hin und wieder vor einem der Schaufenster stehen und beäugte sein Spiegelbild. Dabei reckte er den Oberkörper, zog den Bauch ein und spannte die Armmuskeln an. Dann strebte er weiter in Richtung Zentrum. Ohne auf den Verkehr zu achten, überquerte er die beiden Straßen, die die *Plateía Basiléos Georgíou*, den Zentrumsplatz, umsäumten. Nachdem er wie durch ein Wunder sicher die andere Straßenseite erreicht hatte, steuerte er auf den Kiosk neben dem größten Kaffeehaus der Stadt zu.

Durch die Luke schob ihm eine Hand die *Eléftheria* entgegen. Das bärtige Gesicht des Kioskbesitzers erschien in der Öffnung.»Hallo, Anwalt. Wie geht's?«

Eftýchios brummelte ein»Danke-gut-und-Ihnen?«, klemmte die Zeitung unter den Arm und wandte sich zum Gehen. Drehte sich wieder um.»Eine Schachtel *Karélia*! Und ein Feuerzeug«.

Der Kioskbesitzer feixte:»Rückfällig, was?«

Eftýchios warf einen Fünftausend-Drachmenschein auf das Zahlbrett und bog, ohne das Wechselgeld abzuwarten, nach links ins *Galáxia*.

Das Café lag im nordöstlichen Teil des Platzes. Das eigentliche Geschäft befand sich im Erdgeschoss eines V-förmigen, vierstöckigen Gebäudes mit bröckelnder Fassade. Seit drei Generationen war es im Besitz der Familie Karagoúnis, die jetzt ebenfalls bröckelte, denn der letzte Spross, Iraklís, war unverheiratet und kinderlos, was seit Jahren für Argwohn und Gerüchte sorgte. Der Innenraum war weder geräumig noch sonderlich einladend. Man konnte meinen, das Interieur stemme sich seit Jahren gegen den Lauf der Zeit. Vom Ideenreichtum, das die Möbeldesigner der achtziger Jahre angeblich auszeichnete, war hier jedenfalls nichts zu spüren. Neben einer klobigen Theke aus Mahagoni, an der die Bestellungen abgewickelt wurden, standen einige Holztische umgeben von verschlissenen senfgelben Polsterstühlen. Gegenüber brummten drei riesige Kühlschränke aus Edelstahl vor weißgrau gestrichenen Wänden. Hinter den Glastüren waren pappig-süße Cremetörtchen in rosafarbenen Papier- förmchen aufgereiht – eine über die Stadtgrenzen hinaus berühmte Spezialität des Hauses.

Der Hauptumsatz fand in der warmen Jahreszeit statt. Sowie das Thermometer über achtzehn Grad kletterte, wurden Stühle und Tische hinausgestellt, zunächst entlang der Schaufensterscheiben, die bei dieser Gelegenheit ihren Frühjahrsputz erfuhren. Die dem Platz abgewandte Seite blieb traditionell älteren Männern vorbehalten. Die trafen sich dort täglich zu lautstarken Diskussionen, lasen stunden- lang Zeitung und ließen währenddessen ihre *Kombolói* durch die Finger gleiten.

Mit zunehmenden Temperaturen breitete sich das *Galáxia* weiter zum Platz hin aus. Metalltische und die in Mode gekommenen weißen Plastiksessel wurden aufgebaut, bildeten ein Karree, das von vergilbten, mehrfach ausgebesserten Sonnensegeln überdacht wurde. Sämtliche Sessel standen mit Blickrichtung auf den Platz, auf dem an Sommertagen das Leben pulsierte, was dem *Galáxia* unter den Jüngeren den Namen *Glotzcafé* eintrug. In jener Jahreszeit avancierte das

Galáxia bis zum Einbruch der Dunkelheit zum angesagtesten Treffpunkt der Stadt.

Eftýchios strebte seinem Stammplatz zu. Dies war einer jener Tische, die dicht am Gebäude und leicht erhöht auf einem Trottoir standen. Hier saß er windgeschützt und konnte alles überschauen, ohne selbst ins Blickfeld zu geraten.

An Werktagen hielt ihm Fanis, der Kellner, diesen Tisch ab zwölf Uhr frei. Um diese Zeit pflegte er eine längere Kaffeepause einzulegen, bevor er nach Hause zu seiner Mutter zum Essen ging. Damit er in Ruhe Zeitung lesen, seine Fälle rekapitulieren oder sein Leben überdenken konnte, blickte er derart abweisend drein, dass keiner Anstalten machte, sich zu ihm zu setzen. Nur an den Freitagen wirkte er freundlich und aufgeschlossen, denn da traf er sich mit seinen vier engsten Freunden, alles Juristen.

Eftýchios rückte seinen Stuhl zurecht, damit er den Kiosk und die dahinter liegende Parkreihe im Auge hatte. Er legte die Zeitung auf den Tisch, warf einen flüchtigen Blick auf die Titelseite. Ein Foto des türkischen Ministerpräsidenten Özal mit dem deutschen Kanzler Kohl beim Händeschütteln sprang ihm ins Auge. Hätte dieser Dickwanst mal lieber unseren Ministerpräsidenten Papandréou besucht, empörte er sich und drapierte Zigarettenschachtel und Feuerzeug auf das Bild. Er hatte heute anderes im Sinn, als sich über die Politik aufzuregen. Prüfend fuhr er sich mit dem Zeigefinger über die Lippen und schaute sich um. Einige Tische entfernt erkannte er einen ehemaligen Klienten, der in die *Eléftheria* vertieft war. Er nickte ihm zu. Ansonsten entdeckte er keine Bekannten. Das war eher ungewöhnlich, ihm heute aber lieber, denn er wollte Gerede vermeiden.

»Wie immer?« Fanis, der Kellner, stand vor ihm und riss ihn aus seinen Gedanken. Er trug eine schwarze Hose, dazu ein weißes Hemd, dessen Ärmel er bis zu den Ellbogen hochgekrempelt hatte. Keine Krawatte, die beiden oberen Knöpfe standen offen. Die schütteren Haare hatte er zurückgekämmt, weniger, weil es derzeit Mode war, sondern um eine kahle Stelle am Hinterkopf zu überdecken.

»Ja«, sagte Eftýchios. »Nein. Lieber einen *Frappé skétos* — ohne Milch und Zucker!« Heute musste der Kaffee schwarz sein, das erschien ihm männlicher.

»Haben Sie etwas von *Kyrío* Chatzifotiádi gehört?«, wollte der Kellner wissen und zog die dichten Augenbrauen nach oben. Seit dem Verschwinden des Richters erkundigte er sich täglich nach ihm. Eftýchios konnte weder der Frage noch dem Tonfall, in dem sie vorgetragen wurde, etwas Argwöhnisches entnehmen. Fanis machte ein gleichmütig freundliches Gesicht. Offenbar wusste er nichts.

»Ist noch verreist«, antwortete Eftýchios knapp. »Ihr Chef ja wohl auch noch!«

»Ich sag's nur Ihnen. Er ist in Amerika, habe ich gestern erfahren!« Er senkte seine Stimme, als verriete er ein Staatsgeheimnis, obwohl ganz Kalamata sich bereits seit Wochen über die Abwesenheit des Kaffeehausbesitzers den Mund zerriss. Ein Gerücht jagte das andere. Eftýchios wusste ohnehin längst Bescheid. Er verfügte über zuverlässigere Quellen als der Kellner.

»Na, das ist doch schön für *Kyrío* Karagoúni, dass er jetzt so eine große, lange Reise macht. Würde ich auch gerne«, wiegelte der Anwalt ab.

Fanis' Blick haftete auf seinem Mund. Eftýchios fühlte sich ertappt und fuhr unwillkürlich mit der Kuppe seines Zeigefingers über die ameisengroße Kruste auf der Unterlippe. Er räusperte sich.

»Einen *Frappé. Skétos*!«, wiederholte der Kellner und setzte sich in Bewegung.

Eftýchios pickelte an dem Grind herum, doch der Schorf war zu frisch, um sich abknibbeln zu lassen. Wie peinlich! Peinlich und unästhetisch! Er stützte das Kinn in die Handfläche, um den Makel zu überdecken.

Noch immer spürte er ihren Mund auf dem seinen. Sanft begann sie an seiner Oberlippe zu saugen und zu knabbern, streifte mit ihren Zähnen seine Unterlippe, griff diese und zog sie ein wenig herunter. Er geriet völlig aus dem Häuschen. Dann schob sie ihre Zunge in seinen Mund, tastete mit der Zungenspitze seine Zähne ab, zog ihre Zunge wieder zurück, nagte an seiner Unterlippe, verpasste ihm einen leichten Biss, und noch einen … und ….

»Autsch!« entfuhr es Eftýchios. Er stieß sie von sich, fuhr mit dem Handrücken über seinen Mund. Blut! »Was machst du denn?«

Doch statt einer Antwort leckte und saugte sie ihm das Blut von den Lippen, schob wieder ihre Zunge in seinen Mund, schleckte seine Mundhöhle aus, unterbrach das Spiel kurz, hauchte »Ich mach dich heiß« und küsste ihn wieder.

Am Nachbartisch wurden krachend Stühle gerückt, jemand rempelte ihm in den Rücken. Er schreckte auf, drehte sich um. Statt einer Entschuldigung gab es Gelächter. Touristen! Er blähte die Nasenflügel, schaute auf seine Armbanduhr und lenkte seinen Blick Richtung Kiosk und auf die dahinter liegende Parkreihe.

Wo sie nur blieb? Noch immer konnte er nicht fassen, was ihm widerfahren war. Ein Bild verhakelte sich in seinem Kopf. Sie saß auf seinem Schreibtisch, zupfte den Rocksaum nach oben und spreizte dabei langsam die Oberschenkel. *Sie! Trug! Keinen! Slip!*

Bei dieser Erinnerung lief ihm ein wohliger Schauder über den Rücken. Sein Glied regte sich und er rutschte auf seinem Stuhl hin und her. Gleich würde sie da sein, schon glaubte er, ihr Parfüm zu riechen. Er würde sie auf den Tisch legen, ihren Rock hochschieben – ein Slip kam in seiner Phantasie nicht vor – und vor den Augen aller Caféhausbesucher in sie eindringen. Verstohlen fuhr er mit der rechten

Hand in seinen Hosenbund und ließ seine Gedanken treiben.

»Oh, Anwalt, schön Sie zu sehen!«

Er schrak auf, zog hastig die Hand aus dem Hosenbund und blickte auf die ausladenden Hüften der *Kyría* Kápela, die in einem großblumig gemusterten Stretchrock steckten. Die Mittagshitze hatte ihr Make-up zum Schmelzen gebracht. Sie erinnerte ihn an einen dieser tragischen Clowns, denen er als Kind in den seltenen Zirkusveranstaltungen vor Ort immer mitleidig zugeklatscht hatte.

Letztes Jahr hatte er den Nachlass ihres überraschend verstorbenen Ehemannes abgewickelt. Bei der Testaments-eröffnung musste die in Tiefschwarz gekleidete Witwe erfahren, dass der Gatte sich seit zehn Jahren eine Geliebte hielt, der er die Hälfte seines Vermögens vermacht hatte. Eftýchios legte damals tröstend seine Hand auf ihren Oberarm und sprach mit sanfter Stimme gegen ihren Tränenfluss an, so nachhaltig offenbar, dass die Hintergangene ihn über Wochen täglich anrief und – schlimmer noch – unter vorgeschobenen Gründen in seiner Praxis auftauchte.

Da aber Eftýchios niemals wieder diesen einfühlsamen Tonfall anschlug, noch seine Hand auf ihren Oberarm legte, stattdessen immer geschäftsmäßiger und schließlich völlig wortkarg wurde, stellte sie ihr Unterfangen ein.

Nun stand sie vor ihm, eingehüllt in eine Parfümwolke und strahlte ihn an. Eftýchios rümpfte die Nase, entrang sich ein kurzes *gia sas* und setzte seine Unnahbarkeitsmiene auf. Da fragte sie auch schon.

Er wedelte mit der Hand — »Der Platz ist besetzt!« — und lugte wieder Richtung Kiosk. *Kyría* Kápela wartete einen Moment, lächelte tapfer, darauf bedacht, dass die Mundwinkel nicht nach unten sanken. Als er andächtig die Papierhülle seines Strohhalms abpulte, warf sie den Kopf in den Nacken und wogte davon. Er atmete auf. Wieder schaute er auf seine Armbanduhr. Sie hätte längst da sein müssen!

Verkrümmt hatte er in seinem Chefsessel gehockt, Athanasía vor ihm auf dem Schreibtisch. Sein Kopf war unter ihrem Rock verschwunden und steckte tief zwischen ihren gespreizten Oberschenkeln. Auf ihre Anweisung fuhr er mit seiner Zungenspitze an ihren inneren Schamlippen entlang, umzüngelte ihre Klitoris. Sie stöhnte, schob den Hintern weiter nach vorne, stemmte die Oberschenkel leicht nach oben, lehnte den Oberkörper im Fünfundvierzig-Grad-Winkel zurück und stützte sich mit den Armen nach hinten ab. Eftýchios spürte seine Bandscheiben, rutschte von seinem Drehstuhl, ging auf die Knie. Er wurde kühner, umklammerte ihre Pobacken mit beiden Händen, bohrte seinen Mund in ihre Schamlippen. Seine Zähne umfassten ihre Klitoris, er sog und kaute, zuzelte und biss, schleckte ihre Säfte, stieß, angetrieben von ihren kurzen spitzen Schreien, seine Zunge so tief er konnte in ihre Scheide. Sein Glied war kurz vorm Platzen. Er ließ von ihr ab, wollte aufstehen, um in sie einzudringen. Doch sie drückte seinen Kopf zwischen ihre Beine und schob ihm ihr Geschlecht entgegen. Wieder ging er mit Zunge und Zähnen zu Werke, diesmal fordernder und härter. Athanasía stöhnte laut, wand sich vor Lust, ihre Säfte sprudelten und Eftýchios schlürfte sie mit Wonne. Sie atmete heftig, stöhnte »Zeig's mir, zeig's mir«, woraufhin er sich an ihrem Kitzler festsaugte, zwei Finger in ihre Scheide einführte, spreizte, drehte und mehrmals kräftig zustieß. Athanasía hielt den Atem an, gab gurgelnde Laute von sich, ihr Körper versteifte sich und sackte zusammen. Eftýchios ließ von ihr ab, blieb wie gebannt vor dem Schreibtisch knien und streichelte ihren Unterleib mit Blicken. Niemals zuvor hatte er eine Frau auf solch intensive Weise geliebt. Doch bevor er irgendetwas sagen, sie streicheln, umarmen oder küssen konnte, stand sie abrupt auf. Sie zupfte ihre Kleider zurecht, fuhr sich durch die Haare und eilte zur Tür. »Wir sehen uns morgen um zwölf Uhr im *Galáxia*«, hörte er sie sagen. Noch immer kniete er vor seinem Schreibtisch. Sein Glied hing schlaff herab. An seinen Oberschenkeln klebte milchig-trübes Ejakulat.

Das Glas mit dem *Frappé* stand unberührt vor ihm, die Eiswürfel waren geschmolzen, die Schaumkrone in sich zusammenzufallen. Nur am Wasser nippte er hin und wieder. Warf zum x-ten Mal ein Blick auf die Uhr. Er trommelte mit den Fingern auf die Tischplatte, nestelte an der Zigarettenschachtel herum, ohne sie jedoch zu öffnen und betastete mit dem Zeigefinger den Grind auf seiner Unterlippe, als könne er die Angebetete dadurch herbeizaubern.

Seine Blase drückte. Bereits seit dem Auftauchen von *Kyría* Kápela verspürte er Harndrang, traute sich jedoch nicht hinein ins Geschäft auf die Toilette, denn er befürchtete, dass sie im Moment seiner Abwesenheit auftauchen könnte, ihn nicht vorfinden und im Glauben, er habe nicht auf sie gewartet, davonrauschen würde.

Schließlich hielt er es nicht mehr aus. Er wandte sich an das Paar am Nachbartisch:»Ich bin gleich zurück. Nur, falls jemand nach mir fragen sollte!«. Er drängelte sich durch das vollbesetzte Café und verschwand ins Gebäude.

*

Als er zurückkam, war sein Platz besetzt. Eftýchios klappte der Unterkiefer runter.

»Was machst du hier? Unser Treffen ist erst morgen!«, entfuhr es ihm.

»Bist du nicht bei deiner *Mána* zum Mittagessen?« Sein Freund Stratis, der Staatsanwalt, funkelte ihn an. Er hatte die Zigarettenschachtel aufgerissen und qualmte vor sich hin. Dabei war er Nichtraucher.

»Das sind meine Zigaretten! Und mein Platz!« Er trat dicht an Stratis heran. »Hier sitze ich!«

Stratis reckte seinen Oberkörper, atmete drei Mal tief ein und aus und schraubte sich aus dem Sessel.

»Jetzt hab' dich nicht so, mein Freund!«, sagte er, öffnete beide Arme zu einer Umarmung, geriet ins Wanken, rempelte den Tisch an und stieß das Glas mit dem *Frappé* um. Die braune Brühe ergoss sich über Eftýchios' Zeitung und tröpfelte auf sein linkes Hosenbein.

»Mann, was machst du?« Eftýchios versuchte mit dem Ärmel seines Leinenjacketts die Flecken auf seiner Hose wegzureiben. Der Kellner, der das Missgeschick mitbekommen hatte, eilte herbei, entfernte die nasse Zeitung, räumte die Gläser ab und wischte den Tisch.

»Bitte, die Herren! Ich bringe gleich neuen *Frappé*!«

Einen Moment standen sie unschlüssig herum, dann setzten sich beide. Eftýchios beäugte misslaunig das verfleckte Hosenbein, Stratis reckte den Kopf und ließ seine Blicke über die Besucher gleiten. Sie schwiegen. Keiner hatte Lust auf eine Unterhaltung.

Eftýchios starrte in das Nichts der Tischplatte bis ihm wieder in den Sinn kam, warum er hier war. Er sah erneut auf seine Armbanduhr – schon anderthalb Stunden über die Zeit jetzt –, spähte in Richtung Kiosk, lenkte seinen Blick auf Stratis und rätselte, was diesen an jenem Donnerstag um diese Uhrzeit hierher getrieben haben könnte.

»Wieso bist du nicht im Yachting-Club?«, wollte er wissen. »Hat deine Frau was rausgekriegt? Oder hat Klarabella dir den Laufpass gegeben?« Er beäugte ihn argwöhnisch.

Stratis saß leicht zurückgelehnt in seinem Plastiksessel, ließ in Minutenabständen seinen kantigen Kopf von links nach rechts und wieder in die andere Richtung wandern. Hin und wieder strich er mit der Hand über seinen Dreitage-Bart, den er sich Klarabella zuliebe stehen ließ, der jedoch den Spott seiner nichts ahnenden Ehefrau hervorrief. Die meinte, ein Dreitage-Bart würde noch keinen Don Johnson aus ihm machen.

Stratis war untersetzt, beleibt, sein Bauch prall, der Oberkörper quadratisch, kräftig. Dennoch wirkte er nicht dick. Man sah, dass er Sport trieb. Krafttraining im Winter mit Gewichten und Expander im Keller seiner Villa. Von Frühjahr bis Herbst joggte er in aller Frühe eine Stunde barfuß und nur mit einer Badehose bekleidet am Strand entlang. Anschließend schwamm er die Strecke zurück. Die Fünfzig hatte er bereits überschritten, seine Haare, zwar immer noch füllig, waren weiß geworden. Dennoch wirkte er deutlich fitter als Eftýchios und die anderen Freunde, die alle ein knappes Jahrzehnt jünger waren als er. Sein Gesicht war sonnengebräunt, sehnig und seine dunkelbraunen Augen blitzen hellwach. Mit spitzen Lippen blies er Rauchkringel in die Luft.

Eftýchios beäugte missbilligend Stratis' Qualmerei, betastete seinen Grind, gaffte auf dessen Mund.

»Fällt dir nichts auf?«, fragte Stratis. Eftýchios' Bemerkungen hatte er anscheinend überhört.

»Du rauchst!«

»Sonst noch was?«.

Eftýchios zögerte. »Doch – du hast da was am Mund!«

Stratis fuhr sich mit dem Fingerrücken über die Unterlippe.

»Ich? ... Am Mund?«. Er räusperte sich. »Fällt dir nicht auf, dass immer weniger Leute ins *Galáxia* kommen?«

»Blödsinn, das Café ist voll besetzt!«

»Dann sieh genau hin!« Stratis' Blicke wanderten ein weiteres Mal von Tisch zu Tisch. »Fast alles Touristen. Fremde. Ein paar aus den Dörfern. Die Einheimischen bleiben weg. Sie wissen es!«

»Quatsch!«, widersprach Eftýchios. »Keiner weiß was. Nicht einmal wir wissen was Genaues!«

»Die Leute reden! Die Sache mit der Reise glaubt jedenfalls kein Mensch«. Stratis senkte seine Stimme. »So wie Iraklís aussah in den letzten Monaten. Und unser Freund Aléxandros Chatzifotiádis, Richter und ehrbarer Bürger dieser Stadt, ist kurz darauf auch verreist. Das stinkt zum Himmel. Selbst Athanasía ahnt etwas!«

Eftýchios wurde hellhörig.

»Woher weißt du das?«

Stratis zuckte die Schultern und nuckelte mit dem Strohhalm an seinem *Frappé*. Eftýchios beobachtete ihn eine Weile, der Grind auf Stratis' Unterlippe zog seine Blicke magisch an.

»Hast du Herpes?«, wollte er wissen.

»Du doch auch«, blaffte Stratis.

Wenn der wüsste! Eftýchios schüttelte den Kopf.

»Ich habe keinen Herpes!«

Wieder ließ er seine Blicke suchend über die Cafébesucher schweifen. Er machte in der Menschenmenge einige ehemalige Klienten aus, entdeckte zwei Nachbarinnen seiner Mutter, den leitenden Oberarzt der städtischen Klinik in Begleitung einer Dame, die nicht seine Gattin war. Drei Optiker, die alle ihre Geschäfte in der gegenüberliegenden *Aristoménos-Straße* hatten und sich einen erbitterten Konkurrenzkampf lieferten. Was sie nicht darin hinderte, jeden Mittag im *Galáxia* gemeinsam ihren Kaffee zu trinken. An einem Tisch zum Platz hin glaubte Eftýchios, die goldblond gefärbte Lockenpracht von *Kyría* Kápela zu erkennen. In deren Nähe den Klienten, der noch immer Zeitung las.

Stratis hatte Recht, dachte er, kaum noch Einheimische. Und die, auf die er so brennend wartete, war auch nicht hier. Er packte seine Hoffnungen ein, schlug, während er sich erhob, mit der Handfläche auf den Tisch, »*Gia sou*, Strati, bis morgen«, und wandte sich zum Gehen.

»Ich habe einen großen Fehler gemacht«, sagte in diesem Moment Stratis mit düsterer Stimme.

Überrascht blieb Eftýchios stehen. Es war nicht Stratis' Art Fehler einzugestehen. Er machte keine, das war sonst seine Überzeugung.

»Die ganze Angelegenheit bedrückt mich zutiefst!«, gestand er.

Eftýchios hatte keine Lust auf neuerliche Diskussionen über dieses Urteil, das seit zwei Wochen den Zankapfel zwischen ihnen bildete. Viel zu sehr war er in Gedanken mit Athanasía beschäftigt. Doch der Sinneswandel, der sich angesichts Stratis' Bemerkung abzuzeichnen schien, ließ ihn aufhorchen, die quälende Warterei auf Athanasía für einen Augenblick vergessen. Er setzte sich wieder.

»Du hättest ihm niemals, niemals fünf Jahre aufbrummen dürfen!«

Stratis hatte in diesem Prozess eine harte Linie verfolgt, unterstützt von dem Richter, der den erkrankten Kollegen Aléxandros Chatzifotiádis vertrat. Beide wollten ein Exempel statuieren. Kalamata sei zum größten Drogenumschlagplatz Griechenlands verkommen, die Berghänge des Taygetos übersät mit Hanfpflanzen, hob Stratis mehrere Male in seinem Plädoyer hervor und der Richter schloss sich dieser Argumentation in der Urteilsbegründung an. Dabei war der Angeklagte, so Eftýchios in einer flammenden, emotionsgeladenen Verteidigungsrede, lediglich ein verzweifelter Vater, der in seinem Truck zwanzig Kilogramm Haschisch versteckt hatte. Und sich, als Zollbeamte in Patras die Ladung entdeckten, bei seiner Festnahme widersetzt hatte, weil er dringend Geld brauchte für eine lebensrettende Operation seines krebskranken Kindes in einer Spezialklinik in den USA.

Eftýchios' Gerechtigkeitsempfinden war durch dieses Urteil nachhaltig gestört, seine Freundschaft zu Stratis auf eine harte Probe gestellt. Außerdem hatte er einen Prozess verloren, den er hätte gewinnen müssen und fühlte sich in seiner juristischen Eitelkeit verletzt. Er war nicht sicher, was ihn mehr umtrieb: Seine Niederlage oder das Schicksal des Vaters.

»Mit diesem Urteil hast du das Leben der Familie zerstört. Das Kind auf dem Gewissen!«

»Mein Leben ist aus den Fugen«, murmelte Stratis. »Ich war ein zufriedener Mann ...«

»Keine Sorge. Wir gehen in Revision!«, unterbrach ihn Eftýchios und klopfte sich auf die Brust. »Alles wird gut. Für alle!«

«... zufrieden mit meinem Beruf, meiner Familie, meiner Frau und mit meiner Geliebten. Seit gestern morgen ...«, seine Stimme klang müde. »Seit gestern Morgen ...«

Eftýchios spitzte die Ohren. »Stratis, worüber reden wir?«

»Eftýchios?« Er sah ihm prüfend ins Gesicht und machte eine längere Pause, bevor er weitersprach. »Das bleibt unter uns, versprichst du das?«

Eftýchios nickte zerstreut. Der Gesprächsverlauf verwirrte ihn. Und die Frau, nach der sein Körper brannte, hatte ihn offensichtlich versetzt.

Stratis holte tief Luft. »Gestern morgen ... am Strand ... ich hatte den besten Sex meines Lebens.«

Eftýchios' Gesichtszüge entgleisten.

»Ich wurde völlig überrumpelt ...«, Stratis' Augenlider zuckten, er schaute auf, brach mitten im Satz ab, erhob seine Stimme. »Völlig überrumpelt hat er mich, dieser neue Richter, den sie für Aléxandros geschickt haben. Von Anfang an hat er für diese harte Linie plädiert ...«

»Zankt ihr euch noch immer über diesen Fall?«, tönte eine Stimme über Eftýchios' Kopf hinweg. Er brauchte sich nicht umzudrehen, um zu wissen, wer hinter ihm stand.

*

Seine Anwaltskollegen Ángelos Angelópoulos und Diónysos Papadéas schälten sich aus ihren Sakkos mit den modisch bis unter die Ellbogen gekrempelten Ärmeln, warfen sie lässig über die Sessellehne und machten sich am Tisch breit. Die beiden betrieben – sowohl was die Anzahl ihrer Klienten als auch die Quadratmeterzahl der Räumlichkeiten betraf – die größte Anwaltspraxis der Stadt. Ausgestattet mit edlem Mobiliar, Kunstwerken an den Wänden, einer juristischen Bibliothek und seit Kurzem sogar mit einem Computer, einem *Atari*, für dessen Bedienung sie einen Fachmann eingestellt hatten, da ihre Anwaltsgehilfinnen sich mit der neumodischen Technologie nicht auskannten. Diese hatten dafür andere Qualitäten, die ihre Chefs zu schätzen wussten.

Dagegen war Eftýchios' Ein-Mann-Kanzlei eine Klitsche. Die Kanzlei *Angelópoulos & Papadéas* stand in dem Ruf, fast jeden Prozess zu gewinnen. Um dem gerecht zu werden, gingen sie über Leichen, was sie bei Eftýchios, Stratis und Aléxandros erhebliche Sympathien kostete. Hin und wieder, wenn die drei unter sich waren und die Rede auf Ángelos und Diónysos kam, fragten sie sich, warum sie noch immer mit den beiden befreundet waren. Am Ende ihres Disputs hatte Stratis stets die gleiche Antwort parat: »Weil wir alle aus gottverdammten Dörfern der inneren Mani stammen, zusammen aufgewachsen, auf die gleichen Schulen gegangen sind, zusammen studiert haben. Alle fünf haben wir es geschafft, nach oben zu kommen! Trotz unserer Herkunft!«

In Eftýchios machte sich Enttäuschung und Wut breit. Sollte Athanasía tatsächlich noch auftauchen, würden ihm die beiden natürlich den Rang ablaufen. Mit ihrem Erscheinungsbild konnte er nicht mithalten. Er schielte auf den bräunlichen Flecken auf seiner Hose. Keiner der beiden würde mit solch einer Hose im *Galáxia* sitzen und auf eine Frau warten. Eher würden sie die Frau warten lassen.

Beide waren im lässigen Ausgehlook, sie kamen sicher nicht aus ihrer Kanzlei. Ángelos, der größere, trug eine wollweiße, luftige Baumwollhose. Im Gegensatz zu seinem Sozius war er schlaksig und bevorzugte luftige Hemden – heute ein creme-farbenes aus Seide – um den schwächlichen Muskelansatz zu überspielen. Seit seinem Bandscheibenvorfall hielt er den Oberkörper stets leicht nach vorne geneigt, was ihn älter erscheinen ließ als er war.

»Was starrst du mich so an?«, fragte er Eftýchios und schob seine Ray-Ban-Sonnenbrille auf die Stirn.

»Nichts«, schnalzte dieser, während er Ángelos neuen Haarschnitt – vorne streichholzlang, locker zurückgegelt, hinten etwas länger, an den Seiten abrasiert – abschätzig begutachtete.

Diónysos trug ein babyblaues T-Shirt, das er in den Hosenbund seiner Bundfaltenhose gesteckt hatte. Dadurch wirkte er noch gedrungener, als er in Wirklichkeit war. Er hatte ein rundliches Gesicht mit festen Konturen und schwarze, gewellte Haare. Es ging das Gerücht, dass seine Schuhe Spezialanfertigungen mit erhöhter Innensohle waren, die er bei einem Schuster in Athen fertigen ließ. Für Eftýchios kamen weder Haargel noch Komplexschuhe in Frage. Dann lieber einen Flecken auf der Hose.

»Was macht ihr hier?« Eftýchios schaute vom einen zum anderen. »Heute ist nicht Freitag!«

»Und wieso bist du noch hier um diese Zeit?«

»Nicht zum Essen bei deiner *Mána*?« unkten sie.

»Sieh an, der Herr Staatsanwalt isst heute auch nicht mit seiner Freundin im Yachting-Club zu Mittag.« Ángelos verzog den Mund zu einem schiefen Lächeln.

»Diónysos, du hast doch gehört, dass sie sich noch immer über diesen Fall streiten. Quasi eine informelle Sitzung zwischen Staatsanwalt und Verteidiger. Und alles hinter dem Rücken des neuen Richters. Vielleicht gelingt es unserem Staranwalt, diesen armen Teufel doch noch zu retten?«

»Ich wollte gerade gehen,« meinte Stratis. Seine Stimme klang brüchig.

»Hast du was?«, fragte Ángelos und zog die Augen zusammen.

»Ich bin so gut wie weg!« Eftýchios machte Anstalten sich von seinem Stuhl zu erheben. Ángelos beugte sich vor, drückte ihm die Hand auf die Schulter.

»Lass das! Ich habe noch einen wichtigen Termin mit einem Klienten!«, fuhr Eftýchios ihn an.

»Und ich bin zum Essen verabredet«, entgegnete Stratis bestimmt. »Mit dem Richter, der Aléxandros vertritt!«, fügte er sicherheitshalber hinzu.

Ángelos grinste spöttisch und wandte sich an Diónysos.

»Hhm, was meinst du? Lassen wir sie gehen oder überreden wir sie zu bleiben?« Sie zwinkerten einander zu.

»Von mir aus können sie bleiben. Sie stellen ohnehin keine Konkurrenz dar für uns. Stratis hat seine Geliebte, Eftýchios seine *Mána*.« Diónysos zog den rechten Mundwinkel nach oben, lehnte sich in seinem Sessel zurück und verschränkte die Hände über der Bauchgegend.

Wie führen die sich denn auf?, dachte Eftýchios empört. Der Ton, den die beiden anschlugen, passte ihm ganz und gar nicht. Er warf Stratis einen fragenden Blick zu. In den letzten achtzehn Stunden hatte sich in seinem privaten Leben so viel Verwirrendes ereignet, dass er nicht imstande war, diesem widerwärtigen Anwaltsduo Paroli zu bieten.

Stratis öffnete den Mund, als wolle er zum Sprechen ansetzen und holte tief Luft. Doch in diesem Moment orderte Ángelos mit herrischer Stimme über die Tische hinweg beim Kellner fünf *Frappé*, vier *skétos*, einen mit Milch und Zucker. Stratis runzelte die Stirn.

»Wir sind nur zu viert«, merkte er an.

Ángelos und Diónysos sahen einander an, letzterer zuckte die Schultern.

»Wir haben eine Verabredung mit einer Dame«, meinte er beiläufig und schaute auf seine Rolex. »Sie muss jeden Moment kommen!«

Ángelos spähte Richtung Kiosk und Parkreihe.

»… jeden Moment«, echote er und strich mit der Zunge über seine Oberlippe.

Eftýchios und Stratis tauschten stumme Blicke.

Stattdessen erschien der Kellner. Auf der linken Handfläche balancierte er ein rundes Messingtablett mit vier Gläsern *Frappé*.

»Eine Dame hat für Sie angerufen.« Vielsagend blickte er in die Runde. »Sie lässt Ihnen ausrichten, sie sei verhindert. Ihnen allen.« Er machte eine Pause und stellte die *Frappédes* auf die Tischplatte. »Alles Weitere stehe in der *Eléftheria*!«

Für einen Augenblick herrschte Schweigen am Tisch.

»In der Zeitung? Sind Sie sicher?«, fragte Ángelos.

Der Kellner nickte. Ángelos sprang von seinem Stuhl auf, so heftig, dass der Tisch wankte. Eftýchios hielt ihn zurück.

»Bleib! Ich habe vorhin eine gekauft!« Seine Blicke wanderten suchend über den Tisch.

»Da habe ich den *Frappé* drüber gekippt«, brummte Stratis zerknirscht.

»Habt ihr eine oder habt ihr keine?«

»Halt!«, Stratis schlug mit der flachen Hand auf den Tisch, die Gläser klirrten.

»Pass doch auf«, zischte Eftýchios ihn an.

»Ich verstehe überhaupt nicht, worum es hier geht!« Stratis sprach mit jener schneidenden Stimme, mit der er die Angeklagten und deren Zeugen zu befragen pflegte, griff nach seiner Brille, die vor ihm auf dem Tisch lag, setzte sie auf die Nasenspitze und blitzte die beiden Anwälte über den Brillenrand an.

Doch statt einer Antwort zwängte sich Ángelos, gefolgt von Diónysos durch die Tischreihen in Richtung Kiosk. In der Hektik rempelte Ángelos einen Stuhl um, eine Handtasche plumpste zu Boden, öffnete sich und entlud den Inhalt. Ángelos wollte weiter, doch der empörte Ausruf der Besitzerin nagelte ihn fest.

»Stehengeblieben!«

Geistesabwesend bückte er sich, um die herausgefallenen Utensilien aufzuheben, ging in die Knie, fuhr sich mit beiden

Händen in die Lendengegend und verharrte gekrümmt.

»Heben Sie endlich meine Sachen auf«, heischte die Stimme. Die Stimme gehörte *Kyría* Bofiléa, der geschiedenen Frau des Chefarztes einer Privatklinik, der einen wesentlichen Teil seines Geldes damit verdiente, jungen Frauen aus den entfernt liegenden Dörfern der inneren Mani das Hymen vor der Hochzeit wieder zusammenzuflicken.

In dessen Scheidungsprozess vor anderthalb Jahren hatte Ángelos unter Einsatz sämtlicher juristischer Finessen erreicht, dass die Unterhaltsansprüche der Gegenseite auf ein Minimum zusammengestutzt wurden und selbst gut daran verdient. Hastig klaubte er ihre Sachen zusammen. Er spürte einen schneidenden Schmerz im Kreuzbein.

»Das da noch«, herrschte sie ihn an. Als er nach dem zusammengefalteten Papier griff, bohrte sich der Absatz ihrer Stöckelschuhe in seinen Handrücken. Er schrie auf. Die geschiedene Chefarztgattin näherte ihr Gesicht dem seinen.

»Was für ein glücklicher Zufall«, sagte sie. Ihr Atem roch säuerlich. »Auf dem Boden kriechend, der Anwalt. So sehe ich Sie gerne!«

»Nimm den Fuß da weg!« Diónysos trat ihr gegen das Schienbein.

»Diónysos, du?« Sie versuchte ein Lächeln, doch es entglitt.

»Fuß weg, sage ich, sonst …!«

Sie gehorchte. Diónysos hob die Handtasche auf, drückte sie ihr in den Schoß. Fasste den immer noch auf dem Boden knienden Ángelos unter die Achseln und zog ihn in die Höhe.

»Gute Besserung«, rief sie dem davon strebenden Diónysos hinterher.

»Was?«, fragte Ángelos irritiert.

»Nichts, los jetzt! Die Zeitung!«

Der Kioskbesitzer zog kurz die Augenbrauen nach oben, legte den Kopf in den Nacken und schnalzte mit der Zunge. Nein, alle Zeitungen ausverkauft, außer dem *Rizospástis*. Sie trabten hinüber zu den Tischen auf der abgewandten Seite, aber hier saß heute keiner mehr, der Zeitung las. Die meisten Männer, die sich hier täglich trafen, hatten das Café ohnehin schon verlassen, die übrigen waren in laute Diskussionen verwickelt.

»Was jetzt?«, fragte Dionysos.

Ángelos nickte mit dem Kopf Richtung *Stadiou*-Straße.

»Zu *Papachrísto*. Das sind acht Minuten von hier«.

Aber selbst in der Buchhandlung *Papachrísto*, bekannt für ein breites Angebot nationaler und internationaler Presseerzeugnisse, gab es heute keine *Eléftheria* mehr. Innerlich angespannt hasteten sie zum *Galáxia* zurück. Verschwitzt und außer Atem drängten sie an den angestammten Tisch.

»Und?«, fragte Stratis schneidend.

»Ich will jetzt endlich wissen, was los ist!«

Eftýchios, der die ganze Zeit über gedankenverloren in seinem Sessel ausgeharrt und mit Stratis kein Wort gewechselt hatte, kam in Fahrt.

»Nicht mal eine Zeitung auftreiben könnt ihr«, zischte er.

»Hättest dich ja selbst kümmern können«, blaffte Diónysos zurück.

Eftýchios schnickte mit dem Kinn Richtung Stratis.

»Ich hatte eine Zeitung!«

Er sprang auf, stellte sich auf die Zehenspitzen, hielt die flache Hand an die Augenbrauen und ließ seine Blicke über die Cafébesucher schweifen. Irgendeiner in diesem Café musste doch eine gottverdammte *Eléftheria* haben.

»Hättest du vorhin nicht meinen *Frappé* umgekippt, Tollpatsch!«, herrschte er Stratis an.

Dann fiel ihm ein, dass er vor zweieinhalb Stunden, als er in glückseliger Erwartung das Café betreten hatte, einen seiner Klienten mit einer Zeitung gesehen hatte. Er spähte angestrengt in die Richtung, in der er gesessen hatte, konnte ihn aber nicht entdecken. Stattdessen sah er einen freien Tisch, auf dem neben leeren *Frappé*gläsern und abgegessenen Kuchentellern etwas Weißes lag. Er drängelte sich durch die engen Reihen, stets die Augen auf den Tisch gerichtet, als wolle er die Zeitung, die er dort vermutete, mit Blicken festhalten.

Versehentlich rempelte er *Kyría* Kápela an, die sich aus ihrem Sessel geschraubt hatte und zum Gehen ansetzte, drängelte weiter, nahm wahr, wie der Kellner mit einem leeren Tablett in der Hand auf den Tisch zusteuerte, schrie »Liegenlassen!«, erreichte endlich sein Ziel und grapschte nach der Zeitung.

Er hielt einen Moment inne, dann hastete er zum Tisch zurück, an dem seine drei Kollegen ungeduldig ausharrten. Noch im Stehen entfaltete er die Zeitung, begann zu blättern, überflog die Seiten …

»Was ist?«

»Sag schon!«

»Jetzt mach doch mal!«, riefen die anderen durcheinander.

Auf Seite fünf wurde er fündig. Sein Gesicht wurde kreidebleich, er erstarrte. Seine Hände begannen zu zittern, die Zeitung entglitt. Er sank in seinen Sessel, atmete hastig und tief!

»Was ist? Jetzt rede doch endlich!« Eftýchios hing regungslos in seinem Sessel, weiß wie das Bettlaken seiner Mutter in deren Brautnacht.

Stratis langte Unverständliches murmelnd nach dem halb vollen Glas, das ein Gast am Nachbartisch gerade zum Mund führte und kippte es Eftýchios über den Kopf. Ángelos vergaß seinen demolierten Rücken, bückte sich nach der Zeitung und breitete sie auf dem Tisch aus. Behutsam strich er den Zeitungsmantel glatt und fingerte die verrutschten Bögen zurecht als wolle er noch einen Moment Zeit schinden.

»Jetzt mach schon!« Diónysos stieß ihn zur Seite und begann hastig zu blättern.

»Seite fünf, oben!«, hauchte Eftýchios. Die nassen Haare kletschten an seinem Schädel und auch der Hemdkragen hatte etwas abbekommen.

Entgeistert starrten die drei auf die doppelt schwarz umrandete Anzeige, welche das obere rechte Achtel der Seite einnahm. Eine Traueranzeige.

Diónysos fand als erster seine Sprache wieder.

»Diese Schlampe!«, entfuhr es ihm so laut, dass die Umsitzenden die Köpfe nach ihm umdrehten. »Ungeheuerlich!«

Er wandte sich Stratis und Eftýchios zu.

»Und ihr, was hattet ihr beiden mit ihr zu schaffen, ihr Hurenböcke?«, zischte er.

Ángelos war außer sich. »So eine gottverdammte Nutte!«

Er donnerte mit der rechten Faust auf den Tisch, dass die Gläser klirrten, eines vom Tischrand rutschte, zu Boden fiel und zerbrach. Ángelos feuerte die übrigen Gläser hinterher. Er zitterte am ganzen Körper. »Diese Mör-de-rin!«

An den Nachbartischen begann man zu tuscheln. Einige Tische entfernt wedelte *Kyría* Boféa mit einem zusammengefalteten Papier, ihr Gesicht zu einem hämischen Grinsen verzogen.

»Was glotzt ihr so?« Ángelos war außer sich, sein Kopf hochrot. Stratis war der einzige, der einen kühlen Kopf bewahrte.

»Wir zeigen sie an wegen Körperverletzung! Schuldhafte Infektion mit HIV ist eine schwere Körperverletzung.« Er blickte in die Runde. »Freunde, ihr müsst jetzt Ruhe bewahren. Vor allem Contenance wahren. Wir sind hier an einem öffentlichen Ort. Man kennt uns!«

Eftýchios war inzwischen vollends entrückt, auf seinen Wangen glitzerten Tränen. Diónysos hing zusammengesunken in seinem Sessel, als wäre sein Rückgrat aufgeweicht, brabbelte Schimpfworte vor sich hin. Ángelos hatte seine rechte Hand zur Faust geballt und drückte sie in die Herzgegend.

»Auf jeden Fall müssen wir einen Test machen lassen. Wer sagt denn, dass sie uns infiziert hat. Gleich beim ersten und einzigen Mal. Oder?« Stratis spießte Ángelos und Diónysos mit Blicken auf.

»Vor allem lasst uns überlegen, was wir unseren Frauen sagen. Auch wenn sie keine Zeitung lesen, bekommen die Wind von der Angelegenheit! Wenn sie es nicht schon bereits wissen!«

Sein Blick fiel auf Eftýchios.

»Du hast es gut!«, seufzte er und malte sich aus, wie seine Frau und seine Geliebte reagieren würden. Das bereitete ihm mehr Sorgen und Ängste als das Testergebnis.

Fanis näherte sich unter den neugierigen Blicken der Gäste dem Tisch, jetzt Besen und Kehrblech in der Hand und kehrte die Scherben zusammen.

»Meine Herren!« Er beugte sich zum Tisch hinunter, äugte nach rechts und links, und raunte: »Kommen Sie mit!«

*

Erschlagen von den Geschehnissen der letzten Stunde, folgten sie ihm. Er lotste die vier, den Besen in der rechten, das Kehrblech mit Glasscherben in der linken Hand, durch das Ladengeschäft ins düstere Treppenhaus und über knarzende Holzstufen hinauf in die zweite Etage. Vor der schweren Holztür zu Iraklís' Wohnung machte er Halt, stellte Besen und Kehrblech ab, kramte in seiner Hosentasche nach einem Schlüssel und sperrte die Tür auf. Ein muffig-modriger Geruch schlug ihnen entgegen.

Überall in den Häusern, selbst in den Neubauten, leckten die Wasserrohre. Zudem schien längere Zeit nicht gelüftet worden zu sein. Die Rollläden waren heruntergelassen, durch die Ritzen zwängte sich Sonnenlicht, Staubteilchen flirrten in den Strahlen. Fanis knipste den Lichtschalter an, der sechsflammige Lüster über dem Esstisch tauchte den Raum in schmutziges Gelb.

Zögerlich traten Eftýchios, Stratis, Ángelos und Diónysos in den Salon. Die Luft war stickig. Hastig befreite Fanis Stühle, Sessel und Sofa von gräulich verfärbten Tüchern und Bettlaken, wedelte mit ihnen den Staub von Ess- und Couchtisch und setzte den Ventilator in Gang. Mit einer Kopfbewegung bedeutete er ihnen, sich zu setzen, und verschwand im Nebenzimmer.

»Ich kann es nicht fassen«, raunte Ángelos, als Fanis außer Hörweite war, während er an dem roséfarbenen Keramikkrug herumfingerte, der vor ihm auf dem Couchtisch stand, »vögelt die mit jedem von uns, um uns mit HIV zu infizieren. Und dann schaltet sie eine Anzeige in der *Eléftheria*, mit unseren Namen und unseren Fotos, in der sie uns auf eine mögliche HIV-Infektion hinweist. Weil wir mit ihr gevögelt haben. Das schreibt sie auch rein. Warum?«

Sein Blick fiel auf seinen rechten Handrücken, auf dem sich ein dunkelrotblaues Hämatom abzeichnete, so groß wie eine Zwanzig-Drachmen-Münze. Mit der Zungenspitze befeuchtete er die Kuppe von Zeige- und Mittelfinger und umkreiste tastend die Schwellung.

Diónysos konzentrierte sich auf die Ärmel seines Sakkos. Er krempelte den Aufschlag ein weiteres Mal um, so dass das Innenfutter sichtbar wurde, verfuhr mit dem anderen Ärmel ebenso und streckte beide Arme aus, um die Länge zu überprüfen.

»Sie will uns ruinieren!«, merkte er an. »Und katapultiert sich damit selbst ins gesellschaftliche Aus! Warum?«

«Habt ihr gewusst, dass sie positiv ist?«, fragte Eftýchios und ließ unablässig ein *Komboloí*, das auf dem Tisch gelegen hatte, wie einen Rosenkranz durch die Finger gleiten.

»Blöde Frage«, entgegnete Stratis. »Natürlich nicht.«

»Und wieso ist sie positiv? Hat sie sich bei Aléxandros angesteckt? Aber der hat doch seit Jahren schon gar nicht mehr mit ihr … Sagte er zumindest!«, rätselte Ángelos.

»Vielleicht war die deshalb so wild drauf. Die war ja total ausgehungert«, merkte Diónysos an. Er wandte sich an Eftýchios und Stratis. »Habt ihr es auch zu zweit mit ihr getrieben?«

Eftýchios schoss das Blut in den Kopf. Stratis zog die Brauen hoch, rollte seine Augäpfel nach oben, legte den Kopf in den Nacken und warf beide Arme in die Höhe.

»Nein!«, rief er.

»Sie kam abends in meine Kanzlei!«, stieß Eftýchios hervor.

»Ganz normal war sie angezogen!« Er kniff die Lippen zusammen, spürte den Grind auf der Unterlippe.

Aus dem benachbarten Zimmer drang Fanis' Stimme, vermischte sich mit dem Surren des Ventilators.

»Scht!« Ángelos legte die Hand hinters Ohr. »Mit wem redet er? Versteht ihr, was er sagt?«

Er schob sich aus dem Sessel und schlich zur Tür, die im selben Moment einen Spalt breit geöffnet wurde. Fanis' Kopf erschien.

»Morgen früh um neun Uhr haben Sie einen Termin bei Dr. Boféas. Er wird Ihnen Blut abnehmen und alle weiteren Untersuchungen in die Gänge leiten! Er hat auch Iraklís und Ihren Freund Richter Chatzifotiádis behandelt. – Einen Moment noch, ich bin gleich bei Ihnen!« Er zog die Tür ins Schloss.

»Glaubt ihr wirklich? Von dem einen Mal?« Ángelos schaute in die Runde. Niemand antwortete. Er zuckte die Schultern und ließ sich zurück in seinen Sessel fallen.

Diónysos ertrug das Schweigen nicht länger. Seine Stimme schien aus weiter Ferne zu kommen, als er das Wort ergriff.

»Uns hat sie am frühen Nachmittag zu sich nach Hause eingeladen, sie hat morgens in der Kanzlei angerufen und eine Nachricht hinterlassen!« Er wandte sich Stratis zu. »So gegen zehn, als sie mit dir fertig war«.

Eftýchios legte beide Handflächen an die Schläfen, er wollte nichts hören. Trotzdem schraubten sich Diónysos' Worte quälend in seine Ohren.

»Die Jalousien waren heruntergelassen, ein paar Kerzen flackerten, der Raum erfüllt mit Patchouliduft, leise Musik. Eine Flasche Champagner, *Dom Pérignon*, in einem Kühler und drei Gläser auf dem Nachttisch. Um ihr Bett herum war ein weißer Baldachin drapiert, dahinter sie ... eingehüllt in eine Wolke von Parfüm ... sonst nichts!« Er holte tief Luft und sog noch einmal den Duft ihres Körpers ein.

»Weiße Dessous hatte sie an. Slip und Büstenhalter aus Spitze!«, korrigierte ihn Dionysos.

»Schluss jetzt,« erboste sich Eftýchios, »keine Details!« Er hieb mit der flachen Hand auf die Tischplatte.

Aus dem Nebenraum war das Quietschen einer Schranktür zu vernehmen, danach das Knarzen von Schubladen, die geöffnet und wieder geschlossen wurden. Kurz darauf betrat Fanis den Raum, in der Hand hielt er einen dicken braunen Briefumschlag, der mit einer Kordel verschnürt war.

Er zog einen Stuhl an die Couchgarnitur heran, setzte sich auf den Rand, beugte sich leicht nach vorne, schob bedächtig den Umschlag neben den Krug, lehnte sich zurück, schlug ein Bein über das andere und sah schweigend in die Runde. Die vier starrten abwechselnd auf den Umschlag und auf Fanis.

»Mann, so reden Sie endlich«, entfuhr es Stratis, der sich gleich darauf auf die Lippen biss, so dass der Grind leicht zu bluten begann. Er winkelte seinen Arm an, presste seinen Mund auf den Ärmelrand seines Lacoste Poloshirts, begutachtete den roten Flecken und plötzlich stieß er hervor: »Deshalb! Sie wollte sich an uns rächen, stimmt's Fanis?«

Fanis neigte leicht den Kopf zur Seite. Stratis legte nach: »Weil wir von seinen regelmäßigen Bordellbesuchen wussten und ihm immer ein Alibi verschafften. Sie hat es herausgefunden! Mein Gott, Athanásia soll sexuell immer etwas ... äh ... zurückhaltend gewesen sein, sagte er manchmal.«

«Frigide, sagte er, fri-gi-de!«, warf Ángelos ein.

»Ha, frigide,« echote Eftýchios. Wieder sah er sie mit gespreizten Oberschenkeln vor seinem Gesicht sitzen, dachte an jene Stunde voller Leidenschaft, die sie auf seinem

Schreibtisch zugebracht hatten.

» … wir dachten, er ginge deshalb zu den Huren«, fuhr Diónysos fort. »Wir sind seine besten Freunde, von Kindesbeinen an, verstehen Sie, Fanis? Klar, dass wir ihm ein Alibi geben.«

Fanis schaute Stratis prüfend in die Augen. »Jeden zweiten Freitagabend ein Essen im Yachting-Club, mit Kollegen. Dort, wo Sie donnerstags mittags mit ihrer Freundin zu speisen pflegen und zum Nachtisch, naja…«

Sein Blick wanderte zu Eftýchios. »Am ersten Wochenende eines jeden Monats eine gemeinsame Fahrt in ihr Heimatdorf. Die dort verbliebenen Verwandten besuchen, Freunde aus der Grundschulzeit treffen. Manchmal soll sogar Ihre Frau Mutter mit von der Partie gewesen sein.«

Eftýchios schluckte, wollte etwas zu seiner Verteidigung erwidern, doch Fanis hatte bereits Ángelos und Diónysos ins Visier genommen. »Ihre Alibis wurden für spontane Termine benötigt. Ein Golfturnier, ein Fortbildungsseminar, ein Auswärtsspiel von *Panathinaíkos*, ein unvorhergesehenes Treffen unter Juristen, Wohltätigkeitsveranstaltungen.«

Entgeistert schauten die vier auf den Kellner. Dieser Mensch gab ihnen Rätsel auf.

»Mann, woher wissen Sie das alles so genau?«

Fanis zuckte die Schultern.

»Und Athanasía? Woher weiß die das alles? Jetzt reden Sie!« Stratis, geübt im Umgang mit störrischen Angeklagten und im Gerichtssaal die Ruhe selbst, trommelte mit den Fingern auf die Sessellehne und blitzte Fanis an.

»Von mir!«, antwortete dieser seelenruhig.

»Und woher wissen Sie das?« Stratis schnappte nach Luft. »Raus damit!«

Fanis wartete ab. Die Blicke der vier klebten an seinen Lippen. Schließlich sagte er: »Von Richter Aléxandros Chatzifotiádis!«

Mit aufgesperrten Mündern saßen die vier jetzt da. Eftýchios entglitt das *Komboloí* und fiel klackernd zu Boden, Stratis begann zu hyperventilieren und bekam einen Hustenanfall. Ángelos massierte ihm den Rücken und stierte düster auf Fanis. Diónysos beschäftigte sich wieder mit den Ärmeln seines Sakkos.

»Statt Aufklärung schaffen Sie immer mehr Verwirrung«, sagte er mit schneidender Stimme, ohne aufzusehen. Zu den anderen gewandt:

»Los, Freunde, wir gehen jetzt zur Polizei und zeigen diese … diese …«, er zögerte, »... nun ja, diese Dame an. Und diesen da …«, er richtete seinen Zeigefinger auf Fanis wie eine Pistole, »… diesen da wegen Mitwisserschaft gleich mit.«

Als die anderen sich nicht sofort erhoben, setze er hinzu:

»Oder möchten Sie stattdessen doch lieber reden?«

»Gerechtigkeit, Anerkennung!«, murmelte Fanis kaum vernehmlich. Er beugte sich nach vorn, langte nach dem Briefumschlag, platzierte ihn auf seinen Oberschenkeln und umfasste ihn mit beiden Händen.

»Das Geheimnis ruht in diesem Umschlag?« Diónysos schlug einen versöhnlichen Ton an.

Fanis lehnte sich zurück, schaute einen nach dem anderen an, räusperte sich mehrmals, senkte den Blick auf das Kuvert, das auf seinen Oberschenkeln lag, und begann zu reden.

»Meine Mutter war Anfang der dreißiger Jahre Spülmamsell im *Galáxia*. 1935 schickte man sie zurück in ihr Dorf Maláxa auf Kreta. Im Dezember, genau an dem Tag, an dem König Georg II. aus seinem Exil aus London zurückkehrte, kam ich zur Welt. Später erzählte mir meine Mutter immer, ganz Griechenland habe am Tag meiner Geburt gejubelt und blau-weiße Papierfähnchen geschwenkt. Damit wollte sie mich darüber hinwegtrösten, dass ich keinen Vater hatte. 1941, am 21. Mai, kam sie bei der Luftlandeschlacht ums Leben. Eine Familie in

Chánia, mit der wir entfernt verwandt sind, nahm mich auf. Als ich fünfzehn war, bekam die älteste Tochter ein Kind.«

Er brach ab und sah in die Runde. Stratis runzelte die Stirn.

»Mann, was interessiert uns Ihre Lebensgeschichte. Kommen Sie endlich zur Sache«, brauste Diónysos auf.

Fanis hob kurz die Hand und bedeutete ihnen zu schweigen.

»Das Kind wurde auf den Namen Athanasía getauft und hat fünfundzwanzig Jahre danach Ihren Freund Chatzifotiádis geheiratet. Eine späte Heirat, nicht wahr? Chatzifotiádis war da schon dreiunddreißig. 1980 starb Iraklís' Vater, Aristofánis Karagoúnis. An dessen Sterbebett erfuhr Iraklís, dass er einen Halbbruder hat. Noch im gleichen Jahr hat er mich nach Kalamata geholt und zum Chefkellner vom *Galáxia* gemacht! Seit zwei Jahren bin ich Miteigentümer. Ich bin ihm unendlich dankbar. In Chánia hätte ich es niemals soweit gebracht.«

Wieder machte er eine Pause. Diesmal sagte keiner etwas.

»Allerdings musste ich ihm versprechen, niemals etwas über meine Herkunft verlauten zu lassen. Um die Ehre seines Vaters nicht zu besudeln. Be-su-deln, sagte er!« Die letzten Worte klangen verbittert. Er schluckte mehrmals, wischte sich mit dem Handrücken über den Mund.

Nach einer Weile fuhr er fort: »Auch den Kontakt zu Athanasía hat er untersagt, nachdem diese hier in Kalamata als Ehefrau von Richter Chatzifotiádis auftauchte und Iraklís erfuhr, dass wir in derselben Familie aufgewachsen sind. Hin und wieder rief sie mich heimlich an, wenn es ihr aus irgendwelchen Gründen schlecht ging. Damals, als sie ihr Kind verlor. Oder als es um ihre Ehe schlecht bestellt war. Sie ahnte, dass Aléxandros sie ständig betrog. Spätestens, als sie ihre HIV-Diagnose erhielt.«

Fanis entfuhr ein tiefer Seufzer, so als habe er gerade die Beichte seines Lebens abgelegt. Lediglich das Surren des Ventilators war zu hören. Stratis schälte sich schwerfällig aus seinem Sessel, trat neben Fanis' Stuhl, neigte sich ein wenig herab und legte begütigend seine Hand auf dessen Schulter.

»Fanis, mein Freund, sie wollte sich an uns rächen, weil wir wussten, dass ihr Mann, unser Freund Aléxandros zu den Huren ging und wir ihm stets ein Alibi gegeben haben. Aber warum verdammt, haben Sie ihr verraten, dass wir ihn gedeckt haben?«

Fanis sah zum ihm auf. »Weil ich sie ablenken musste. Sie hätte die Wahrheit nicht verkraftet!« Er nestelte mit spitzen Fingern an der Kordel, die um den Umschlag gewickelt war.

»Sie glauben«, sagte er, » – und Athanasía glaubt das auch –, er habe sich bei einem seiner regelmäßigen Bordellbesuche infiziert, für die Sie ihm immer ein Alibi gegeben haben.«

Er wandte sich Stratis zu. »Bitte setzen Sie sich wieder hin! Wir sind gleich am Ende!«

Inzwischen hatte er die Schnur gelöst und kramte mit spitzen Fingern in dem Umschlag. Alle vier starrten gebannt auf das Kuvert. Bedächtig zog Fanis einige Fotografien bis zur Hälfte heraus, begutachtete sie mit zusammengekniffenen Augen, schob sie wieder zurück.

»Gleich«, murmelte er. »Hier!«

Er zog ein Foto aus dem Kuvert, hielt es prüfend vor seine Augen, und legte es mit dem Bild nach unten vor sich auf den Couchtisch. Eftýchios hätte am liebsten sofort danach gegrapscht und umschloss seine rechte Hand mit der linken. Fanis zog weitere Fotos unterschiedlichen Formats aus dem Umschlag, begutachtete sie, schob sie zurück oder sortierte sie vor sich auf den Tisch. Schließlich hatte er den Umschlag durchforstet und legte ihn neben sich auf den Boden.

»Sind Sie bereit für die Wahrheit, meine Herren?«, fragte er pathetisch in die Runde. Sie nickten stumm.

Behutsam platzierte Fanis ein Foto nach dem anderen in der Mitte des Couchtisches. Gebannt verfolgten sie seine Handbewegungen. Die ersten Fotos, die er aufdeckte, waren Schwarz-Weiß-Aufnahmen, nachgedunkelt oder vergilbt, an den Rändern beschädigt, eines davon handkoloriert. Bei den jüngeren handelte es sich um Farbbilder, einige bereits verblasst, braunstichig und abgegriffen bis auf die beiden letzten. Ein Dutzend Fotos lag nun auf dem Tisch. Keiner rührte sich.

»Sie dürfen die Fotos ruhig ansehen, meine Herren!«

Wie in Zeitlupe beugten sie sich über den Tisch und steckten die Köpfe zusammen.

Diónysos war der erste, der die Sprache wiederfand. »Aléxandros ein *Poústis* — eine Schwuchtel? Iraklís und Aléxandros ein Paar?« Er brach in Gelächter aus, konnte sich nicht mehr einkriegen und erntete besorgte Blicke seiner Kollegen.

»Wir hätten das doch gewusst«, wandte Eftýchios ein, »oder merken müssen!« Zweifelnd wiegte er den Kopf.

Stratis klebte mit den Augen an den Bildern.

»Das sind Aufnahmen aus einem Zeitraum von, sagen wir, zwanzig Jahren?!«, vergewisserte er sich. Fanis nickte.

»Das heißt, er hat geheiratet, obwohl er ein *Poústis* ist. Nein, weil er vertuschen wollte, dass er ein *Poústis* ist!« Stratis blähte die Nasenflügel und schnaubte verächtlich.

»Athanasía hat nie davon gewusst?«, forschte er.

»Nie«, beteuerte Fanis. »Sie hatten hin und wieder – sagen wir – ein Eheleben. Als ich zu Iraklís kam, habe ich schwören müssen, niemals auch nur ein einziges Wort über diese Beziehung zu verlieren! Aléxandros Chatzifotiádis hatte stets, wenn er wegging, manchmal sogar tagelang wegblieb, glaubhafte Alibis. Nämlich Ihre, meine Herren!«

*

Noch am gleichen Nachmittag gingen die vier zum Polizeipräsidium in der nahegelegenen *Aristoménos*-Straße und erstatteten Anzeige wegen schwerer Körperverletzung und übler Nachrede. Athanasía Chatzifotiádi wurde zur Fahndung ausgeschrieben und steckbrieflich gesucht. Rundfunk, Fernsehen und sämtliche Tageszeitungen berichteten über den Fall. Sie wurde niemals gefunden.

Sofia Komménou reichte angesichts des Vorfalls die Scheidung von Stratis ein. Dieser quittierte sein Amt und verließ die Stadt. Diónysos Papadéas und Ángelos Angelópoulos blieben in Kalamata und beschlossen, die Sache auszusitzen.

Die HIV-Tests, die Dr. Boféas veranlasste, waren negativ, ausgenommen der von Eftýchios. Wie Iraklís Panagoúnis und Aléxandros Chatzifotiádis ließ er sich im New Yorker St. Vincent's Hospital behandeln.

Seinen Freund Chatzifotiádis traf er dort nicht mehr an. Dieser hatte eines Nachts heimlich das Krankenhaus verlassen. Seine Spur verlor sich in der dortigen Gay-Szene. Panagoúnis verstarb am 24. Dezember 1986.

Fanis ist seither alleiniger Eigentümer des *Galáxia*.

Metá – später

1.

Noch zweieinhalb Tage und fünfzig Stunden Fahrt. Dann ist sie bei ihm. Ein ewiges halbes Jahr haben sie sich nicht gesehen.

Ellis Blicke wandern über das Gepäckgebirge, das sich im Wohnzimmer auftürmt. Schon vor Wochen hat sie begonnen, Dinge zusammenzutragen, die sie unbedingt mitnehmen will. Wäschekörbe stehen herum, randvoll gestopft mit Kleidern, Handtüchern und Bettlaken. Pappkartons mit Lebensmitteln, die es dort nicht zu kaufen gibt, Waschpulver, weil das dortige minderwertiger Qualität ist. Eine Kiste mit Büchern und Schreibsachen, eine andere, große mit Geschenken. Zwei Riesentüten prall gefüllt mit Hundefutter. Ein Henkelkorb für Reiseproviant. Schlafsäcke, Isomatten, eine mittelgroße Reisetasche für die Fähre. Die Überfahrt von Ancona nach Patras dauert sechsunddreißig Stunden. Drei kleinere Rucksäcke für die persönlichen Dinge.

Sie rätselt, wie alle diese Sachen samt Kindern und Hund Platz im Wagen finden würden. Die Reise nach Griechenland ist jedes Mal ein kleiner Umzug. Manchmal wünscht sie sich, dass sie für immer bleiben könnte, damit das Hin und Her ein Ende hätte.

Sie schielt nach dem Telefon, ruft ihn aber doch nicht an.

Er ist keiner, der gern telefoniert und meist nicht zu Hause, wenn sie anruft. Dann lässt sie ihm Grüße ausrichten über seine Mutter, mit der er zusammenlebt. Er ist kein häuslicher Mensch, pendelt zwischen seinen Olivenbäumen, den Cafés und Tavernen.

Fünf lange Wochen liegen nun vor ihnen. Übermorgen, sofort nach Schulschluss, werden sie aufbrechen.

Es klingelt. Der Hund, der in seinem Korb vor sich hindöst, springt auf, bellt. Sie schreckt aus ihren Gedanken, steht – ein wenig verwirrt noch – auf, schlurft zur Haustür. Schwanzwedelnd wuselt der Hund zwischen ihren Beinen herum. Mit erhitzten Gesichtern stürmen die Kinder herein.

»Wie war's?«, fragt sie mit lauerndem Unterton in der Stimme, bemüht, gleichmütig dreinzuschauen.

Die beiden zucken die Schultern. »Wie immer!«.

Sie erzählen nicht viel, wenn sie von ihrem Vater und dessen Frau zurückkommen. Sie drückt beide fest an sich.

»Ich freu' mich so«, sagt sie.

Johannes befreit sich aus ihrer Umarmung.

»Ich bring' jetzt meine Sachen nach unten.«

»Hier steht schon genug rum!«, wirft sie ein.

»Meine Sprühdosen müssen unbedingt mit!«

Er hechtet die Treppe hinauf, immer zwei Stufen auf einmal. Anna, die zwei Jahre jüngere Schwester, hinterher.

Elli geht zur Garage und fährt den Wagen vor. Die Kinder stehen an der Haustür, haben bereits zwei Wäschekörbe und den Karton mit Lebensmitteln nach draußen geschleppt. Johannes hält einen schwarzen Müllsack in der Hand, in den er seine Sprühdosen gesteckt hat.

»Ohne den fahr' ich nicht mit!«, kündigt er an.

»Wir wollen hinten sitzen, mit dem Hund«, kräht Anna.

Sie schnappt den Hund am Halsband, zieht ihn zum Auto,

öffnet die Fahrertür, klappt die Rückenlehne nach vorne und schiebt zuerst ihn, dann sich ins Wageninnere. Johannes geht samt dem Sprühdosensack auf die andere Seite.

»Aber … .« Sie kommt nicht zu Wort.

»Wir rücken den Beifahrersitz ganz nach vorne, damit ich Platz hab' für meine Beine.«

Johannes ruckelt an dem Verstellelement, schiebt den Sitz bis zum Anschlag. Dann will er die Lehne nach vorne klappen, doch das Rückenteil lässt sich keinen Millimeter bewegen. Er fingert an dem seitlichen Hebel herum, kneift ein Auge zusammen, linst mit dem anderen in die längliche Öffnung für den Hebel, plustert die Backen auf, pustet hinein. Nichts tut sich.

»Da klemmt was«, meint er fachmännisch. Er zwängt sich mit dem Rücken zur Fahrtrichtung kniend auf den Sitz, umfasst die Rückenlehne mit beiden Armen und will sie gewaltsam nach vorne ziehen.

»Mach' nicht noch mehr kaputt!«, ermahnt sie ihn.

Er hat keine Ahnung von Autos. Sie auch nicht.

Kurz bevor die Werkstatt schließt, kommen sie angehetzt. Der Mechaniker, schon in Feierabendstimmung, wirft einen kurzen Blick auf den Sitz.

»Sie brauchen einen neuen! Wenn Sie übermorgen in Urlaub fahren wollen, müssen wir ihn über Express bestellen. Sitz, mit Einbau, Expressversand…« Er blättert im Katalog, schreibt mit einem Kuli Zahlenkolonnen an den Seitenrand. » … also überschlägig …« Er murmelt einige Summen vor sich hin, offenbar kann er nicht ohne Taschenrechner. »So ungefähr … mit fünfzehnhundert Mark müssen Sie rechnen!«

»Pffff«, macht sie.

2

Am Freitag, kurz vor Sonnenuntergang, kommen sie an.

Vor der Ortseinfahrt fährt sie rechts ran, denn sie verspürt einen starken Druck auf der Blase.

»Ihr bleibt drin!«, herrscht sie die Kinder an, öffnet die Wagentür, schält sich aus ihrem Sitz und verschwindet hinter einem Oleanderbusch. Sie lüpft ihren Rock, zieht den Slip bis in die Kniekehlen und geht in die Hocke.

Aus der ausgemergelten Braunerde kriechen verdorrte Zwergsträucher. Ein paar Schritte entfernt fällt ein Felsabhang steil zum Meer hin ab. Schon neigt sich der noch weiß glühende Sonnenball dem Kamm des Hügelgebirges zu, das sich auf dem gegenüberliegenden westlichen Peloponnesfinger entlang zieht. Noch immer in der Hocke sitzend, wendet sie den Kopf nach links. Dort hinten, in etwa achthundert Metern Luftlinie, liegt die Bucht von Kitries, an die sich der alte Ortskern des Dorfes schmiegt. Sie erkennt die riesigen Markisen, welche die drei Freilufttavernen überspannen. Die hellbraune gehört zu Nikos' Fischtaverne, die goldgelbe zum *Iápetos* und die blau-weiß gestreifte zur Stavropoúlos-Familie.

Unter der goldgelben sitzt Alékos und wartet auf mich, denkt sie, tupft ihre Schamlippen mit einem Papiertaschentuch ab, das sie vorhin in den Gürtel gestopft hat und nun, nach Gebrauch, unter den Oleanderbusch wirft. Elli stellt sich auf, zieht den Slip nach oben, atmet tief und genüsslich die salzige Meeresluft ein. Erleichtert kehrt sie auf den schweißnassen Fahrersitz zurück, fächelt mit dem Rocksaum Luft auf ihre Oberschenkel und kramt zwischen den vielen Gepäckstücken, die sie auf und vor den Beifahrersitz gestopft hat, nach ihrem Kosmetiktäschchen. Sie biegt den Rückspiegel zurecht, so dass sie Augen- und Nasenpartie sehen kann, pudert Nase und Wangen, verteilt Mascara auf den Wimpern. Fährt mit einem Pflegestift über ihre Lippen, damit sie feucht und glänzend aussehen, schiebt einen Kaugummi in den Mund. Sie hebt erst den rechten, dann den linken Arm, schnuppert an den Achselhöhlen und versprüht Deo, beträufelt sich mit Eau de Toilette aus einem Probefläschchen, das ihr die Parfümerieverkäuferin geschenkt hat.

»Pah!« Anna rümpft die Nase. Der Hund streckt den Kopf aus dem Fenster und hechelt. Begleitet von missbilligenden Blicken wirft sie das leere Fläschchen durch das geöffnete Wagenfenster auf den Boden.

»So!«, schnauft sie und startet den Motor.

Rechterhand duckt sich unverändert das byzantinische Kirchlein unter den ausladenden Kronen dreier Götterbäume. Davor ruht der Friedhof mit den vierzehn weißen Marmorgräbern, durch eine Mauer aus geschichteten Steinen von der Straße getrennt. Gegenüber die steile Abzweigung, die in Serpentinen hinauf in Alékos' Dorf führt.

»Schau, da hat einer was gesprayt!«

Johannes auf seinem Rücksitz wird vollends munter und deutet auf die haushohe Zementmauer, die die terrassenförmig angelegten Olivenpflanzungen um die Abzweigung herum abstützt.

»Untersteh' dich!«, mahnt Elli und drosselt das Tempo. Nicht, um dem Sohn Gelegenheit zu geben, das Graffito zu bestaunen, sondern wegen der Schlaglöcher, die noch immer nicht ausgebessert sind. Sie zockeln den Fahrweg entlang an einem Hügel, bewachsen mit alten, knorrigen Olivenbäumen, deren Wurzeln sich durch Felsgestein, harten Lehm und ausgetrocknete Bodenschichten arbeiten. Auf der anderen Seite grenzen verwilderte Gärten an einen zum Meer hin abfallenden Felshang. Vorbei geht es an den ebenerdigen Eingängen einer auf dieser Seite des Weges niedrig gehaltenen Häuserreihe bis hin zur Haarnadelkurve. In deren Scheitel liegt Kóstas' Haus. Signalweiß getüncht, die Klappläden und Türen türkisfarben, der Balkon mit Weinlaub umrankt.

»Was für ein Klischee-Haus!«, nölt Elli. »Passt überhaupt nicht hierher!«

Die Wohngebäude im höher gelegenen Teil des Dorfes sind neueren Datums und untypisch für die Gegend, in der die Häuser seit jeher festungsähnlich aus grob gemeißelten Felssteinen gebaut und mit Fenstern wie Schießscharten ausgestattet werden. Im Hintergrund erstreckt sich ein Ausläufer des Taygetos-Gebirges, der zum Meer hin abfällt und weit in die Bucht hineinragt. *Míti* – Nase, nennen ihn die Dorfbewohner. Die felsigen Abhänge sind bis zur Mitte von mühselig angelegten Terrassen durchzogen, auf denen sich Olivenbäume knorrig ducken als litten sie unter der Last des Alters. Dazwischen vereinzelte Zypressen, Orangen-, Zitronen- und Mandarinenbäume mit noch dünnen Stämmen und aufstrebenden Ästen. Auf einem dieser Plateaus liegt versteckt in einem Olivenhain Alékos' Sommerhaus.

Später werden sie alle zusammen dort hinauffahren und noch ein wenig später, wenn die Kinder im Bett sind, Alékos und sie nach all den Monaten endlich alleine sein. Bei diesem Gedanken verspürt Elli ein leises Kribbeln in der Bauchgegend.

Doch jetzt will sie so schnell wie möglich runter ins Dorf, wo Alékos auf sie wartet. Sie umklammert das Lenkrad, kurbelt stramm nach rechts und lenkt den Wagen in Schrittgeschwindigkeit um die spitze Kehre. Holpernd geht es dreihundert Meter einen uneben asphaltierten Fahrweg hinunter in den alten Ortskern. Die letzten Meter ziehen sich endlos. Links des Weges, der jetzt parallel zum Gebirgsarm verläuft, eine Böschung, mit Gräsern, Gestrüpp und niedrigen Bäumen bewachsen. Dazwischen achtlos weggeworfener Papier- und Plastikmüll, leere Glasflaschen und Getränkedosen.

Elli schüttelt den Kopf. »Überall müssen sie ihren Abfall hinwerfen«, brummelt sie.

Auf der anderen Seite offenbart sich die Rückfront der in den Felsabhang gebauten, drei Hangetagen umfassenden Reihenhäuser. Bis auf eines stehen alle leer. Ein erfolgloses Projekt eines aus dem Dorf stammenden Architekten, der sich durch deren Verkauf den großen Reibach erhofft, aber keinen einzigen Interessenten gefunden hat.

»Das ganze Dorf hat Mákis mit dieser unsäglich hässlichen Häuserreihe verschandelt«, schimpft sie vor sich hin.

»Motz' doch nicht soviel herum, sondern freu' dich endlich mal auf Alékos«, fährt Anna ihr über den Mund.

Elli schluckt. Das Kind hat recht, denkt sie. Ich bin nur am Meckern.

»Tu ich doch«, erwidert sie betreten und biegt nach links auf den Dorfplatz, der die Größe eines kleinen Fußballfeldes einnimmt. Sie bremst scharf, hupt dreimal, atmet tief durch. Der Wagen schlittert ein Stück über den schottrig-sandigen Bodenbelag und kommt zum Stehen. Währenddessen hat sie schon die Fahrertür aufgestoßen und rappelt sich aus dem Sitz. Steht auf dem Dorfplatz, reckt und streckt sich, spuckt den Kaugummi aus, zoppelt an ihrem Kleid. Eine zentnerschwere Last fällt von ihr ab. Sie hat die Kinder und sich gut hierher gebracht, trotz dieser Dauermüdigkeit, die sie während der Autofahrt befallen hat. Jetzt ist sie endlich zuhause. Und bei dem Mann, den sie liebt. Unschlüssig schaut sie in alle Richtungen.

Wie üblich um diese Uhrzeit steht der Platz voller Autos. Alékos ist nirgends zu entdecken. Auch sein VW-Pritschenwagen nicht. Ihr Blick wandert über die fünf Häuser, die den Platz zum Land hin begrenzen. Das Natursteinhaus, in dem der greise *Bárba* Chrístos lebt, wirkt wie immer unbewohnt. Die Fensterläden sind verschlossen, das Holz längst morsch. Das Mauerwerk, das den Garten mit den Granatapfelbäumen begrenzt, bröckelt. Umso stattlicher wirkt das zweistöckige ockergelbe Gebäude, in dem Manólis' Taverne, der *Iápetos,* untergebracht ist. Daran schließt sich, etwas zurückgesetzt, ein schmales Wohnhaus, das während Ellis Abwesenheit einen hellblauen Außenanstrich bekommen hat. Daneben das notdürftig instand gehaltene Eckhaus, dessen Erbe in Athen lebt. Weiter hinten klebt an einer grauen Felswand das klotzige Haus von Nikos Mammonéas, Manólis' großem Widersacher. Im Erdgeschoß betreibt dieser eine Fischtaverne, die von den Kochkünsten seiner Ehefrau Aphrodíti lebt. Das Mammonéas-Haus bedarf dringend einer Renovierung, schon seit Jahren blättert der Putz von der schmutzig-weißen Fassade. Dennoch sind die neumodischen Plastiktische entlang der dem Platz zugewandten Seite alle besetzt. Elli kneift die Augen zusammen, obwohl sie ziemlich sicher ist, dass sie Alékos hier nicht finden wird. Er hält sich lieber im *Iápetos* auf, denn Manólis steht ihm politisch näher als der konservative Nikos. Elli sieht, wie jemand ihr zuwinkt, sich vom Stuhl erhebt und anschickt, in ihre Richtung zu laufen.

Hastig wendet sie den Blick ab und nimmt die vier runden, mäßig besetzten Holztische ins Visier, die vor dem *Iápetos* auf einer dem Gebäude vorgelagerten schmalen marmorgefliesten Plattform stehen. Hier hätte sie ihn am ehesten vermutet, da sich die Zufahrt zum Platz von dort aus gut überblicken lässt. Außer ihm und einigen Einheimischen sitzt hier jedoch keiner gerne wegen der Autos, die davor parken. Obwohl Manólis dem Beispiel Nikos Mammonéas' folgend die typisch griechischen Holzstühle durch die bequemeren, dafür aber hässlichen Plastiksessel ersetzt und eine Markise über der Plattform angebracht hat.

Elli späht hinüber auf die andere Seite, Richtung Meer. Dort liegt Manólis' Freiluft-Taverne hinter einer Einfriedung aus Holzbohlen und Terracotta-Pflanzkästen mit rot und weiß blühendem Oleander. Mit Genugtuung stellt sie fest, dass die alte Platane noch immer neben dem Eingang steht. Alle anderen Bäume, die den Platz gesäumt haben, sind im letzten

Jahr gefällt worden, um mehr Parkplätze zu schaffen.

Inzwischen balanciert die Sonne rotglühend auf dem Gebirgsgrat des benachbarten Peloponnes-Fingers, taucht Himmel und Meer in ein tiefrotgoldorangenes Farbenspektakel. Doch Elli hat jetzt keinen Blick für Sonnenuntergänge.

Schon kommen die ersten Dorfbewohner auf sie zu. Alékos ist nicht darunter. Sollte er etwa vergessen haben, dass sie heute ankommt? Unentschlossen trippelt Elli von einem Fuß auf den anderen. Ihre Wiedersehensfreudengefühle geraten ins Wanken.

Plötzlich tritt er hinter dem Stamm der Platane hervor, offenbar hat er sie die ganze Zeit über beobachtet. Mit verhaltenen Schritten kommt er auf sie zu. In seinem bärtigen Gesicht ist keinerlei Regung zu erkennen. Wie immer trägt er ein kurzärmliges Hemd mit Brusttaschen über verwaschenen Jeans, die um die Hüften schlackern, zu weit in den Schritt hängen und über den Fußknöcheln plustrige Querfalten schlagen. Seine Statur scheint aus verschiedenen Teilen zusammengesetzt, die nicht recht zueinander passen wollen. Die Oberschenkel zu lang in Relation zu den Unterschenkeln, die Schultern zu breit für den ansonsten knochigen, beinahe schmächtig wirkenden Körper. Jede Jeans an ihm sieht unförmig aus, egal welche Marke, egal wie teuer. Zu alledem ist er kaum größer als Elli. Kurzum, von der Figur her fällt er überhaupt nicht in ihr Beuteschema.

Dennoch kann er Bärenkräfte entwickeln und ist mutig, ausdauernd und voller Selbstbewusstsein. Das Widersprüchliche seines Charakters, denkt Elli oft, spiegelt sich auch in seinem Körperbau wider.

Sie setzt sich in Bewegung, zögerlich erst, die innere Ungeduld verbergend, dann eilt sie ihm mit immer schnelleren Schritten entgegen, stoppt, kurz bevor sie ihn erreicht, um ihr tosendes Inneres zu beruhigen, holt tief Luft und wirft sich in seine ausgebreiteten Arme. Sein bärtiges Gesicht, wie so oft verschlossen und düster, nähert sich dem ihren, hellt sich auf. Sein Blick ruht auf ihr, die braungrünen Augen füllen sich mit einer Zärtlichkeit, die Elli überflutet und ein Gefühlserdbeben auslöst.

»*Elli-mou* – meine Elli«, flüstert er und drückt ihr durch den Bart wattierte Küsse auf Mund, Wangen und Hals. Sie streicht ihm durch die wirren blauschwarzen Haare, streichelt seinen Vollbart. Ihm scheint einzufallen, dass sie nicht alleine auf dem Platz stehen, die Dorfbewohner interessierte Zuschauer ihres Wiedersehens sind und schiebt sie von sich. »*Metá* – später«, raunt er heiser. Tief in seinen Augen sieht sie eine Glut lodern, die nur sie kennt.

Der Hund, der sich mittlerweile aus dem Fond des Wagens befreit hat, springt jaulend und schwanzwedelnd an ihm hoch. Er zieht ihre beiden Kinder an sich heran, fährt ihnen mit der Hand über die Haare, beugt sich herab und küsst sie auf den Scheitel. Sie befreien sich aus der Liebkosung und verschwinden Richtung Meer, der Hund hinterher. Inzwischen sind sie umringt von den Dorfbewohnern. Fünf Familien über vier Generationen hinweg, alle irgendwie miteinander verwandt, bilden die Dorfgemeinschaft. Händeschütteln, Umarmungen, Wangenküsse. Diamántis, der frühreife Sohn des Wirtes der Mammonéas-Fischtaverne, landet einen verrutschten, nassen Kuss auf ihren Mund. Manólis, Wirt des *Iápetos*, grinst übers ganze Gesicht und entblößt zwei Zahnlücken.

»Seit heute Morgen um zehn sitzt er hier und wartet. Geduscht, die Haare geschnitten, der Bart gestutzt, frisch gewaschene Jeans, gebügeltes Hemd, saubere Fingernägel … da war allen klar, dass du heute ankommst.«

»*Sópa* – schweig!«, herrscht Alékos ihn an. »Ich bin Olivenbauer und kein Dandy!« Er nimmt sie bei der Hand und zieht sie durch den Eingang der Freiluft-Taverne an seinen Stammplatz, der rechts neben dem Eingang liegt, nur durch einen Holzzaun von den parkenden Autos entfernt.

Von hier aus kann er sowohl den gesamten Platz als auch die gegenüberliegende Taverne überblicken. Wenigstens an diesem Abend hätte Elli lieber an einem Tisch direkt am Meer gesessen. Missbilligend beäugt sie den überquellenden Aschenbecher und die leeren Zigarettenschachteln. Dabei hat er fest versprochen mit dem Rauchen aufzuhören, nachdem ihn im letzten Jahr ein Dauerhusten gequält hat. Erschöpft lässt sie sich auf einen der Baststühle fallen. Alékos setzt sich neben sie, stellt seine Füße auf die Querverstrebung ihres Stuhles, seine Augen füllen sich mit einem Lächeln. Sie legt ihre Hand auf seinen Oberschenkel, schaut in sein Gesicht und spürt, wie ihr Herz überquillt.

»Ich bin todmüde«, sagt sie nach einer Weile.

Alékos gestikuliert in Richtung Manólis, der gleich darauf einen *Frappé* für sie bringt. Dabei will sie nichts anderes als hinauf ins Haus, wenn möglich den Wagen noch leer räumen und danach ins Bett sinken. Neben ihm. Sich an ihn drücken. Sie steht auf, sieht sich nach den Kindern um und entdeckt sie mit den Dorfkindern und dem Hund Fangen spielend hinten an der Mole, an der die Fischerboote ankern. Dafür, dass sie während der ganzen Fahrt vor Müdigkeit nur gequengelt haben, scheinen sie jetzt ausgesprochen wach. Sie setzt sich wieder und trappelt mit den Füßen auf den Boden. Der letzte Sonnenzipfel ist hinter der Hügelkette verschwunden, Dämmerung breitet sich aus. Wie von Zauberhand geht die Lichterkette an, die Manólis zwischen den Holzpfosten aufgehängt hat.

»Lass uns hochfahren und die Sachen ausladen«, schlägt sie vor.

Er hebt den Kopf leicht nach oben, rollt die Augen.

»Das hat Zeit bis morgen. Man soll nichts übereilen. Du bist gerade erst angekommen!«

»Morgen muss ich zu Pavlos nach Kambos in die Werkstatt, der Beifahrersitz funktioniert nicht.«

»In die Werkstatt?« Er sieht sie erstaunt an, schnaubt.

»Das mache ich! Gleich morgen früh!« Er klopft sich mit der Faust auf die Brust.

»Ich bin müde. Ich will nach oben!« Sie stützt die Handflächen auf die Tischplatte und schraubt sich langsam von ihrem Stuhl hoch in der Hoffnung, er werde ihr folgen.

»Jorgos kommt noch vorbei. Er wollte dich begrüßen. – Der Hotelbesitzer aus dem Nachbardorf«, fügt er hinzu, als sie ihn fragend ansieht.

Jeder dritte heißt hier Jorgos, woher soll sie wissen, welcher von ihnen sie heute Abend unbedingt begrüßen will.

»Ich kann jetzt unmöglich hier weg. Es reicht schon, dass du so unhöflich bist.«

»Das fängt ja gut an«, brummelt sie, jetzt auf Deutsch. Sie ruft lauthals nach den Kindern, trabt zum Auto, lässt den Motor an, schaltet die Scheinwerfer ein und hupt mehrmals. Erst als sie langsam anfährt, kommen die Kinder mit erhitzen Gesichtern herbeigerannt, der Hund vorneweg. Sie fahren den Weg, der ins Dorf hinab führt, zurück bis zur Steilkurve, biegen an Kostas' weißgetünchtem Haus nach rechts und rattern über einen kurvigen Hohlweg nach oben auf den Berg, auf dem in halber Höhe Alékos' Sommerhaus steht.

Er hat es mit vielen Unterbrechungen in jahrelanger Arbeit selbst gebaut. Elli liebt dieses weißgetünchte Haus mit den Fensterläden aus Pinienholz inmitten eines Haines von Olivenbäumen. Für ihre Wohnbedürfnisse ist es ideal. Das untere Stockwerk umfasst einen Wohn-Essraum mit kleiner Küche, Schlafzimmer und Bad. In die Wohnung gelangt man über eine vorgelagerte Terrasse, von der aus eine Treppe auf das Flachdach führt. Hier oben ist eine zusätzliche halbe Etage aufgestockt, die den Kindern als Unterkunft dient. Der Rest der Fläche ist von einem Ziegeldach bedeckt, das von Holzsäulen gestützt wird.

Alékos hat das Haus derart konstruiert, als hätte er damals schon geahnt, dass sie und ihre Kinder irgendwann in sein

Leben treten würden, denkt sie und ist ganz stolz auf ihn.

Langsam öffnet Elli die Fahrertür und quält sich aus dem Sitz. Ihre Glieder sind schwer, sie gähnt lauthals. In ihr brodelt es. Sie hat eine Stinkwut auf diesen Jorgos, obwohl sie nur zu genau weiß, dass sich ihr Zorn gegen Alékos richten müsste, der es für wichtiger befindet, da unten auf diesen Hotelbesitzer zu warten statt mit ihr hier oben zu sein.

»Scheißmännergesellschaft«, entfährt es ihr.

Was hat Alékos ihr erklärt, als sie ihm wieder einmal vorwirft, dass ihm selbst in den wenigen Wochen ihres Hierseins seine Männerfreundschaften wichtiger seien als sie?

Natürlich hat er ihr aufs Heftigste widersprochen.

»*Elli-mou*«, sagte er damals und sah sie zärtlich an, »auch wenn wir nicht verheiratet sind, n-ä-m-l-i-c-h w-e-i-l d-u d-a-s n-i-c-h-t w-i-l-l-s-t, bist du meine Frau. Und für mich ist der Normalzustand der, wenn du da bist. Deshalb verhalte ich mich wie dein Mann und sitze abends auch gerne länger im Dorf mit dem einen oder anderen Freund.«

Er holte tief Luft. »Es hindert dich übrigens niemand, dabei zu sein. Was eigentlich unüblich ist hier, aber ich würde mich freuen, wenn du dabei wärest. Doch du … du bist ja immer müde und willst ins Bett.«

Sie wusste nicht so recht, was sie von seinen Äußerungen halten sollte und sah ihn mit großen Augen an. Er hatte offenbar keine blassen Schimmer, wie anstrengend ihr Leben in Deutschland war. Alleinerziehend, volle Stelle in der Schule, ständige Querelen mit dem Ex-Mann wegen der Unterhaltszahlungen für die Kinder. Dazu ihre dominante Mutter, die mit ihrem Witwenstand nicht klar kam und erwartete, dass sie, Elli, andauernd verfügbar war.

Alékos schien zu kapieren, dass er sie mit dieser Logik nicht überzeugen konnte.

»Weißt du«, setzte er besänftigend hinzu, »wie sehr ich

mich auf dich freue, wenn ich abends unten in der Taverne sitze und weiß, dass da oben in unserem Haus meine Frau auf mich wartet?« Er erhob die Stimme und sah sie durchdringend an. »Weißt du das? Diese Vorfreude …«, er schwieg einen Moment, kramte nach einer Fortsetzung seines Satzes. »… ich möchte sie so lange auskosten wie möglich!«

Elli geht auf den Rand der Böschung zu. Ihr Hals ist wie zugeschnürt. Sie verspürt eine brennende Sehnsucht nach Alékos. Er hätte mitkommen müssen. Sie fährt sich mit den Handrücken über die Augen. Schüttelt sich, stampft verärgert mit dem Fuß auf. Schluckt mehrere Male. Über ihr der Himmel voller geschwärzter Träume. In der Luft schwebt ein Geruch von vertrocknetem Gras, wildem Salbei, Zitronen und Meer. Silbrig zittern die Blätter der Olivenbäume. Wie Watte umhüllt sie die abendliche Wärme. Ihr Blick gleitet über die Landschaft, die sie so sehr liebt und immer in ihrem Gedächtnis aufruft, wenn sie in Deutschland ist und der Alltag sie auffrisst. Wie ein Scherenschnitt zeichnet sich die Hügelkette auf dem gegenüber gelegenen Finger ab. Versprengte Lichter entlang der Küste verdichten und verlieren sich wieder. In einiger Entfernung schmiegt sich Kalamata an die Bucht wie ein Collier aus funkelnden Diamanten. Auf den Berghängen des Taygetos, der sich nachts düster hinter der Stadt erhebt, schimmern vereinzelte Lichtnester. Silbergrau schillert das Meer, leises Meeresrauschen dringt herauf, durchwebt von Stimmengewirr. Wenn sie genau hinhört, glaubt sie sogar, Alékos' Stimme herauszuhören. Hinter der *Míti* kriecht eine bleiche Mondsichel hervor, noch ist die Milchstraße nicht zu sehen. Elli atmet mehrere Male tief ein und aus. Sie ist da, geborgen in dieser Landschaft, alles ist gut. Alékos wird bald kommen, morgen den Autositz reparieren und dann beginnen fünf entspannte Wochen. Friede breitet sich aus in ihr. Langsam geht sie auf das Haus zu.

Die Eingangstür zum Haus ist verschlossen. Sie stellt sich auf die Zehenspitzen, streckt den Arm aus und tastet mit der Hand über den steinernen Türsims nach dem Schlüssel. Der liegt noch genau an der Stelle, an der sie ihn letztes Jahr abgelegt hat. Sie seufzt.

Alékos bewohnt das Haus nur mit ihr, die übrige Zeit lebt er zusammen mit seiner Mutter in deren Elternhaus, zwei Dörfer weiter landeinwärts. Vor ihrer Zeit ist er manchmal mit einer seiner Freundinnen hier abgestiegen. Das sind alles Bekanntschaften gewesen, von denen seine Mutter nichts wissen sollte. Mit ihr ist das anders.

Nachdem im Sommer 1985 die Liebe sie beide überrollt hat wie ein Tsunami und Elli in den einwöchigen Herbstferien wiederkommt, weil sie es ohne ihn kaum noch aushält, arrangiert er ein zufälliges Treffen zwischen seiner Mutter und ihr im *Galáxia*, dem angesehensten Café in Kalamata. Die *Mána* hat nichts einzuwenden gegen sie, zumal sie schnell merkt, dass Elli, die nicht dauerhaft in Griechenland bleiben will, ihr den Sohn nicht wegnehmen würde. Außerdem ist Elli eine Studierte. Eine Lehrerin. Und nur so eine kommt für ihren Sohn in Betracht, den weit und breit alle, weil er Zeitungen liest und schlaue Bücher, die antiken Tragödien und die griechische Mythologie auswendig kennt, »den Philosophen« nennen. Den alle, die nicht gebildet und belesen sind, als ihre geistige Instanz anerkennen.

Mit einigem Kraftaufwand gelingt es Elli, das rostige Türschloss zu öffnen. Muffiger, modriger Gestank schlägt ihr entgegen. Vereinbart ist gewesen, dass Georgia aus dem Dorf, die mit Putzen ihr Haushaltsgeld aufbessert, das Haus sauber macht. Sie ballt die Fäuste. Jetzt muss sie auch noch putzen und die Betten überziehen.

Sie tastet sich im Dunkeln an der Wand entlang wieder zur Tür und knipst den Lichtschalter an, der sich neben dem

Türrahmen befindet. Der Wohnraum sieht so aus, wie sie ihn letztes Jahr verlassen hat. Aufgeräumt zwar, aber die Möbel mit dicken Staubschichten und Spinnweben bedeckt. Im Schlafzimmer der gleiche Anblick. Sie läuft durch die kleine Küche ins provisorische Badezimmer – auch das will Alékos seit Jahren herrichten – und findet in der Ecke Besen, Schrubber und Eimer, in dem noch das Schmutzwasser vom letzten Sommer steht. Mit spitzen Fingern zieht sie einen Putzlappen aus der Dreckbrühe und schleudert ihn in die Badewanne. Angeekelt schüttet sie den Eimerinhalt in die Kloschüssel und betätigt die Wasserspülung gleich mehrere Male hintereinander, um den Kloakengestank, der ihr aus der Toilette entgegenschlägt, wegzuspülen. Elli kippt eine halbe Plastikflasche Klorix hinterdrein. Sie dreht den Wasserhahn auf, der röhrend und fauchend einige Spritzer Rostwasser von sich gibt, schließlich einen zischenden Knall. Zu ihrer Überraschung fluppt das Wasser jetzt nur so aus der Leitung. Sie atmet auf. Wenigstens gibt es fließendes Wasser. Im Hochsommer eine Seltenheit hier oben auf dem Berg.

Mit dem Unterarm wischt sie dicke Schweißtropfen von ihrer Stirn. Unterwäsche und Kleid sind durchgeschwitzt. Sie schaut auf ihre Armbanduhr, die sie vor ihrer Putzorgie auf dem Esstisch abgelegt hat. Kurz nach Mitternacht. Alékos hockt immer noch unten im Dorf. Zwei Stunden hat sie geschuftet, jetzt ist alles sauber, die Betten mit frischen Laken bespannt, die Kopfkissen bezogen. Selbst das Zimmer der Kinder oben auf dem Dach hat sie noch geputzt und hergerichtet, nachdem sie kurz erwogen hatte, sie in der ersten Nacht in ihrem Schlafzimmer unterzubringen. Frischsauberkeit und Wohlgeruch haben sich im ganzen Haus ausgebreitet.

Die Kinder, die sich irgendwann aus dem Haus geschlichen haben, hängen aneinander gelehnt auf der Rückbank und schlafen fest. Der Hund liegt quer über ihren Oberschenkeln und hebt träge den Kopf, als sie in den Wagen schaut.

»Los, aufwachen!« Sie weckt sie unsanft und weist sie an, das Gepäck ins Haus zu tragen, während sie die diversen Sachen verstaut. Gegen zwei fällt sie ohne sich vorher noch zu duschen wie ein Sandsack ins Bett und schläft sofort ein.

Die ersten Sonnenstrahlen tänzeln durch die Lamellen der Fensterläden und wecken sie sacht. Schnarchen dringt in ihr Ohr. Schwerfällig öffnet sie die Augenlider. Es dauert einen Moment, bis ihr dämmert, wo sie sich befindet. Neben ihr liegt Alékos ausgestreckt auf dem Bett. Sie hat ihn in der Nacht nicht kommen hören. Er trägt noch Oberhemd, Jeansweste und Jeans, seine Füße hängen über den Bettrand, nicht einmal seine Sandalen hat er ausgezogen. Da liegt er auf dem Rücken und schläft wie ein Stein. Sein rechter Arm liegt schwer auf ihrem Bauch. Sie schiebt ihn vorsichtig zur Seite, richtet sich auf und nähert ihr Gesicht dem seinen, ihr Ärger über sein gestriges Verhalten scheint ihr im Schlaf abhanden gekommen zu sein, was sie ein wenig verblüfft. Doch so sehr sie auch in sich hineinhorcht, sie spürt keinen Zorn mehr, die Wiedersehensfreude überwiegt.

Sie streichelt seine blauschwarzen Haare, die wirr in die Stirn hängen, seinen Bart, der die hohlen Wangen, Kinn und Oberlippe bedeckt. Wie sie dieses Gesicht liebt. Dieses düstere verschlossene Gesicht, das in seltenen Augenblicken, die nur ihr gehören, so viel Zärtlichkeit und Güte ausstrahlt.

»S'agapó – ich liebe dich«, flüstert sie – in der Fremdsprache fällt ihr das leichter – und fährt mit ihrem Zeigefinger seine Unterlippe nach. In diesem Moment öffnet sich sein Mund und entlässt einen explosionsartigen Schnarcher, dem ein knarziges Kettensägeninferno folgt und ihre Liebesstimmung zersägt. Erschrocken weicht sie zurück, rammt ihm zweimal den Ellbogen in die Seite, kneift, da er nicht aufhört, die Augen zusammen. Plötzlich entdeckt sie, nun schärfer sehend, in seinem geöffneten Mund eine Zahnlücke. Der untere

Eckzahn fehlt.

Sie rückt wieder näher, schiebt vorsichtig, damit er nicht aufwacht, mit dem gekrümmten Zeigefinger seine Oberlippe nach oben. Die Zahnlücke springt sie an. Licht, sie braucht mehr Licht. Sie lässt von ihm ab, dreht sich zur Seite, zieht die Schublade des Nachtschränkchens auf, denn sie erinnert sich, dass dort eine Taschenlampe liegen muss. Tatsächlich. Sie nimmt die Lampe, knipst sie an, nähert sich wieder Alékos Gesicht. Der schnarcht noch immer, den Mund weit geöffnet. Mit der Taschenlampe in der rechten Hand leuchtet sie seine Mundhöhle aus. Das Knochenfach des fehlenden Zahnes ist dunkelrot, übersät mit kleinen eitrigen Flecken. Am Unterkiefer hat sich das Zahnfleisch zurückgebildet, die Zahnhälse ragen weit heraus, sind bräunlich verfärbt. Vorsichtig tastet sie die Backenzähne ab, sie sind allesamt wacklig. Nun inspiziert sie die obere Zahnreihe, auch nicht besser, entdeckt, dass in der linken hinteren Ecke ein Mahlzahn fehlt. Resigniert knipst sie die Taschenlampe aus. Leise steht sie auf und geht ins Bad.

3.

Es ist bereits Mittag, als die Kinder nebst Hund die Treppe herunter kommen und nach Frühstück verlangen. Elli sitzt in einem der weißen Plastiksessel auf der Terrasse und schaut aufs Meer, lässt ihre Blicke schweifen über den Messenischen Golf, der von Bergzügen umrandet ihr glitzernd zu Füßen liegt und kann sich nicht sattsehen, will nicht gestört werden.

»Ausnahmsweise«, meint sie, während sie sich ihr Portemonnaie bringen lässt und ihnen einen Tausend-Drachmen-Schein in die Hand drückt.

»Geht runter und holt euch ein Eis. Aber bevor ihr verschwindet, macht ihr noch ein bisschen Krach, damit der da

drin …«, sie schnickt mit dem Kopf Richtung Schlafzimmer, »
… endlich aufwacht!«

Kaum sind sie weg, erscheint Alékos im Türrahmen.

»Sind die jetzt immer so laut?«, gähnt er.

Sie hat sich vorgenommen ihn nicht zu fragen, kann sich's
aber doch nicht verkneifen.

»Wann bist du heimgekommen?« Ihr Ton klingt vorwurfsvoll.

»Sofort, nachdem Jorgos weg ist!«, antwortet er.

»Und wann ist der weg?«

Er zuckt die Schultern.

»Er war verärgert, weil du nicht auf ihn gewartet hast. Er ist
extra gekommen, um dich zu begrüßen, obwohl er gerade viel
zu tun hat in seinem Hotel und nicht eher weg konnte. Es hat
ewig gedauert, bis ich ihn beruhigt hatte.«

»Hab' ich gemerkt«, sagt sie spitz.

»Du hast fest geschlafen. Du hast sogar geschnarcht.«
Alékos grinst, lässt sich in einen der Plastiksessel fallen, und
legt seine Füße auf die Brüstung der Veranda. Er kippelt mit
dem Sessel leicht nach hinten, friemelt Zigarettenschachtel und
Feuerzeug aus der Brusttasche seines Hemdes und zündet sich
die erste Zigarette des Tages an.

»Ich bin heilfroh, dass ich aufgehört habe«, meint sie.
»Wenn ich an deinen Husten denke letzten Sommer, wird mir
himmelangst!« Sie überlegt, ob sie etwas wegen seiner Zähne
sagen soll, unterlässt es aber.

»Bring mir einen Kaffee!«

Sie weiß, dass es unklug ist, sich gleich am ersten Tag mit
ihm in eine der üblichen Diskussionen über sein lächerliches
Machogebaren zu verstricken, das hier auf der Mani noch weit
verbreitet ist, steht auf und bereitet ihm in der Küche einen
heißen Nescafé zu.

»Haben wir keinen *Ellinikó* – griechischen Mokka?« fragt
er, als sie ihm die Tasse reicht.

»Wie denn, warst du einkaufen?«

»*Óchi* – nein«, sagt er. »*Metá* – später. Wenn ich fertig geraucht habe, geh ich erst mal runter und trinke einen richtigen Kaffee. Danach können wir dein Auto ausräumen!«

Sie spürt einen Hitzeschwall in sich aufsteigen.

»Kannst du *metá* nach dem Autositz schauen?«, fragt sie lauernd.

»Klar! *Metá*!« Alékos steht auf und schlendert hinüber zu seinem VW-Pritschenwagen, der rundum Dellen und Rostbeulen aufweist, noch mehr als letztes Jahr. Er klettert über die Beifahrerseite in das Innere des Wagens, schreit zu ihr hinüber: »Die Tür klemmt«, wirft den Motor an und tuckert scheppernd nach unten. Sie ruft ihm hinterher, dass sie mitkommen will, aber da ist er schon um die Ecke gebogen.

Sie kraxelt den gewundenen steinigen Pfad hinunter, vorbei an knorzigen Olivenbäumen und, je näher sie dem Dorfkern kommt, vereinzelten baufälligen Flachbauten, die hinter blühenden Sträuchern, Büschen und Zitronenbäumen ihre Armseligkeit verbergen. Aus einem dieser Häuser stammt Georgia, deren Mann vor vielen Jahren beim Dynamitfischen beide Unterarme verloren hat und seither die Familie tyrannisiert, vor allem die Söhne, wenn diese von ihren Fischzügen mit leeren Netzen zurückkommen. Dabei vergisst er, dass gerade seine Generation es gewesen ist, die die Fanggründe zerstört hat.

Sie trifft Georgia vor dem Bretterverschlag sitzend, den die Fischer an der Mole errichtet haben. Dort verstauen sie Netze, Kescher, Angeln, Schnüre und sonstiges Zubehör. Georgia hockt mit gekrümmter Wirbelsäule auf einem wackligen Plastikstuhl, unter der schwarz-weiß geblümten Kittelschürze wölbt sich ihr Bauch. Sie lässt eines der Netze durch die rissigen Hände gleiten und pult vorsichtig mit Daumen und Mittelfinger die winzigen Angelhaken heraus.

»Ach«, stöhnt sie und hält Elli ihre blutverschmierten

Fingerspitzen entgegen.

»Du siehst gut aus!«, sagt Elli. »Neue Haarfarbe? Steht dir prima. Passt zum Teint!«

Georgia wackelt mit dem Kopf.

»Ich freue mich, dass du da bist.« Ihre dunklen Augen leuchten. »Es gibt viel zu erzählen. Ja, später komme ich nach oben und putze das Haus. Alékos hat mir neulich Bescheid gesagt, ich hatte nur noch keine Zeit, du siehst ja.« Sie deutet auf das Netz. »Ich kann halt nicht mehr so schnell …«

Nach einer halben Stunde hat Elli alles erfahren, was während ihrer Abwesenheit im Dorf und in den Nachbardörfern geschehen ist. Liebeleien, Hochzeiten, Geburten, Taufen, Seitensprünge, Trennungen, Umzüge, Betrügereien, Streitigkeiten, Handgreiflichkeiten, Krankheiten, Tod, Totenmessen … Georgia weiß alles und noch mehr. Falls sie etwas nicht weiß, dichtet sie es hinzu. Nicht umsonst wird sie *die Dorfzeitung* genannt.

»Um deinen brauchst du dir keine Sorgen zu machen«, beendet sie ihren Redefluss. »Er ist dir treu! Ehrlich, das weiß ich!«

Elli nickt mehrmals. Ihre Gedanken wandern zwei Jahre zurück. Einen Tag vor ihrer Abreise waren drei Journalistinnen aus Athen im Dorf aufgetaucht, die Alékos angeblich von früher kannten und ihn nun einige Tage besuchen wollten. Er hatte bisher nie ein Wort über die drei Frauen verloren, was sie merkwürdig fand, denn er hatte ihr alles erzählt, was vor ihrer Zeit in seinem Leben geschehen war. Sie nahmen ihn den ganzen Abend in Beschlag – ihren letzten gemeinsamen Abend. Himmelten ihn an. Alékos hatte sein charmantestes Lächeln aufgesetzt, gab sich zuvorkommend und weltmännisch. Sie waren so in ihre Unterhaltung vertieft, dass sie nicht einmal bemerkten, dass Elli aufstand, sich vom Tisch entfernte und nach oben ging. Sie konnte den Anblick des gockelnden Alékos inmitten dieser drei überkandidelten

Weiber nicht länger ertragen. Außerdem musste sie noch den Wagen packen und am nächsten Morgen früh aufstehen, um rechtzeitig die Fähre in Patras zu erreichen. Heiter und gelöst erschien er kurz vor Sonnenaufgang oben im Haus und verschlief fast ihre Abfahrt.

Ihr schwante Böses. In den lächerlich kurzen Herbstferien flog sie für eine Woche nach Griechenland, ließ widerwillig die Kinder bei deren Vater. Sie brauchte Gewissheit.

Er holte sie am Flughafen ab. Sie freuten, umarmten sich, er nahm ihren Koffer, monierte dessen Gewicht, verstaute ihn auf der Ladefläche. In seinem schrottreifen Pritschenwagen tuckerten sie die Einfallstraße nach Kalamata entlang. Sie hatte, wie sie es beim Autofahren immer tat, ihre Hand auf seinen Oberschenkel gelegt und beobachtete ihn von der Seite. Er schaute angespannt geradeaus.

»Liebst du mich?«, fragte sie. Ein leichtes Schnicken mit dem Kopf war die Antwort. Er sah blass aus, befand sie, obwohl der schwarze Vollbart fast das ganze Gesicht bedeckte.

»Ich muss dir was sagen!«, fuhr es plötzlich aus ihm heraus.

Sie hatte es befürchtet.

»Sag schon!«

»Kann ich nicht während des Autofahrens.«

»Ich will es aber jetzt wissen!« Fieberhaft überlegte sie, welche von den dreien es sein könnte. Sie tippte auf die mit den blonden schulterlangen Haaren und den großen, in ein enges Stretchoberteil gezwängten Brüsten. Lorelei Todzi hatte sie geheißen, die Schlampe.

»Los, rede!«

»Mir ist lieber, wenn wir in ein Café gehen!«

»Jetzt!« Sie schlug ihm mit der flachen Hand auf den Oberschenkel. Er bremste ab, fuhr rechts ran, parkte das Auto am Seitenrand unter einem Baum.

»Also!« Er atmete tief ein und wendete ihr sein Gesicht zu. Ihr Herz klopfte bis zum Hals, ihre Hände wurden feucht.

Gleich würde er sagen, es sei vorbei. Sie streichelte sein Gesicht ein letztes Mal mit Blicken, dieses Gesicht, das sie so liebte. Noch nie, so kam es ihr vor, hatte er so charismatisch ausgesehen wie heute. In einer Minute würde sie ihn für immer verlieren.

»Du erinnerst dich doch an diese drei Journalistinnen aus Athen?«, begann er. Sie nickte, wartete angstvoll ab, was nun käme. »Es war nicht richtig von mir!«, meinte er zerknirscht. »Ich hätte es nicht tun dürfen. Deinetwegen.«

»Welche ist es?« wollte sie wissen.

Er ließ sich Zeit. Sie stand unter Hochspannung.

»Lorelei Todzi!« Es war heraus. Er atmete erleichtert auf.

Sie hatte es gewusst. Sie hatte es schon an diesem Abend gewusst, als diese drei Schlampen aufgekreuzt waren. Ihr Magen drehte sich um, sie hatte das Gefühl als müsse sie sich übergeben. Bloß nicht!, dachte sie. Ihm auch noch ihr Elend vor die Füße kotzen!

Er wollte ihr übers Haar streichen, aber sie wehrte seine Hand ab.

»Lass das! Wie oft?«

»Einmal!« Er war völlig zerknirscht.

»Wann?« Jetzt wollte sie es genau wissen.

»An dem Tag, an dem du abgereist bist!«, stöhnte er.

»Sag bloß, in unserem Haus?!«

»Wie? In unserem Haus?«, fragte er und schaute sie mit großen Augen an. »Bei Jorgos!«

»Im Hotel? Du warst mit ihr im Hotel?«, schrie sie.

Er schnickte den Kopf nach oben, rollte die Augen und schnalzte mit der Zunge.

»Unten. Wir waren unten in seinem *estiatório*, in seinem Restaurant und haben zusammen einen Kaffee getrunken. Was hast du denn gedacht?«

Ellis Gefühle sind zwiespältig, wenn sie an diese Geschichte denkt, sie schämt sich, weil sie ihm nicht vertraut hat, andererseits verspürt sie ein wohliges Behagen, weil sie sich auf ihn verlassen kann. Zumindest was andere Frauen betrifft.

Sie hat für heute genug gehört, überlässt Georgia ihren Netzen und schlendert hinüber zum Platz. Als sie an Nikos' Fischtaverne vorbeikommt, vernimmt sie einen leisen Singsang. Sie bleibt stehen, lauscht, tritt ein paar Schritte zurück, schaut sich um und entdeckt auf dem Balkon eine weiß gekleidete Gestalt mit langen schlohweißen Haaren, die Arme zum Himmel erhoben, flatternd wie ein Vögelchen. Sie erkennt Nikos' über hundert Jahre alte Mutter und erschrickt. Letztes Jahr noch hat sie in ihrer Witwenkleidung gestützt auf einen Krückstock vor der Taverne ihres Sohnes gesessen, ist der Schrecken aller Kinder gewesen, die sie, auch wegen der großen Warze am Kinn, für eine Hexe hielten. Augenzwinkernd hat sie Elli einstmals anvertraut, sie habe ihren Ehemann gehasst und ihn nach jedem erzwungenen Geschlechtsverkehr wochenlang aus dem Schlafzimmer ausgesperrt. So lange, bis er die Tür eintrat. Sie zählte an den Fingern ab, wie oft im Jahr der Schreiner eine neue Tür anbringen musste.

»Das Geld für die Tür hat er mir vom Haushaltsgeld abgezogen«, krächzte sie. »Wie gerne war ich sparsam!«

Nun flattert sie in ihrem weißen Gewand auf dem Balkon einem anderen Leben entgegen, sich an nichts mehr erinnernd, außer an diese kleine Melodie. Nächstes Jahr würde sie nicht mehr da sein, denkt Elli und wird ein wenig wehmütig.

Die Sonne hat den Zenit längst überschritten, kein Mensch weit und breit. Außer Nikos' tirilierender Mutter schlafen vermutlich bereits alle. Gäste kommen um diese Tageszeit selten. Alékos' Auto ist nirgends zu sehen. Sie geht hinein zu Manólis, der gerade dabei ist, seine Taverne zu schließen.

»Die Kinder spielen hinten in der Bucht«, meint er. Als sie nach Alékos fragt, zuckt er die Schultern. »Den habe ich heute überhaupt noch nicht gesehen!«

Verärgert macht sie sich wieder auf den Weg nach oben. Ihr Auto steht noch immer unberührt. Wie auch, denkt sie. Heute früh hat er gepennt, danach ist er verschwunden. So wie sie ihn kennt, würde er heute nichts mehr an dem Sitz machen. Sie tritt auf die Veranda, rückt einen dieser weißen Plastiksessel zurecht und lässt ihren Blick über die Bucht schweifen. Sie blinzelt gegen das gleißende Sonnenlicht an, geht hinüber zum Wagen und kramt im Handschuhfach nach ihrer Sonnenbrille. Danach nimmt sie sich die Rücklehne des Beifahrersitzes vor. Wieder inspiziert sie den Schlitz, in dem der Hebel sitzt und versucht ihn nach oben zu drücken, damit sich die Lehne umklappen lässt, doch nichts geschieht. Fluchend geht sie ins Haus und sucht nach einer Tube Sonnencreme. Als sie endlich eingeschmiert, mit Sonnenbrille auf der Nase und einem Strohhut auf dem Kopf wieder in ihrem Sessel sitzt, knurrt ihr Magen und sie verspürt das starke Bedürfnis, sofort etwas zu essen. Den Kühlschrank braucht sie gar nicht erst zu öffnen, um zu wissen, dass er leer ist. Sie stöbert in dem Karton mit den Lebensmittelvorräten, die sie mitgeschleppt hat. Nudeln, Reis, Gewürze, Kaffee, Grüntee, Müsli, Suppenpulver … als ob es diese Sachen hier nicht gäbe. Aber natürlich nicht in Bio-Qualität, auf die Elli Wert legt, seitdem diese Produkte in Deutschland langsam den Markt erobern. Sie hat weder Lust auf etwas Warmes noch Lust zu kochen. Eine Tomate, etwas Weißbrot und Olivenöl, vielleicht ein wenig Schafskäse, ein paar Oliven hätten ihr jetzt gereicht. Aber Alékos hat nicht einmal einen Kanister mit seinem Olivenöl in der Küche deponiert, geschweige denn eingekauft. Um alles muss sie sich selbst kümmern.

Der überteuerte Minimarkt im Nachbardorf hat um diese Zeit geschlossen. Sie würde gegen Abend hinfahren gemeinsam mit den Kindern, um dort für die kommenden Tage das Notwendigste einzukaufen. Den Großeinkauf will sie am Mittwoch in Kalamata tätigen, mittwochs ist Bauernmarkt, ebenso samstags. Aus der ganzen Region strömen die Bauern auf das Marktgelände am ausgetrockneten Flussbett und preisen lautstark auf wackligen Holztischen ihre Erzeugnisse an, in einer Fülle, Vielfalt und Frische, die sie aus Deutschland nicht kennt. In Johannes' Rucksack findet sie zwei zerquetschte Bananen, die sie gierig in sich hineinstopft.

Danach sitzt sie wieder in ihrem Sessel auf der Veranda. Sie überlegt, wie viele Tage vergehen würden, bis Alékos endlich das Olivenöl und die Oliven, die seine betagte Mutter nach einem alten Familienrezept einlegt, von seinem Haus in die gemeinsame Sommerwohnung transportiert. Der Autositz kommt ihr in den Sinn, den er weder heute noch morgen reparieren würde, weil zunächst wichtigere Aufgaben anstehen – eben jener Transport des Ölkanisters und des Olivenfässchens.

Dass er nie etwas sofort erledigen kann. Ihre Laune verschlechtert sich zusehends. Sie grübelt, was am Abend eingekauft werden muss, was am Mittwoch in der Stadt. Denkt daran, dass sie und die Kinder in Kalamata mindestens eine Stunde im überhitzten, stickigen *OTE* zubringen müssten, weil ihre Mutter auf einen Anruf wartet, überschlägt, wie viele Stunden sie in den nächsten Wochen für diese aus ihrer Sicht überflüssigen Telefonate aufbringen würde. Wird höchste Zeit, dass das Dorf eine Fernsprechzelle bekommt.

Ihre Gedanken wandern zu den Unterrichtsvorbereitungen fürs nächste Schuljahr, beginnen zu kreiseln. Sie rutscht auf ihrem Sessel hin und her, nimmt die Droschkenkutscherhaltung ein, legt dabei locker Hände und Unterarme auf die gespreizten Oberschenkel und murmelt »Ich bin ganz ruhig, ich bin ganz ruhig« und danach »Der rechte Arm ist schwer«.

Doch weder wird sie ruhig noch ihr Arm schwer und so geht sie ins Haus, sucht in der Bücherkiste, die sie in der Nacht nicht mehr ausgeräumt hat, nach ihrem Griechisch-Lehrbuch und zieht sich aufs Bett zurück. Sie schlägt die Seite auf,

die sie mit einem Eselsohr markiert hat. Hier steht Alékos'
Lieblingssatz, mit Bleistift unterstrichen und am Rand mit
mehreren Ausrufezeichen unterschiedlicher Dicke versehen.
Zur Freude von Alékos kann sie ihn auswendig aufsagen.
»*Ópoios échei mía douleía, échei kaí mía siguría, álla kaí
pollí duleiá* – Derjenige, der einen Olivenbaum besitzt, hat
Sicherheit, aber auch viel Arbeit.«

Sie muss an ihren allerersten Satz denken, den sie auswendig
gelernt hat. Es war in jenem Sommer vor sieben Jahren
gewesen, als sie nach einer gescheiterten Ehe alleine in diesem
idyllischen Fischerdorf auf dem mittleren Peloponnesfinger
Urlaub gemacht hatte und die Liebe einschlug wie ein
Kugelblitz. Am dritten Tag hatte er einen Zettel mit seiner
Telefonnummer in ihre Strandtasche gelegt und war danach
nicht mehr aufgetaucht. Wenn sie Alékos wiedersehen wollte,
musste sie ihn wohl oder übel anrufen. Für den Fall, dass
er nicht selbst am Telefon war, hatte sie sich von Manólis,
dem Besitzer der Taverne, in der sie ihn kennengelernt hatte,
in lateinischen Buchstaben aufschreiben lassen, was sie zu
sagen hatte:
    »*Parakálo, mbóro na milíso me ton Aléko*? – Kann ich bitte
mit Alékos sprechen?«
    Damals konnte sie noch kein Wort Griechisch. Sie übte
diesen Satz eine Nacht lang. Am nächsten Morgen ging sie
entschlossen in die Taverne, in der sich der einzige Fernsprecher
des Dorfes befand und bat darum telefonieren zu dürfen. Ihre
Hände zitterten ein wenig, als sie die Wählscheibe drehte. Das
Tut-tuut des Freizeichentons bohrte sich in ihren Gehörgang
und wollte kein Ende nehmen. Schließlich am anderen Ende der
Leitung eine krächzende Frauenstimme »*Oríste.*« Erschrocken
drückte sie den Hörer auf die Gabel. Sie hatte sich verwählt.
Die Familie hieß Panagéas mit Nachnamen und nicht Oríste, so
viel wusste sie bereits. Ein weiteres Mal die Prozedur. Wieder

die Frauenstimme »*Oríste*.« Nach dem dritten Mal gab sie auf. Vielleicht hatte er eine falsche Nummer aufgeschrieben

»Hat's geklappt?«, rief aus der Küche heraus Manólis, der Wirt, der die ganze Zeit über die Ohren gespitzt hatte. Er sprach leidlich Deutsch. In den Sechzigerjahren hatte er in der Westfalenhütte Dortmund malocht und mit dem mühsam verdienten Lohn das heruntergekommene Elternhaus in eine Taverne umgebaut, die er *Iápetos* nannte, nach einem der Titanen der griechischen Mythologie. Als sie ihm berichtete, brach er in schallendes Gelächter aus.

»Mädchen, weißt du nicht, dass sich in Griechenland niemand mit seinem Namen meldet? Man sagt, *oríste* – bitte, oder *légete* – sprechen Sie.«

Sie legt das Buch zur Seite, kuschelt sich auf dem Bett zurecht und tagträumt von ihrer ersten Begegnung mit Alékos.

Er gesellte sich zu ihr, als sie im *Iápetos* an einem der azurblau lackierten Tische nahe am Meer saß und las. Es war der erste Tag nach ihrer Ankunft. Sie hatte lange geschlafen und das Gebäude zu einer Zeit verlassen, zu der die Dorfbewohner sich bereits wieder zur Nachmittagsruhe in ihre Häuser verzogen. Keine Menschenseele war zu sehen, was ihr gerade recht kam, denn sie wollte nach dieser aufreibenden Ehescheidung im letzten Monat nichts als Ruhe.

Den Roman von *Oriana Fallaci* hatte ihr ein Freund empfohlen, eben jener, der ihr den Aufenthalt in diesem idyllischen Fischerdorf schmackhaft gemacht und dank enger Kontakte bei Manólis, besagtem Wirt des *Iápetos*, ein Zimmer für sie reserviert hatte. Freunden und guten Freunden von Freunden vermietete dieser hin und wieder ein Privatzimmer in seinem Haus, das er zu diesem Zweck als Gästezimmer deklarierte.

Die Liebesgeschichte zwischen einer italienischen Journalistin und einem griechischen Widerstandskämpfer hatte Elli derart in den Bann gezogen, dass sie nur am Rande mitbekam, wie jemand am Nachbartisch Platz nahm. Erst das unablässige Klimpern eines Schlüsselbundes ließ sie aufsehen. Sie kniff die Augen zusammen und warf dem Störenfried einen mürrischen Blick zu. In diesem Moment trafen sich ihre Augen. Elli hielt inne, ihr Blick blieb an seinem Gesicht haften und plötzlich flatterte der Muskel in ihrer Brust wie ein Vögelchen, das gerade flügge wurde. Gleichzeitig spürte sie, wie sich auf ihrem Gesicht ein Lächeln breit machte, eines, das das ganze Gesicht überzog und sich ausdehnte wie die Nachmittagssonne auf dem Meer.

Er sah sie an, unverwandt und schweigend. Seine Augen spiegelten zugleich Wildheit und Melancholie wider und überfunkelten sein verschlossenes, bärtiges Gesicht. Sie war unfähig, ihren Blick aus dem seinen zu lösen. Unfassbar, dachte Elli, im abgelegensten Winkel Griechenlands traf sie ihren Che Guevara. Wie auf diesem berühmten Plakat sah er aus, das damals in ihrer Studentenbude über dem Kopfende des Bettes hing. Nur das Barett fehlte. Und jetzt, Jahre später, saß er ihr gegenüber. Das sollte ihr erstes Bild von Alékos werden.

Sie verharrten auf ihren Stühlen, ein jeder an seinem Tisch, waren gefangen in ihren Blicken. Den Schlüsselbund hatte er inzwischen auf den Tisch gelegt, die Zigarette glomm im Aschenbecher vor sich hin. Elli schien es, als sei die Welt rund um sie versunken, als gäbe es nur sie beide, eingehüllt in das Säuseln der Wellen und das Flirren der Luft. Die Zeit stand.

Irgendwann deutete er mit dem Kinn Richtung Buch, radebrechte: »*My name is nearly the same like the name of this hero!*« – Seine Stimme klang erdig, mit leicht metallischer Färbung, ein wenig gepresst, was seinem Englisch eine irritierende Klangnote verlieh.

»So?«, meinte sie verwirrt. Nach einer Pause: »Ich heiße Elli! Nicht Oriana!« Sie grinste ihrem Bonmot hinterher.

Er nickte leicht schräg mit dem Kopf, sagte aber nichts,

sah sie nur an. Unablässig. Elli rutschte auf ihrem Stuhl hin und her, knetete ihre Finger. In solchen Situationen bedauerte sie, mit dem Rauchen aufgehört zu haben. Wie gerne hätte sie sich jetzt an einer Zigarette festgehalten. Er nahm wieder seine Schlüssel in die Hand, steckte Zeige- und Mittelfinger in den Ring und schnickte den Schlüsselbund hin und her, so wie seine Landsleute es mit dem *Komboloi* taten.

»Haben Sie das Buch gelesen?«, wollte sie wissen. Vermutlich gab es eine griechische Übersetzung, schließlich ging es um die Zeit der Militärdiktatur.

»Ich kannte ihn. Persönlich!«, erwiderte er in einem Ton, als sei dies das Selbstverständlichste von der Welt und wölbte seinen Brustkorb.

»Ah!« Elli war überrascht. »Interessant!«

Wieder eine Pause. Plötzlich erhob er sich in einem Anflug von Ungestüm von seinem Platz, kam herüber und setzte sich zu ihr an den Tisch. Dann atmete er tief auf. Nach wie vor ließ er sie nicht aus den Augen.

»Wir waren zur selben Zeit im selben Gefängnis!«, sagte er unvermittelt.

Elli fuhr erschrocken zusammen. Das Buch, das sie auf ihren Oberschenkeln abgelegt hatte, geriet ins Rutschen und blieb unter dem Tisch liegen. Nachdem ihr Gegenüber nicht reagierte, bückte sie sich kopfüber und langte mit der Hand nach dem Buch. Es lag direkt neben seinem rechten Fuß. Ihr Blick blieb an seinem Fußknöchel haften. Er war geschwollen, feine Äderchen in dunkelrot, tiefblau, rotviolett durchwebten wie ein dichtmaschiges Spinnennetz die pergamentene Haut, die sich über den Knöchel spannte. Elli tauchte, da sie den Druck im Kopf nicht länger ertragen konnte, wieder auf, sah ihn fragend an.

»Bastonade!«. Seine Stimme klang harsch. »Ich war Widerstandskämpfer. Wie *Panagoúlis*.« Klirrend warf er den Schlüsselbund auf den Tisch, sprang auf, griff nach der Zigarettenschachtel, seinem Feuerzeug und nahm den Schlüsselbund wieder an sich. Sagte »Ich gehe jetzt«, blieb noch einen kurzen Moment stehen und sah Elli nachdenklich an.

»Bis morgen?!« Ihre Stimme klang rau.

Er neigte den Kopf leicht zur Seite, verließ im Zeitlupentempo die Taverne und schlurfte über den Platz. Elli reckte den Kopf, damit ihr nichts entging, sah ihn in einen alten VW-Pritschenwagen einsteigen. Mit einem dumpfen Knall schloss er die Fahrertür. Mehrere Male heulte der Motor auf. Schließlich begann das Gefährt zu ruckeln und zu beben, machte einen Satz und tuckerte röhrend davon.

Irgendwann schreckt sie hoch, weil etwas Schweres auf ihren Körper plumpst und gleich darauf eine feuchte Hundeschnauze ihren Mund stupst. Die Kinder sitzen auf der Bettkante und nölen.

»Wir haben Hunger!«.

Sie reibt sich die Augen, schüttelt den Kopf hin und her, damit sie zu sich kommt und quält sich aus dem Bett.

»Ich fahre jetzt mit euch zum Minimarkt, sonst gibt es nichts zu essen. Die Sonne geht gleich unter. Den Hund lassen wir hier. Habt ihr Alékos irgendwo gesehen?«

Sie schütteln die Köpfe. Eine andere Antwort hat sie auch nicht erwartet. Vermutlich hockt er irgendwo, schlürft *Elléniko* und genießt seine Vorfreude, denkt sie missgestimmt.

Die Einkäufe haben länger gedauert als gedacht. Als sie die Strandstraße zurückfahren – die prall gefüllten Einkaufstüten auf dem defekten Beifahrersitz, die Kinder auf der Rückbank –, hat die untergehende Sonne einen orange-rosa changierenden Kegel auf die Meeresoberfläche gezaubert, den Himmel in mattes Goldorange getaucht und versinkt als rotgold glühender Ball hinter der Hügelkette des gegenüberliegenden Peloponnes-Fingers.

»Wieso läuft da unser Hund auf der Straße rum?«.

Elli bremst scharf.

»Habt ihr die Tür nicht zugemacht? Ihr wisst doch, dass hier überall Giftköder ausliegen!«

Ehe die Kinder ihre Unschuld beteuern können, ist sie ausgestiegen und ruft den Hund zu sich. Sie bückt sich nach ihm, streichelt und tätschelt ihn, drückt ihm einen Kuss auf den Kopf, kippt die Rückenlehne des Fahrersitzes nach vorne und schiebt den Hund auf die Rückbank zu den Kindern.

»Ihr wisst doch, dass der alles frisst. Er ist und bleibt ein Streuner, auch wenn er jetzt im Bett schläft. Meint ihr, ich wollte einen toten Hund? Das hätte mir gerade noch gefehlt!« Sie bebt vor Wut.

Johannes will etwas erwidern, doch Anna stößt ihn mit dem Ellbogen in die Seite.

»Das bringt nichts! Sie wird eh gleich wissen, wer ihn rausgelassen hat!«

Elli rattert, ohne auf Steine und Schlaglöcher zu achten, den Hohlweg nach oben zum Haus. Ihr Zorn hat sich im Wagen ausgebreitet und die Kinder verstummen lassen.

Alékos war es, der ihr vor drei Jahren ein zitterndes, fiependes Bündel in die Arme legte.

»*Elli-mou*, den habe ich aus einem Müllcontainer gezogen, als ich für die *Mána* den Abfall weggebracht habe. In einer Plastiktüte. Er wäre beinahe erstickt.«

Bisher hatte Alékos hin und wieder eine Schildkröte oder einen Igel von der Straße aufgelesen, die er dann oben auf seinem Grundstück aussetzte. Einen Hund hatte er bisher noch nicht angebracht. Die *Mána* mochte keine Hunde.

»Och«, machte Elli und drückte das wimmernde Knäuel behutsam an sich. Sie war mit einem Hund aufgewachsen, einem Foxterrier, an den sie hin und wieder noch immer wehmütig dachte. Dieser hier hatte eine rosafarbene Schnauze, die er jetzt auf ihren Unterarm legte, und bernsteinbraune Augen, aus denen er sie angsterfüllt ansah. Ihre Hände tasteten den winzigen Körper ab, jeder einzelne Knochen stach aus dem Fell hervor. Ein Gefühl warmer Zärtlichkeit durchflutete sie.

»Der arme Kerl.« Ihre Stimme klang ein wenig brüchig. Plötzlich – mit einem Ruck – drückte sie ihn Alékos auf den Arm und schüttelte sich.

»In meinem gegenwärtigen Leben gibt es keinen Platz für einen Hund. Behalt' du ihn!«

»Die *Mána* erlaubt keinen Hund, das weißt du doch!«

»Wie alt bist du eigentlich?«, entfuhr es ihr, den Welpen fest im Blick.

»*Elli-mou*, nimm du ihn. Er wird dir gut tun. In Wirklichkeit willst du doch einen!« Er hielt ihr den Welpen entgegen, der noch immer zitterte.

Sie schluckte. Ihr Herz hämmerte. Das war eine Entscheidung für Jahre, zu der sie sich in diesem Augenblick nötigen ließ. Woher sollte sie in ihrem übervollen und durchorganisierten Leben Zeit nehmen für einen Hund?

»Nein!«, sagte sie energisch. »Nein! Es geht nicht!«

Einen Moment zögerte sie noch. Dann machte sie einen Schritt auf Alékos zu und nahm ihm das Fellbündel aus dem Arm.

»Sieh mal einer an.« Ellis Stimme klingt schneidend. »Da ist er ja!«

Alékos' Pritschenwagen steht direkt vor dem Aufgang zum Haus.

»Der hat ihn rausgelassen«, faucht sie und parkt den Wagen direkt hinter Alékos' Auto, sodass dieser nicht wegfahren kann. Sie steigt aus, läuft ein paar Schritte, geht wieder zum Wagen zurück und klappt die Rückenlehne des Fahrersitzes nach vorne, um die Kinder von der Rückbank zu befreien.

»Tragt die Tüten rein«, befiehlt sie, »und passt auf den

Hund auf!« Sie stemmt die Arme in die Hüften und stapft in Richtung Haus. »Der kann was erleben«, brummelt sie, »den Hund rauslassen!«

Als sie in den dämmrigen Wohnraum tritt, weht ihr ein Duftgemisch aus Früchten, Tomaten, Gemüse, getrockneten Kräutern und frischem Brot in die Nase. Sie bleibt stehen, schließt die Augen und atmet mehrere Male tief ein.

»Siehst du?« Seine Stimme kommt aus dem Schlafzimmer.

Er hat den Wohnraum in einen Obst- und Gemüseladen verwandelt. Auf dem Esstisch steht eine Steige mit tiefroten, männerfaustgroßen Tomaten, daneben zwei Tüten übervoll mit Apfelsinen, an denen noch Zweigreste mit dunkelgrünen Blättern hängen. In einem Jutesack neben dem Tischbein sind Kartoffeln – die herzförmigen hat Alékos herausgesucht und auf den Tisch drapiert, zusammen mit Zitronen, die ebenfalls herzförmig gewachsen sind, zumindest andeutungsweise. In einer weiteren Steige lagern Pfirsiche groß wie Tennisbälle neben einem Korb mit schwarzen Kirschen, die sie so gern isst. Auf dem Boden steht eine Transportkiste, in der sich ein runder Laib Brot und allerlei Gemüse befindet – Zucchini, Auberginen, Paprika, Zwiebeln, Gurken, Karotten, rote Beete und eine Papiertüte mit grünen Bohnen. Daneben der Fünf-Liter-Kanister mit Alékos' Olivenöl. Zwei Bunde getrockneten Oregano und mehrere Bunde Bergtee, mit einer Kordel aneinander geknüpft, befördert sie aus einer blauen Plastiktüte, die neben einer Blechdose mit Honig aus dem Taygetos lehnt.

Sie ist sprachlos. Sie weiß, dass er nicht auf dem Markt von Kalamata einkauft, geschweige denn in irgendwelchen Supermärkten, sondern zu den Bauern fährt. Tomaten holt er in Gaizés. Dreißig Kilometer tuckert er dafür mit seiner Blechkiste über einen steinigen Fahrweg in diesen winzigen Ort am Fuße des Taygetos, der unter den Einheimischen bekannt ist für seine Tomaten. Die Kartoffeln stammen aus dem Nachbardorf

Kéntro, das Gemüse aus der Gegend von Messenien. Ihr wird klar, wo er den ganzen Tag über gesteckt hatte.

»Käse und Joghurt habe ich schon in den Kühlschrank geräumt.« Er steht im Türrahmen und freut sich über ihr verdutztes Gesicht. Mit abschätzigen Blicken streift er die fünf Einkaufstüten aus dem Minimarkt, die die Kinder in der Eingangstür abgestellt haben. »Ich habe doch gesagt, ich kaufe ein!«

4.

Wider Erwarten steht Alékos früh auf. Elli und die Kinder sitzen bereits auf der Terrasse beim Frühstück. Frisches Obst mit Joghurt und aus Deutschland transportiertes Müsli.

»Möchtest du einen Kaffee?«, fragt sie liebevoll. Angesichts seiner gestrigen Einkaufstour ist sie ihm wohlwollend gesonnen und übersieht die Zahnlücke, als er sie anlächelt. Auch der Autositz soll heute kein Thema sein, befindet sie. Er gibt keine Antwort, zündet sich eine Zigarette an, geht hinüber zu ihrem Auto und macht sich an der Beifahrerseite zu schaffen. Als sie seinen *Élleniko skéto* auf die Brüstung stellt, kommt er zurück.

»Die Rücklehne lässt sich nicht umklappen!« konstatiert er. Mit großen Augen fixiert sie ihn.

»Ach ja?« Sie tut überrascht.

»Ja!«, bekräftigt er.

Er schlürft seinen Kaffee in kleinen Schlucken. Zwischendurch zieht er an der zweiten, dritten, vierten Zigarette des Tages, bekommt einen nicht enden wollenden Hustenanfall. Ihr Blick lastet auf ihm.

»Rauch doch wenigstens erst die eine zu Ende, bevor du eine neue anzündest.« Missbilligend deutet sie auf den glimmenden Stängel im Aschenbecher. Die ausgedrückten

Kippen schwelen vor sich hin.

»Jaja«, meint er. »Ich repariere das! Nachher! Jetzt fahren wir zu meiner Mutter. Sie wartet schon auf euch.«

»Yippieeeh!« Die Kinder stürzen hinüber zu seinem Pritschenwagen und klettern auf die Ladefläche. Als Alékos verlauten lässt, sie würden heute ausnahmsweise mit Ellis Auto fahren, machen sie lange Gesichter.

»Dann bleiben wir hier!« maulen sie.

»Keine Widerrede! Ihr kommt mit!« zischelt Elli. »Ihr müsst seine Mutter begrüßen, das gehört sich so! Außerdem will er unseren Sitz reparieren. Hier hat er kein Werkzeug.«

Entgegen Ellis Erwartung repariert Alékos an diesem Tag den Sitz nicht, er hat es auch nicht vorgehabt. Das erfährt Elli allerdings erst, als sie im Haus der Mutter beim Mittagessen sitzen und sie ohnehin schon ungehalten ist, weil die alte Frau überbordend vor Wiedersehensfreude und Gastfreund-schaft ihr zum dritten Mal den Teller mit einer eingedickten Eierschaum-Reissuppe füllt.

»Meinst du, ich habe Lust den ganzen Tag hier im Haus rumzusitzen?«, faucht sie Alékos an und schiebt ihm ihren Teller hin, so heftig, dass die Suppe über den Rand schwappt.

»Zwei Stunden! Sie muss zum Arzt!« zischt er zurück. »Ihr könnt hier euren Mittagsschlaf halten oder zu den Nachbarn gehen. Die freuen sich alle, dass du da bist. Aber du …«

Er steht auf.

»Kommt, Kinder, ich zeig euch was. – Ich warte draußen«, ruft er seiner Mutter zu. Diese schiebt die Hand muschelförmig hinters Ohr und sieht Elli an.

»Was hat er gesagt?«

»Dass er den Sitz reparieren will«, brummelt sie, ballt die Fäuste und geht hinaus. Von Alékos und den Kindern keine Spur. Sie überquert den Dorfplatz, geht hinüber zur Kirche, setzt sich auf die ausgetretenen Sandsteinstufen und wartet ab.

Irgendwann humpelt die Mutter, auf einen Krückstock gestützt, aus dem Haus. Sie hat sich in ihren Sonntagsstaat geworfen, trägt eine schwarze Bluse mit winzigen weißen Tupfen, darüber trotz der Hitze die Jacke aus dünnem anthrazitgrauem Seidengarn, die ihr Elli letztes Jahr mitgebracht hat. Um den Hals baumelt eine vergilbte Perlenkette, ein Geschenk ihres längst verstorbenen Mannes zu Alékos' Geburt, die ein halbes Jahrhundert zurückliegt, ungefähr, so genau weiß sie es nicht mehr. Geburtsurkunde und sonstige Unterlagen sind in den Wirren des Bürgerkrieges verschwunden. Wie es in ihrer Jugend Mode gewesen ist, hat sie zwei knöchellange Röcke übereinander angezogen, was sie immer tut, wenn sie etwas Besonderes vorhat. Nicht ohne Stolz behauptet Alékos stets, seine Mutter sei die schönste und eleganteste Frau im Dorf, nein, was rede er, auf der ganzen Mani gewesen. Elli springt auf, eilt ihr entgegen und fasst sie unter den Arm.

»Danke, dass du uns dein Auto leihst.« Sie tätschelt Elli die Wange. »Bei dieser verrosteten Blechkiste habe ich Angst, dass sie auseinanderfällt. Außerdem kann ich nicht mehr einsteigen!« Sie baut sich neben Ellis Polo auf.

»Ein schönes Auto«, sagt sie und fährt mit der Hand über die staubige Kühlerhaube. »Auch wenn es keine vier Türen hat.« Sie lässt ihren Blick über den Dorfplatz schweifen.

»Wo steckt er?« Ungeduldig stößt sie den Stock dreimal auf den Boden, ruft dabei laut und überdeutlich seinen Namen und schon kommt Alékos um die Ecke geeilt.

»Los geht's!«, meint er, als sei er derjenige, der die ganze Zeit über gewartet habe, öffnet die Fahrertür und will einsteigen.

»So nicht, mein Sohn!« Wieder stößt sie den Stock auf den Boden. »Du solltest mir schon die Wagentür öffnen und beim Einsteigen behilflich sein!« Elli macht einen Schritt auf sie zu, doch sie wehrt ab. »Nicht du, er!«

Widerwillig geht Alékos um den Wagen rum, öffnet mit einem Ruck die Beifahrertür und wartet, dass sie einsteigt.

»Ich will hinten sitzen!«, verkündet sie. »Wie die feinen Herrschaften! Wenn ich schon mal in einem ordentlichen Auto gefahren werde!« Sie zwinkert Elli zu.

Alékos sagt »*Álla Mána* - aber Mama!« und verdreht die Augen, schiebt sie unsanft zur Seite, beugt sich vor, ruckelt den Sitz nach vorne, scheitert jedoch an der Rückenlehne.

»Der Hebel ist defekt«, meint er zerknirscht und wirft einen hilflosen Blick auf Elli, die neben seiner Mutter steht und feixt.

»Dann wirst du den Hebel reparieren, damit ich einsteigen kann!«, herrscht ihn seine Mutter an.

Er bückt sich, kneift ein Auge zu und begutachtete mit dem anderen den Führungsschlitz. »Hm«, macht er und wiegt den Kopf hin und her mit einem verschwörerischen Blick auf Elli.

Blödes Theater, denkt sie und streckt ihm die Zunge heraus. Alékos verzieht keine Miene, konzentriert sich wieder auf die Rückenlehne, fingert an dem Hebel herum, versucht ihn nach oben zu drücken, doch der Hebel steckt fest.

»Das Werkzeug ist in meinem Auto«, wendet er ein, was Elli aufhorchen lässt. Er ruckelt den Beifahrersitz wieder nach hinten bis zum Anschlag, dann schiebt er seine Mutter auf den Beifahrersitz. Elli grinst. Sie kennt seine Mutter gut genug, um zu wissen, dass sie ihm ab jetzt so lange in den Ohren liegen würde, bis er den Sitz repariert hätte.

Doch auch an den folgenden Tagen kümmert er sich nicht um die Rückenlehne, obwohl Elli ihn täglich mehrmals daran erinnert. Er habe sein Werkzeug im Dorf, erklärt er. Es nutzt nichts, dass Elli ihn darauf hinweist, er habe kürzlich seiner Mutter gegenüber behauptet, das Werkzeug befände sich in seinem Auto. Offenbar hat er keine Lust, den Sitz zu reparieren. Jedenfalls nicht zu diesem Zeitpunkt.

Danach gerät der Defekt zunächst in Vergessenheit. Ellis Tagesablauf hat Struktur angenommen, der Wagen wird aktuell nicht benötigt. Nach dem Frühstück – Alékos schläft um diese Zeit noch – klettern sie, die Kinder und der Hund den Trampelpfad hinunter ins Dorf, baden in einer der beiden zum Dorf gehörenden Buchten. Gegen Mittag wechseln sie zum *Iápetos*, in dem unterdessen auch Alékos eingetrudelt ist. Nach dem obligatorischen Eis verschwinden die Kinder wieder in die Bucht. Elli und Alékos spielen Schach oder lesen. Gegen zwei tuckern sie in Alékos' Auto nach oben ins Haus und halten Mittagsschlaf. Wenn die schlimmste Hitze nachgelassen und man nicht mehr das Gefühl hat, beim Verlassen des Hauses einen Backofen zu betreten, joggt sie mit den Kindern zu dem zwei Kilometer entfernt gelegenen Sandstrand. Kurz vor Sonnenuntergang laufen sie zurück, manchmal holt Alékos sie ab. Danach kocht sie, hin und wieder bereitet auch Alékos das Essen zu. Er kocht gerne, was jedoch nicht nach außen getragen werden darf. Hausarbeit ist mit seinem Selbstverständnis als Mann nicht vereinbar. Den Abend verbringt er wieder unten im Dorf. Meist kommt er erst weit nach Mitternacht zurück. Er wolle seine Vorfreude auf die gemeinsame Nacht möglichst lange auskosten, wiederholt er gebetsmühlenartig, wenn sie verärgert ist, weil er so spät zurückkommt. Darauf weiß Elli keine Replik.

In den ersten Jahren hat sie jede Nacht mit ihm unten gegessen. Wenn die letzten Gäste und schließlich auch der Wirt endlich verschwunden waren, wechselten sie den Platz, gingen die wenigen Schritte an den der Taverne vorgelagerten Strand, schoben zwei Liegestühle dicht nebeneinander, legten sich hinein, hielten sich bei den Händen, schauten in den Himmel und griffen nach den Sternen. Nachdem die erste Verliebtheit sich gelegt hat, zieht sie es vor, oben im Haus zu bleiben. Sie hat nicht mehr die notwendigen Kraftreserven, um sich die Nächte um die Ohren zu schlagen und es kränkt sie, dass Alékos dies nicht wahrhaben will, stattdessen stets der Letzte sein muss, der den *Iápetos* verlässt. Da nutzt auch sein Gerede von der Vorfreude nichts. Wie gerne würde sie sich an ihn kuscheln, wenn sie müde ist und in seinen Armen einschlafen.

5

Nach zehn Tagen sind die Essenvorräte, die Alékos beschafft hat, aufgebraucht. Da er keine Anstalten macht einkaufen zu gehen, ist es Ellis Aufgabe, sich um Nachschub zu kümmern. Sie muss in die Stadt fahren. Der Wagen und damit der defekte Autositz rücken wieder in den Fokus.

»Reparierst du den Sitz jetzt oder nicht?«, fährt sie ihn an, die Stirn in grimmige Falten gelegt. Sie sitzen beim Abendessen. Alékos hat aus dem restlichen Gemüse, das er im Kühlschrank vorgefunden hat, eine Suppe mit viel Olivenöl, Zitronensaft und ein wenig Reis gekocht.

Statt einer Antwort schlürft er genüsslich die Suppe vom Löffel. Die Kinder tun es ihm gleich, hören aber sofort auf, als Elli ihnen einen bitterbösen Blick zuwirft, der eigentlich Alékos gilt.

Diese Art, die er an sich hat, alles immer auf den nächsten Tag zu verschieben, geht ihr nur noch auf die Nerven. Früher hat ihr sein zwangloses In-den-Tag-Hineinleben mächtig imponiert, denn im Gegensatz zu ihm ist sie komplett durchorganisiert. Nur so kann sie ihren vielschichtigen Alltag bewältigen. Damals hat sie ihn darum beneidet, dass er Herr seiner Zeit ist. Lebenskünstler, nannte sie ihn bewundernd, Zeitmillionär. Aber seitdem sie im Laufe der Jahre festgestellt hat, dass er – außer seinem Olivenöl – kaum etwas rechtzeitig auf die Reihe bringt, ist es vorbei mit der Bewunderung.

Sie muss an den Bau der Schrankwand im Schlafzimmer denken. Voller Begeisterung hatte er ihren Vorschlag aufgegriffen und zu seinem eigenen gemacht. Euphorisch Konstruktionspläne gezeichnet und wieder verworfen, Berechnungen angestellt, in der gesamten Region nach geeignetem Holz für Korpus, Türen und Schubladen gesucht. Allein diese Tätigkeiten hatten ihn ein Jahr lang beansprucht. Immerhin rief er in dieser Zeit Elli sogar drei Mal in

Deutschland an, um sie auf dem Laufenden zu halten. Als sie im nächsten Sommer wiederkam, präsentierte er stolz einen ausgetüftelten Bauplan nach irgendwelchen geometrischen Gesetzen sowie sperrige Holzplatten, Leisten und Latten, die er in dem räumlich begrenzten Schlafzimmer deponiert hatte. Die notwendigen Kleinteile fehlten – Nägel, Schrauben, Dübel, Gleitschienen, Kantenumleimer, Möbelgriffe, Schlösser. Andauernd tuckerte Alékos in ihren gemeinsamen Wochen nach Kalamata, schrieb sich, da unmännlich, keinen Einkaufszettel, und kam jedes Mal nur mit einem Bruchteil dessen zurück, was er benötigte, hatte dafür aber im *Kafeneío* stets zufällig etliche alte, längst vergessene Freunde getroffen und einige neue hinzu gewonnen. Im dritten Jahr schließlich hatte er immerhin den Korpus aufgebaut. In endlosen Reden erklärte er Elli, wie der Bau weiter verlaufen würde und unterstrich seine Ausführungen mit ausgreifenden Gesten. Da begriff sie endgültig, dass er lieber über den Bau der Schrankwand redete statt sie tatsächlich zu bauen. Elli machte in einem der Nachbardörfer einen Schreiner ausfindig, der das Werk innerhalb weniger Tage zu Ende brachte.

Noch immer steigt in Elli verhaltene Wut auf, wenn sie an diese Geschichte denkt. Stets fängt er voller Begeisterung etwas an, verliert irgendwann das Interesse und wendet sich ab. Wenigstens ihr zuliebe könnte er sich hin und wieder einen Ruck geben, zumindest bei Angelegenheiten, die sie – Elli – betreffen.

»Gut!«, meint sie und bemüht sich um einen freundlichen Ton. »Dann fahre ich morgen bei Pavlos in der Werkstatt vorbei, der kann den Sitz reparieren!«

»Untersteh' dich. Ich habe gesagt, ich repariere den Sitz und dann mache ich das auch!« Sein Gesicht verdüstert sich.

»Dann jetzt!«, heischt sie.

»Draußen ist es dunkel. Außerdem fahre ich jetzt runter ins Dorf!«

Sie wirft ihm einen erbosten Blick zu, presst die Kiefer aufeinander. Er steht auf, schlurft zur Haustür, drückt die Klinke nach unten und öffnet langsam die Tür. Mit funkelnden Augen verfolgt sie jede Bewegung.

»Ach, Alékos?« Sie verleiht ihrer Stimme einen süßlichen Klang, ein lauernder Unterton schwingt mit. Er bleibt im Türrahmen stehen, dreht sich um.

»Sag mal …« Sie macht eine Pause, zieht den linken Mundwinkel nach unten und blinzelt ein wenig.

Fragend schaut er sie an. Ihr Tonfall macht ihn misstrauisch.

»Wenn ich morgen in Kalamata bin … soll ich vielleicht beim Zahnarzt vorbeifahren?«

»*Elli-mou*, hast du Zahnschmerzen?« Er macht ein paar Schritte auf sie zu. »Soll ich vielleicht mitkommen?« Sie schnickt mit dem Kopf und schnalzt mit der Zunge.

»Um einen Termin auszumachen! Für dich!«, versetzt sie mit bissigem Ton. »Dir fehlen zwei Zähne und dein Zahnfleisch ist komplett entzündet!«

Er starrt sie an. Fährt sich mit Zeige- und Mittelfinger über den Mund und streicht die Barthaare glatt. Trotz Dämmerlicht und Vollbart, der sein Gesicht zur Hälfte bedeckt, registriert sie mit Genugtuung, dass er rot wird.

»Wie?«, fragt er. »Woher …?«

»Naja«, meint sie herablassend, »du hast sicher Zahnschmerzen und kannst deshalb den Autositz nicht reparieren! Vielleicht würde ein Termin beim Zahnarzt weiterhelfen. Dir und der Rückenlehne!«

Er macht kehrt, stapft wortlos hinaus und knallt die Tür hinter sich zu.

In der Nacht wälzt sie sich in ihrem Bett. Die Missstimmung, die sich zwischen ihr und Alékos breitgemacht hat, liegt ihr im Magen. Außerdem hat sie, nachdem er gegangen ist, zu viel Rotwein getrunken.

Kurzzeitig fällt sie in leichten Schlaf, schreckt auf, schläft erneut ein, wacht wieder auf, dämmert vor sich hin, sinnt verstört ihrem Traum nach. Ein Backenzahn hat gewackelt. Als sie ihn mit Daumen und Zeigefinger umgriff, lockerte sich zwar die Zahnkrone, die Wurzel hingegen blieb im Kieferknochen verankert. Sie ruckelte und zog, Blut sammelte sich in ihrem Mund und schließlich löste sich die Wurzel, war aber an einer gummiartigen Sehne befestigt. Sie zog und zerrte immer heftiger, um die Sehne abzureißen, doch die gab nicht nach, nahm kein Ende, ein endloses sehniges Band zog sie, mittlerweile mit beiden Händen, aus ihrer Mundhöhle, das sich auf dem Boden zu einer glitschigen Acht kringelte.

Es ist nicht das erste Mal, dass sie so etwas träumt. Sobald sie wieder in Deutschland ist, würde sie sich Literatur über Traumdeutung beschaffen, wissenschaftliche. An Einschlafen ist nicht mehr zu denken. Der Traum klebt in ihrem Kopf.

Als sie das Röhren und Tuckern von Alékos' Auto vernimmt, sickert bereits blaugraues Morgenlicht durch die Fensterläden. Jetzt endlich würde sie schlafen können. Sie schließt die Augen, atmet tief und gleichmäßig, bekommt mit, wie er neben ihr aufs Bett sackt, ihren Namen murmelt und seinen Arm auf ihren Brustkorb fallen lässt. Sie tut, als ob sie fest schliefe, grunzt ein wenig, dreht ihm den Rücken zu und schiebt sich dicht an ihn heran.

Obwohl sie am Morgen viel zu spät, völlig zermatscht und mit Kopfschmerzen aufwacht, fährt sie nach Kalamata und arbeitet ihre Einkaufsliste ab. Sie ist schweißgebadet, übermüdet, unleidlich, hat Kopfschmerzen. Die Luft flirrt vor Hitze.

Dennoch beschließt sie, bei der VW-Niederlassung vorbeizufahren. Sie will endlich diesen Scheißsitz aus dem Kopf haben, Alékos nicht andauernd daran erinnern müssen, die Rückenlehne zu reparieren. Sie ist diese tägliche Enttäuschung leid, die sie befällt, wenn er wieder nicht in der

Lage oder willens ist, den Sitz in Ordnung zu bringen. Nicht sie ist diejenige gewesen, die ihn darum gebeten hat; er hat sich angeboten, ja, ihr sogar untersagt, eine Werkstatt aufzusuchen. Sie schüttelt den Kopf. Das hat sicher wieder etwas mit diesem merkwürdigen Ehrbegriff zu tun, der in dieser Gegend noch in den Köpfen vieler Männer herumwabert, sinniert sie. Wenn sie den Wagen in die Werkstatt bringt, demonstriert sie nach Alékos' Männerlogik seine handwerkliche Unfähigkeit und blamiert ihn damit bis auf die Knochen.

Sie schnaubt ein paarmal durch die Nase. Alékos, der große Freiheitskämpfer, ist nichts anderes als ein Gefangener der Zwänge der hiesigen Männergesellschaft. Er weiß es bloß nicht! Eigentlich sollte sie ihn bedauern.

Der Mechaniker zuckt die Schultern und meint, da sei wohl nichts zu machen. Sie brauche einen neuen Sitz. Dabei hat er nur einen flüchtigen Blick auf den Hebel geworfen. Am besten, sie komme gegen Abend wieder, da sei der Werkstattmeister zurück. Dieser befände sich bereits zu Hause. Offenbar wisse sie nicht, dass gerade Mittagszeit und er selbst nur noch zufällig hier sei. Eigentlich sei längst geschlossen.

Elli, ansonsten freundlich, vor allem wenn sie sich im Ausland aufhält, sagt weder »*efcharistó* – danke« noch »*gia sas* – auf Wiedersehen«, brummelt »*Malákas* – Wichser« und braust verärgert mit ihrem voll beladenen Wagen davon. Diese letzte halbe Stunde hätte sie sich sparen können. Sie überlegt kurz, ob sie, statt auf der Strandstraße direkt ins Dorf zurückzufahren, an der Gabelung am Hotel Messinian Bay die Straße durchs Gebirge nehmen soll, um bei Pavlos' Werkstatt vorbeizuschauen. Der könnte den Sitz bestimmt reparieren. Sie verwirft diese Idee jedoch wieder, da auch Pavlos um diese Tageszeit vermutlich seinen Mittagsschlaf hält. Alle halten um diese Zeit ihren Mittagsschlaf, nur sie nicht!

Die Kinder haben ihr einen Zettel auf den Küchentisch gelegt. *Wir sind unten in der Bucht*, steht da, untermalt mit drei dicken roten Filzstiftherzen. Ein warmes Gefühl macht sich in ihrer Herzgegend breit, sie lächelt.

Doch ihr Lächeln verfliegt, als aus dem Schlafzimmer Schnarchgeräusche tönen. Sie fragt sich, ob Alékos schon wieder oder noch immer schläft. Immerhin ist er erst bei Sonnenaufgang nach Hause gekommen. Sicherlich hat er unten anstrengende Redeschlachten schlagen müssen, der Ärmste, wegen der Politik, der Olivenölpreise, wegen des – seines Erachtens unberechtigten – Kampfes der Frauen für die Gleichheit der Geschlechter. Und sicher hat er dabei seine Vorfreude auf sie ausgekostet bis zur Vollendung. Sie knufft ihn mehrmals in die Seite, worauf er noch lautere Schnarchgeräusche aus dem halb geöffneten Mund bläst. Sie ist auf Krawall gebürstet, versucht einen Blick auf seine Zahnlücke zu erhaschen, rüttelt ihn mit beiden Händen an den Schultern, aber auch das nutzt nichts – er wehrt sie ab und dreht ihr den Rücken zu.

»Leck mich«, flucht sie, schleppt die Einkaufstüten und Taschen in den Wohnraum und räumt alles an seinen Platz. Aus einer Schublade kramt sie mehrere DIN-A-4-Blätter, schreibt mit dickem schwarzen Filzstift *Bitte den Beifahrersitz reparieren. Dringend!* – das Wörtchen *parakaló* -, *bitte* eher zögerlich – und klebt sie mit Tesastreifen an Zimmerwände, Türen und die Kühlschranktür. Ein Blatt drapiert sie auf seinen Kleiderberg.

Danach zieht sie sich ins provisorische Badezimmer zurück. Wie üblich fällt ihr Blick auf den Karton mit den weißen Wandfliesen. Sie ärgert sich, dass Alékos noch nichts renoviert hat, duscht, zieht ihr Strandkleid an und schleppt sich hinunter ins Dorf, ans Meer. Nach zwei Wochen Ferien fühlt sie sich noch müder und erschöpfter als zu Hochzeiten in der Schule.

Kurz vor Sonnenuntergang taucht Alékos auf. Sie sitzt mit den Kindern im *Iápetos*. Nicht an seinem Stammplatz, sondern an einem Tisch direkt am Meer. Die Taverne füllt sich mit Badegästen und Einheimischen, die um die Zeit der untergehenden Sonne *Ouzo* und *Mesés* – Appetithappen bestellen.

Für griechische Verhältnisse viel zu früh, hat Elli schon Abendessen geordert: Bauernsalat, frittierte Kartoffelscheiben mit geriebenem Käse, *Tzatzíki* und *Fasolákia* – grünen Bohneneintopf mit Tomaten. Sie hat den ganzen Tag außer ein paar *Kouloúria* nichts gegessen und sieht sich nach ihrem Einkaufstrip außer Stande, heute Abend auch noch zu kochen. Der Kellner hat bereits eine Papiertischdecke aufgelegt und mit einem Gummiband um den Holztisch befestigt, Bestecke, Gläser, Servietten sowie einen Korb mit Brot gebracht. Die Flasche *Boutári Rosé* sei ein Geschenk des Hauses, sagt er.

»Ihr habt schon bestellt?« Alékos Mundwinkel klappen nach unten. Wie aus dem Nichts ist er plötzlich aufgetaucht. In der rechten Hand hält er die Blätter, die sie an die Wände geklebt hat. »Ich habe für uns gekocht.« Er wedelt mit dem Papier.

»Hättest du mal lieber den Autositz repariert«, faucht sie ihn an.

Unschlüssig steht Alékos am Tisch. Sein Blick wandert zwischen ihr und den Kindern hin und her. Sie legt ihre Füße demonstrativ auf die Sitzfläche des vierten Stuhls, der am Tisch steht.

»Trink nicht soviel!« poltert er, die Flasche *Boutári* im Visier. Schnell schenkt Elli ihr Glas halbvoll, hält es Alékos entgegen, sagt »*gia-mas* – auf uns« und trinkt es in einem Zug leer. Daraufhin dreht er ab, trottet mit gesenktem Kopf hinüber zu seinem Pick-up, klettert wie immer durch die Beifahrertür in die Kabine, wirft den Motor an und tuckert unter röhrendem Getöse davon.

Elli schluckt.

»Das hast du jetzt davon!«, unkt ihre Tochter.

»Kannst du ihn nicht einfach mal in Ruhe lassen mit deinem Scheißsitz? Der repariert den schon. Hör endlich auf, ihn andauernd zu triezen! Das hält kein Mensch aus! Du verdirbst uns die ganzen Ferien! Und dir auch!« Johannes wirft ihr einen wütenden Blick zu, einen, der sie mitten ins Herz trifft.

»Du bist nur noch eklig!« Sie stehen auf. »Wir gehen hoch und essen oben. Er hat extra für uns gekocht.«

»Ihr bleibt!«, sagt Elli mit schneidender Stimme, doch dieses Mal hält ihr Befehlston die Kinder nicht zurück. Beinahe wären sie im Hinausgehen mit dem Kellner zusammengestoßen, der ein großes Tablett auf der flachen Handfläche transportiert.

»Nimm alles wieder mit! Mir ist der Appetit vergangen!«, ordnet sie an, nachdem der Kellner die Teller mit den verschiedenen Speisen vor ihr auf dem Tisch aufgebaut hat.

Hastig erhebt sie sich von ihrem Stuhl, langt nach der Weinflasche und verlässt die Taverne. Verdutzt schaut ihr der Kellner hinterher.

Sie flieht hinüber in die Badebucht hinter der Stavropoúlos-Taverne, gerät, tränenblind schon, ins Stolpern, fängt sich wieder, die Weinflasche fest umklammernd. Sie lässt sich auf den steinigen Strand fallen und weint hemmungslos.

Die Sonne versinkt ohne Farbspektakel hinter der Hügelkette des gegenüberliegenden Fingers, übergangslos fällt Dunkelheit herein. Irgendwann hat Elli keine Tränen mehr. Mit dem Handrücken verreibt sie Tränenspuren und starrt ins silbriggraue Wasser. Sie versteht sich selbst nicht mehr.

Warum bin ich nur so eklig zu ihm? Ich liebe ihn doch. Zuhause verzehre ich mich nach ihm vor lauter Sehnsucht. Und hier …? Nur weil er nicht spurt, so wie ich das gerne hätte?

Sie setzt die Flasche an und nimmt einen ordentlichen Schluck. *Gia-sou*, Elli – prost, Elli, murmelt sie verbittert.

Sie schüttelt den Kopf. Es muss etwas Tiefsitzenderes sein, denkt sie. Hier geht es nicht nur um den Autositz. Mit der flachen Hand tastet sie über die Kieselsteine, pickt einige davon auf und lässt sie über das dunkle Wasser flippen. Danach folgt ein weiterer Schluck aus der Flasche.

Ich hab' ein Bild von ihm im Kopf, wie er sein soll, sinniert sie. Ich phantasiere ihn mir zurecht, genauso wie ich ihn haben will. Klar, dass ich enttäuscht bin, wenn ich ihn tatsächlich erlebe.

Sie nimmt eine Handvoll Steine auf und schleudert sie ins Wasser. Vom Platz dringt Stimmengewirr an ihr Ohr, sie könnte jetzt aufstehen und hinübergehen, nachsehen, ob Alékos zurückgekommen ist, und falls ja – einige klärende, vielleicht sogar entschuldigende Worte sagen und alles wäre gut!

Doch sie bleibt sitzen, denn sie ist noch nicht fertig mit sich. Wieder nimmt sie einen Schluck aus der Flasche.

Bild hin, Bild her! Wo, fragt sie sich, ist sein Problem mit diesem vermaledeiten Autositz? Warum repariert er ihn nicht? Wenn er mich liebt, hätte er mir doch diesen Gefallen tun können. Gleich am ersten Tag, und das Thema wäre aus der Welt gewesen. Und wenn nicht gleich, dann wenigstens jetzt. Liebt er mich überhaupt?

Ein dicker Kieselstein fliegt ins Wasser und versinkt mit einem gurgelnden Plumps.

Er hat keine Ahnung von meinem Leben in Deutschland! Diesem ganzen Stress. Nie ruft er an. Selbst wenn ich hier bin, fragt er nie. Es interessiert ihn nicht. Als ob er Angst hätte, irgendetwas Unliebsames zu erfahren. Möchte wissen, was er sich vorstellt … ich bin nur am Arbeiten!

Wieder versinkt gurgelnd ein Stein im dunklen Wasser. Wieder ein Schluck Wein. Schon fühlt sie sich etwas besäuselt. Natürlich nicht vom Wein, beschönigt sie. Schließlich hat sie kaum etwas gegessen heute.

Und sein Gerede, dass ich jederzeit mit den Kindern hierbleiben könnte. Absolut weltfremd ist das. Klar ist er enttäuscht. Aber ich bin auch enttäuscht. *Gia-sou, Aléko*. Noch ein

Schluck. Sie stellt die Flasche wieder ab und lässt erneut ihre Hand über die Steine gleiten, zieht sie jedoch erschrocken zurück, weil sie in irgendetwas Nasses, Glibberiges gelangt hat.

Igitt, wie eklig. Sie versucht die undefinierbare Masse von der Handfläche zu schnicken, springt auf, wankt ein paar Schritte ins flache Wasser, bückt sich und säubert die Hände. Reibt sie an ihrem Kleid trocken, während sie an den Strand zurückwatet und sich auf den Boden kauert. Vom Platz dringt das Geräusch eines anfahrenden Wagens herüber, ein dreimaliges kurzes Hupen, nur noch vereinzelte Stimmfetzen wehen an ihr Ohr.

Wir erwarten zu viel voneinander. Wir sind enttäuscht über unsere Erwartungen, psychologisiert sie. Vielleicht lieben wir uns in Wirklichkeit gar nicht. Sondern nur das Bild, das wir voneinander im Kopf haben.

»*Gia sou, Aléko.* Ab jetzt liebe ich dich so, wie du bist! Ich verspreche es!« Sie führt die Flasche an den Mund, muss jetzt den Kopf ganz nach hinten neigen und die Flasche fast senkrecht nach oben. In hohem Bogen schleudert sie die Flasche ins Meer.

»Schluss jetzt!«, sagt sie laut in die Nacht. »Ich habe zu viel getrunken!«

Sie legt sich zurück, streckt alle Viere von sich und schließt die Augen. In ihrem Kopf rumort es gewaltig, sie kann nicht mehr klar denken. Es muss schon spät sein, die Luft wird allmählich kühler. Elli in ihrem dünnen Sommerkleid fröstelt, ist zu träge zum Aufstehen, atmet tief ein und aus. Jedes Ausatmen klingt wie ein lautes, tiefes Seufzen.

Auf dem Platz sind mittlerweile auch die letzten Stimmen verstummt. Nur das rhythmisch leise Plätschern der Wellen ist zu hören und ein kaum vernehmliches Knistern, wenn ihre Ausläufer im groben Sand versickern. In diese Stille hinein vernimmt sie plötzlich ein behutsames Knirschen. Schritte nähern sich, machen Halt. Mit einem Schlag ist sie wieder ganz bei sich. Sie setzt sich auf, hält den Atem an und schaut in die Richtung, aus der sie die Schritte hört. An der Stelle, an der sich das Felsgestein, das die Badebucht zum Dorf begrenzt, zum Strand hin öffnet, glaubt sie die Umrisse einer Gestalt wahrzunehmen.

»Aléko? Bist du das?« Ihre Stimme zittert. Wenn er doch jetzt hier wäre, denkt sie. Wieder ist ein vorsichtiges Knirschen zu hören, schwächer werdend bis es schließlich verklingt und die Gestalt aus ihrem Sichtfeld entschwunden ist. Elli fühlt sich unbehaglich. Angespannt lauscht sie ins Dunkel, ob sie das Anlassen eines VW-Motors vernimmt. Doch alles bleibt ruhig. Totenstille lastet auf dem Platz. Es muss schon weit nach Mitternacht sein. Über der gebirgigen Landzunge, an die sich das Dorf schmiegt, erhebt sich der Sichelmond.

Es ist höchste Zeit, sich auf den Weg nach oben zu machen. Sie ist fest entschlossen, die Sache mit dem Autositz am Morgen zu Ende zu bringen.

6.

Das Gezirpe der Zikaden weckt sie. Höchstens drei Stunden hat sie geschlafen, fühlt sich müde und übernächtigt. Milchgrau quillt Morgenlicht durch die Ritzen der Fensterläden. Sie ist versucht, im Bett liegen zu bleiben, doch je eher sie die Angelegenheit mit dem Sitz hinter sich bringt, desto besser. Danach kann endlich der Urlaub beginnen!

Sie geht hinüber ins Wohnzimmer, stößt die Fensterläden auf. Morgenluft strömt herein, Elli atmet tief durch. Unten liegt das Meer, zu dieser frühen Stunde eine grau wogende Wassermasse. Unter einer milchigen Dunstglocke dämmert die Hügellandschaft des gegenüberliegenden Fingers. Noch versteckt sich die Sonne hinter den Bergen des Taygetos.

Als sie in der Nacht zurückgekommen war, wollte sie sofort ins Bett und hatte ihrer Umgebung keinerlei Aufmerksamkeit geschenkt. Nicht einmal mehr nach den Kindern hatte sie geschaut. Jetzt erst nimmt sie den gedeckten Esstisch wahr. In der Mitte prangt der große blecherne Suppentopf, den sie von Alékos' Mutter ausgeliehen hat. Daneben eine Platte mit Wasser- und Honigmelonenschnitten. Brotkorb, Gläser, eine Karaffe mit Wasser, zwei unbenutzte Gedecke. Die ihrigen haben die Kinder dank guter Erziehung in die Küche getragen. Sie lüpft den Deckel und schnuppert. Er hat ihre Lieblingssuppe zubereitet, bei der er die unterschiedlichen Gemüsesorten nach jeweiliger Garungsdauer übereinander schichtet und auf kleiner Flamme ohne Zugabe von Wasser, lediglich mit etwas Olivenöl, ziehen lässt. Eine Rezeptur, die er sich ausgedacht hat.

Elli schluckt. Ihr wird warm ums Herz. Er gibt sich Mühe. Und sie? Keift und meckert! Sieht sie nicht, was er alles für sie tut? Offenbar existiert für sie nur dieser vermaledeite Autositz. Oder ist es doch etwa mehr? Wieder tauchen die Fragen auf, die sie sich in der letzten Nacht gestellt hat.

Ihre Stimmung schlägt sofort um, als sie die Küche betritt. Hier sieht es aus, als habe eine Bombe eingeschlagen. Elli flucht. Vergessen sind die Einsichten von ein paar Stunden zuvor.

Künftig würde sie nie wieder zulassen, dass er kocht. Zumindest, solange er nicht bereit ist, während und nach dem Kochen die Küche aufzuräumen. Die Lust auf einen Kaffee ist ihr vergangen, sie würde in Pavlos' Werkstatt einen *Frappé* trinken.

Sie steigt die Treppe hinauf zu den Kindern. Die liegen friedlich nebeneinander in dem breiten Messingbett mit halb geöffneten Mündern, Anna, gerade noch Kind, wie ein pausbäckiger, schimmernder Stern, der Ellis Leben erstrahlen lässt. Johannes mit seinen raspelkurzen blonden Haaren wird jeden

Tag goldener. Tiefe Dankbarkeit befällt Elli. Ohne die beiden wären alle Tage grau. Sie beugt sich über sie, küsst sie zärtlich auf die Stirn. Leise zieht sie die Tür hinter sich zu. Jetzt würde sie die Angelegenheit mit Alékos in Ordnung bringen und ihr Leben wäre perfekt. Jedenfalls in den nächsten Wochen.

Die Straße zur Autowerkstatt führt an Alékos' Dorf vorbei. Hinter der S-Kurve liegt auf der rechten Seite die Ölmühle. Auf dem dazugehörigen Parkplatz stellt sie ihr Auto ab, läuft die Kurve zurück bis zur Gabelung. Dort biegt sie in die schmale Gasse ein, die am weißgetünchten Schulgebäude entlangführt, vorbei an eng aneinander geschmiegten zweistöckigen Steinhäusern, an deren Wänden bunte Zierpflanzen ranken, hin zum kleinen Dorfplatz. An der Kirche macht sie halt. Lugt um die Ecke hinüber zu Alékos' Haus, sieht, dass sein Pritschenwagen dort steht und macht kehrt.

Pavlos freut sich, sie zu sehen, gibt ihr zwei flüchtige Begrüßungsküsse auf die Wange, vermeidet sie zu berühren, da seine Hände bereits am frühen Morgen schwarz und ölig sind. Er betreibt an der Straße, die von Kalamata aus in den Süden der Mani führt, außerhalb des Ortes Kambos eine gut gehende Tankstelle. Im Tankstellengebäude ist eine kleine Werkstatt mit einer Hebebühne untergebracht. Pavlos schafft es, die ältesten und fahruntüchtigsten Fahrzeuge wieder zum Laufen zu bringen. Eines davon ist Alékos' fünfundzwanzig Jahre alter VW-Pritschenwagen.

»Willst du tanken?«, fragt er, nachdem sie die üblichen Höflichkeitsfloskeln ausgetauscht haben.
　　»Ja … nein … doch!«
　　»Hat er die Rückenlehne repariert?«, will Pavlos wissen.
　　Überrascht schaut sie ihn an. Er grinst.
　　»Dreimal war er hier und hat sich erklären lassen, wie er

deine Rückenlehne reparieren muss. Als er das letzte Mal hier war, hatte ich zufällig einen alten Polo in der Werkstatt, da konnte er dran üben. Hat er den Sitz immer noch nicht hingekriegt? Der hat wohl zwei linke Hände. Komm, ich reparier' ihn dir. Hast du eine halbe Stunde Zeit?«

Sie sieht ihn mit großen Augen an. »Er hat sich bei dir erkundigt, wie er den Sitz reparieren muss?« Vor lauter Staunen bekommt sie den Mund nicht zu. »Du sagst, er hat geübt?« Sie kann es nicht fassen. Ein warmes Gefühl umflutet plötzlich ihre Herzgegend.

»Er hat die Rückenlehne aus- und wieder eingebaut!«, bestätigt Pavlos. »Verrate ihm bloß nicht, dass ich dir das erzählt habe. Soll ich den Sitz jetzt reparieren?«

Sie wehrt ab. »Eigentlich bin ich zum Tanken hergekommen.« Elli steigt in den Wagen.

»Na dann.« Er winkt sie an die Tanksäule heran, öffnet den Benzintank und steckt die Zapfpistole in den Tankstutzen.

»Der ist fast noch voll!«, meint er verwundert, als die Zapfpistole gleich wieder abschaltet. Sie drückt ihm einen Tausend-Drachmen-Schein in die Hand und braust los. Ihr Herz ist voller Liebe zu Alékos.

Als sie in seinem Dorf die S-Kurve passiert hat, sieht sie, wie Alékos' Pritschenwagen aus der schmalen Gasse biegt und den Teerweg Richtung Kitries hinunter holpert. Sie drosselt das Tempo und tuckert hinter ihm her. Der Weg schlängelt sich abwärts durch terrassenförmig angelegte, felsige Olivenhaine. Olivenbäume, knorrig, geduckt, soweit das Auge reicht, das silbrige Blattwerk wie ein wogendes Meer. An den Rändern wuchern flaches Dornengestrüpp und wilde Kräuter, ragen verdorrte Disteln. Vereinzelte Agaven mit meterhohen Blumenständen, mannsgroße Kakteen mit stacheligen, orange-gelben Früchten und Büsche in üppiger Blütenpracht bedrängen den Fahrweg. Stellenweise künden mit Plastikblumen umkränzte Ikonostasien von einem tödlichen Autounfall. In jeder Kehre bietet sich eine andere atemberaubende Aussicht, mal auf den Messenischen Golf, mal auf die Bergrücken des Taygetos.

Doch Elli stiert auf die zerbeulte und rostzerfressene Rückfront von Alékos' Wagen. Kein Wunder, dass seine Mutter nicht mehr in dieser Kiste fahren will. Die Karre ist wirklich lebensgefährlich. Sobald sie nachher die Kinder sieht, würde sie ihnen verbieten, in dieses Auto einzusteigen. Und Alékos am liebsten auch.

Das Nummernschild ist notdürftig mit einem Draht befestigt, hängt zur Hälfte herunter, der Auspuff schleift scheppernd auf dem Boden. Die Hinterräder neigen sich schräg nach innen, es scheint Elli, als schlackerten sie sogar. Bis auf ein paar spitz zulaufende rote Scherben, die in der Hartgummifassung stecken, fehlen die Streuscheiben der Rücklichter und der Bremsleuchten.

In jeder Serpentine bremst Alékos scharf ab, manchmal schwebt sein Auto gefährlich über den felsigen Abhängen. Jetzt fliegt auch noch eine Zigarettenkippe durch das offene Wagenfenster. Elli schnauft tief durch. Sie fährt noch langsamer, um einen Blick auf die Stelle zuwerfen, auf der Alékos' Kippe gelandet sein muss, hupt ihm verärgert mehrere Male hinterher, aber sein Wagen ist schon in einer Kehre der nächsten Serpentine verschwunden.

Plötzlich ein dröhnender Knall, sie gibt Gas, sieht wie Alékos' Wagen in der Biegung ein Stück geradeaus rutscht, ins Schleudern gerät. Staub wirbelt auf. Sie hält den Atem an. Rechts der Abgrund, links eine Felswand. Sie schickt Stoßgebete zum Himmel, tritt stotternd auf die Bremse. In dem Moment, in dem sie aussteigt, bricht sein Wagen aus und kracht gegen einen Felsen. Eine Rauchwolke steigt auf, scheppernd fällt die Beifahrertür aus dem Rahmen. Elli rennt so schnell sie kann.

»Lass ihn nicht tot sein, lieber Gott, lass ihn bitte nicht tot sein ...«, stammelt sie immer wieder, aber da kriecht Alékos auch schon auf der Beifahrerseite aus dem Fahrzeug, schüttelt sich und klopft den Staub aus Hemd und Hose. Elli drückt ihn an sich, streichelt über seine bärtigen Wangen – immer wieder – küsst sie ihn.

Die gute Nachricht für Alékos ist die, dass Pavlos felsenfest davon überzeugt ist, das marode Vehikel wieder herrichten zu können. Noch am Unfalltag hat er es mit einem Abschleppwagen in seine Werkstatt transportiert. Alékos, der bis dahin düster drein geschaut hat, strahlt übers ganze Gesicht. Er streicht um Elli herum, umarmt sie mehrmals, küsst sie und stimmt wiederholt einige Töne eines alten Volksliedes an, von einem, der allem entsagt und sich auf einen einsamen Berg zurückzieht.

Sie kann förmlich hören, wie ein zentnerschwerer Stein von seinem Herzen fällt. Sie weiß, wie sehr er an diesem Auto hängt, das er nach seiner Entlassung aus dem Gefängnis gebraucht gekauft hat. Dennoch wäre ihr lieber, er würde ein neues kaufen. Geld genug hat er aus dem Verkauf seines Olivenöls. Ersparnisse ohnehin, denn außer für seine *Kafédes* – Kaffees und Zigaretten gibt er kaum Geld aus. Als Elli diesen Vorschlag macht, verdüstert sich seine Miene schlagartig. »*Elli-mou*, du weißt, so lange Dinge funktionstüchtig sind, muss man sie nicht durch neue ersetzen«, wiegelt er ab. Wie oft hat Elli diesen Satz schon gehört. Daher gibt es auch kein neues Badezimmer im Sommerhaus.

Die schlechte Nachricht für Elli ist die, dass Alékos erklärt, er brauche dringend Ruhe nach diesem Schock. Ihren Autositz würde er zu gegebener Zeit reparieren, sie solle sich keine Gedanken machen. Zur Bekräftigung legt er die rechte Hand auf die Herzgegend und schaut Elli eindringlich an.

Die verdreht die Augen, brabbelt mehrere Male hintereinander »Alles wird gut!«, geht ins Haus und packt ihre Badesachen.

»Komm, setz dich zu mir!« Alékos zieht einen der weißen Plastiksessel neben den seinen und schlägt mit der flachen Hand auf den Sitz. Sie hält ihm ihre Badetasche entgegen.

»Die Kinder warten auf mich unten in der Bucht«, sagt sie, setzt sich dann aber doch, da sie seinem Blick nicht widerstehen kann.

Er langt nach seiner Zigarette, die er im Aschenbecher abgelegt hat, nimmt einen tiefen Zug, bläst stoßweise den Rauch aus und schaut den Rauchwolken hinterher. Er nimmt ihre Hand und räuspert sich.

»Ich erzähle dir jetzt die Geschichte vom *Géros Basiléos*!«

7.

»Siehst du das Gemäuer da drüben, das zerfallene?«, beginnt er und deutet auf das mit Büschen und Gräsern überwucherte Plateau schräg unterhalb des Sommerhauses, auf dem sich neben zwei knorrigen Olivenbäumen Mauerreste aus dem Gestrüpp erheben.

»Dort wohnte einstmals ein Greis, den alle *Géros Basiléos* nannten, mit seiner Frau, der *Gría Basiléa*. Grieche von Geburt, war er als junger Mann aus der Türkei, in der er aufgewachsen war, geflohen und, Zufall oder nicht, hier im Dorf aufgetaucht. Weil er stark, tatkräftig und hilfsbereit war und ein freundliches Wesen hatte, nahmen ihn die Dorfbewohner in ihrer Mitte auf und überließen ihm alsbald auf halber Höhe des Berges ein winziges Stück Land, das ob seiner Kargheit für niemanden einen Nutzen hatte. Im Gegenzug musste er geloben, den Dorfbewohnern zur Hand zu gehen, wann immer sie seine Hilfe brauchten.

Fortan stieg Basiléos Tag für Tag noch vor Sonnenaufgang auf den felsigen Berggrat. Mit einer Spitzhacke trotzte er dem Berg in schweißtreibender Arbeit mehrere Felsbrocken ab, die er mit Hammer und Meißel zu kantigen, quaderförmigen Steinen bearbeitete. Aus diesen Steinen baute er seine Behausung. Neben den einzigen Olivenbaum, der auf dem Stück Land stand. Für das Dach bastelte er ein Gefüge aus Ästen, die er im Frühjahr sammelte, wenn die Olivenbäume geschnitten wurden, und flocht gebündeltes Schilfrohr hinein.

Eines Tages – es war nach der Olivenernte – verschwand Basiléos, nachdem er seine Arbeit beendet hatte, ohne ein Wort. Keiner wusste, warum er und wohin er gegangen war.

Die Monate zogen vorüber. Nach einem Jahr – im Dorf glaubte man ihn verschollen oder tot, und Nikoláos Mammonéas, der Großvater von Nikos, dem unten im Dorf die Taverne gehört, benutzte bereits die Behausung als Unterstand für seine drei Ziegen – nach einem Jahr also, tauchte er plötzlich wieder auf, im Gefolge ein wunderschönes junges Mädchen, das er als seine Frau vorstellte. Mehr sagte er nicht. Nicht einmal ihren Namen nannte er, und so hieß sie fortan bei den Dorfbewohnern *die Basiléa*.

Die Freude der Dorfbewohner über Basiléos' Rückkehr – hatte ihnen doch seine Arbeitskraft gefehlt – und dessen Liebesglück war groß, wandelte sich allerdings alsbald in Enttäuschung, denn weder er noch seine Gefährtin machten Anstalten, am Dorfleben teilzunehmen. Basiléos kam lediglich herab ins Dorf, wenn er als Gegenleistung für das Grundstück zu einer Arbeit gerufen wurde. Die Basiléa begleitete ihn in den ersten Wochen, zog es aber dann vor, oben auf ihrem Stückchen Land zu bleiben.

Das schuf Ärger, vor allem bei den Frauen, deren Neugier hinsichtlich der geheimnisvollen Fremden und ihrer Herkunft unbefriedigt blieb. So hielt man sie alsbald für eingebildet und hochnäsig, redete schlecht über sie und allerlei Gerüchte machten die Runde. Man munkelte, er habe sie von einer weit entfernten Insel aus angesehenem – einige meinten sogar adligem – Hause entführt, weil sie den Anforderungen, die ihre Familie an sie stellte, nicht nachzukommen gedachte. Andere behaupteten, er habe sie tief unten im Süden des Landes einem Großgrundbesitzer, in dessen zweifelhaften Diensten sie stand, beim Pokern abgeluchst. Einige wiederum wussten zu berichten, er habe sie aus einem Bordell freigekauft. Beider Rückzug aus dem Dorf wertete man als Bestätigung des jeweils in Umlauf gesetzten Gerüchts.

Doch das Paar scherte das Gerede nicht. Die beiden lebten glücklich in dem kleinen Haus, das, so kam es den Dorfbewohnern vor, seither in einem hellen, ja magischen Glanz erstrahlte, der in den Abendstunden von goldschimmernden Fäden durchwirkt war. Sie pflanzten einen weiteren Olivenbaum, legten einen kleinen Garten an, wofür sie zuvor tagelang eimerweise Erde in den Olivenhainen zusammengekratzt und den Berg hinauf geschafft hatten. In diesem pflanzten sie all das, was sie zum Leben benötigten. Wenn Basiléos Geld brauchte, was selten vorkam, stieg er hinauf auf den Felsgrat und klopfte Steine, die er Stück für Stück hinunter ins Dorf schleppte und an die Bewohner verkaufte.

Kinder bekamen sie keine, dennoch schien beider Glück ungetrübt. Sie genügten sich selbst. Nur selten gingen sie ins Dorf hinab, und keiner der Dorfbewohner wagte sich zu ihnen hinauf. Zwar erschien Basiléos, wenn man ihn zur Arbeit rief, doch er gab sich wortkarg, sodass die Bewohner schnell die Lust an einem Gespräch mit ihm verloren, nicht jedoch ihr Interesse an diesem seltsamen Paar. Man neidete ihnen ihr Glück, denn niemand im Dorf hatte zu seinem Gefährten oder seiner Gefährtin ein solch inniges Verhältnis wie der Basiléos zu seiner Basiléa. Und so umwob man aus Missgunst und Neid das Haus dort droben in den alltäglichen Gesprächen mit allerlei üblen Geheimnissen.

Eines Nachts kam ein gewaltiger Sturm auf, der das Meer aufpeitschte, Bäume entwurzelte und die Häuser des Dorfes zu vernichten drohte. Dachlatten und Pechblende wirbelten über den Dorfplatz, Fensterscheiben gingen zu Bruch und die Wellen drangen weit in den Ort, trieben die Fischerboote der Bewohner wie Nussschalen vor sich her, schlugen gegen die Häuserfronten und ließen Strommasten umknicken. Voller Panik harrten die Dorfbewohner in ihren Häusern aus, da sie sich dort trotz allem am sichersten fühlten.

Doch urplötzlich hörte es auf zu stürmen, und das Meer wurde auf einen Schlag wieder ruhig, bekam seine Unschuld zurück. Seine Oberfläche lag da wie eine Lache Olivenöl, die sich auf einer Glasplatte ausgebreitet hatte. Kaum zu glauben, welche zerstörerische Kraft ihm noch eine Minute zuvor innegewohnt hatte.

Da die Dorfbewohner ungebildet und abergläubisch waren, fanden sie keine natürlich Erklärung für die Katastrophe. Einer der Dorfbewohner glaubte gesehen zu haben, wie nach Sonnenuntergang die Basiléa oben, auf der Mauer stand, die ihr Stück Land einfriedete. Sie trug ein langes, weißes Gewand, das im Wind flatterte, und hatte beide Arme beschwörend gen Himmel erhoben, seltsame Wortfetzen von sich gebend. Nachdem diese Wahrnehmung zum ersten Mal ausgesprochen worden war, zogen andere nach. Später, so will man im Chaos des Sturms erkannt haben, soll sie ein weiteres Mal den Himmel beschworen und der Katastrophe Einhalt geboten haben.

Was in den Augen der Dorfbewohner einen neuerlichen Beweis für die Urheberschaft der Basiléa darstellte, war der Umstand, dass beider Grundstück von der Katastrophe verschont geblieben war. Nicht ein einziger Zweig der beiden Olivenbäume war auch nur geknickt, das Gebäude stand unversehrt, hatte gar diesen merkwürdigen Glanz bewahrt, den es seit der Ankunft der Basiléa angenommen hatte.

Seither mutmaßten die Dorfbewohner, sie sei eine Magierin, schlimmer noch, eine Hexe. Alles Schlechte, was sich im Verlauf der Jahre im Dorf ereignete, lastete man der Basiléa an. Am liebsten hätte man die beiden von ihrem winzigen Stück Land vertrieben, doch fürchtete man sich vor der Rache der Basiléa, die, wie man annahm, alle bisherigen Katastrophen im Nachhinein als harmlos erscheinen lassen könnte. Man hielt es für klüger, die beiden dort oben zu belassen.

Vierzig Jahre lebten die beiden auf diese Weise. Dann starb der Basiléos plötzlich. Und weil er, auch im hohen Alter, immer kräftig und gesund gewesen war und es keinerlei Anzeichen gegeben hatte, die auf ein baldiges Sterben hindeuteten, hielt man im Dorf die Greisin für schuldig an seinem Ableben.

Die Basiléa beklagte den Toten drei Tage und drei Nächte mit einem unablässigen Singsang. Dann schaufelte sie eine Grube auf ihrem Grundstück, wickelte den Leichnam in ein weißes Leinentuch und übergab ihn der Erde. Diese Art der Bestattung löste allgemeine Verwunderung, gar Entsetzen aus, war sie den Dorfbewohnern doch fremd und so setzte nach all den Jahren das Rätselraten über Basiléas Herkunft wieder ein.

Fortan ward die Witwe bei Tage nicht mehr gesehen. In den Mondnächten hingegen konnte man beobachten, wie eine schwarze Silhouette ruhelos mit zum Himmel erhobenen Armen auf dem kleinen Grundstück ihre Runden drehte.

Urplötzlich besann sich der Nikoláos Mammonéas, Großvater von Nikos, dem heute da unten im Dorf die Taverne gehört, dass das Stück Land, das die beiden bewohnten, eigentlich zu seinem Besitz gehörte. Also machte er sich auf in Begleitung von zwei Gendarmen, – denn er hatte Angst vor ihr und ihren magischen Kräften –, um sie von dort zu vertreiben. Die Frau packte ihre Habseligkeiten zusammen, erklomm die Berghöhe und verschwand.

Niemand aus dem Dorf hat sie jemals wiedergesehen. Später erzählte man sich, sie habe jenseits der Bucht in einem der Nachbardörfer einen anderen *Géros* gefunden, mit dem sie fortan unter ärmlichen Verhältnissen zusammen lebte. Zehn Jahre noch überdauerte sie ihren Mann, den Greis Basiléos. Bis auch sie starb und sterbend immer wieder seinen Namen murmelte. Das ist die Geschichte von *Géros Basiléos* und dessen Frau, der *Gría Basiléa*!«

Alékos atmet tief durch, nachdem er seine Geschichte beendet hat und strahlt Elli wortlos an. Dann fügt er nachdrücklich hinzu: »Ein ganzes Leben in einem halben Zimmer! Ein ganzes Leben in einem ganzen Zimmer!«

Sie schluckt, fährt ihm mit dem Handrücken über die Wange, sieht ihn zärtlich an. Er sitzt ganz ruhig auf seinem Stuhl, nicht einmal eine Zigarette glimmt im Aschenbecher und lauscht dem Klang seiner Stimme nach. Sein sonst so düsteres Gesicht sieht völlig entspannt aus, glücklich. Sie schmiegt sich an ihn. Das sind die Momente, in denen sie ganz genau weiß, warum sie an dieser Beziehung festhält. Wie sehr sie ihn liebt, wenn er solche Geschichten erzählt. Er ist eine Schatztruhe voller Märchen, Mythen und Sagen.

Sie würde ihn bitten, diesen Fundus auf Kassette zu sprechen, für sie, die Kinder und die Nachwelt. Vor allem könnte sie in den Monaten, in denen sie getrennt sind, seine Stimme hören, wann immer ihr danach ist.

»Und?« Prüfend sieht er sie an. »Was sagt dir diese Geschichte?«

»Dass es damals noch keine Autositze gab!«, fluppt es aus ihr heraus. Sie beißt sich im gleichen Moment auf die Lippen, als sie sieht, wie sich ein Schatten über sein Gesicht legt und hätte ihren Satz am liebsten sofort wieder eingefangen.

Sie steht auf. »Es tut mir leid«, sagt sie mit belegter Stimme und senkt den Blick, nimmt ihre Badetasche und macht sich schleunigst auf den Weg nach unten.

8

Brütend lastet die Augusthitze auf der Landschaft. Die Olivenbäume lechzen nach Regen, der nicht kommen will. Die Zweige, die die Bauern Anfang Juni aus den Kronen geschnitten haben, liegen, zu Haufen zusammengerecht, ausgedörrt unter den Bäumen, das Blattwerk graubraun. Eine achtlos weggeworfene Zigarettenkippe würde verheerende Brände entfachen.

Elli hat ein besonders wachsames Auge auf Alékos, wenn er seinen Olivenhain rund um das Sommerhaus inspiziert. Flink stibitzt sie die Zigarettenschachtel aus der Brusttasche seines Hemdes, wenn sie merkt, dass er vorhat, nach draußen zu spazieren. Sie fragt jetzt nicht mehr, wann er den Autositz reparieren oder einen Termin mit dem Zahnarzt vereinbaren würde, sondern wann er gedenke, das knochentrockene Astwerk abzutransportieren. Der verunfallte Wagen kann nicht länger als Ausrede herhalten, Pavlos hat ihn repariert, zumindest wieder fahrtüchtig gemacht.

»*Metá*«, sagt er dann, »danach.«

Ob er damit einen Zeitpunkt nach Mariä Himmelfahrt meint – das Fest, das in Griechenland den Sommer, für viele sogar das Jahr in zwei Hälften teilt, eben in »davor« und »danach« – oder einen nach Ellis Abreise, lässt er offen.

»*Metá*«, sagt er auch – ziemlich ungehalten – , wenn Elli auf die Reparatur des Autositzes anspielt.

»Mach es, wann immer du willst, aber mach es«, erwidert sie dann, mal säuselnd, überfreundlich, mal fauchend, verärgert. An ihre weinseligen Einsichten neulich nachts in der Bucht erinnert sie sich nur bedingt. Ihre Stimmung schwankt in jenen Tagen vehement. Die Kinder gehen ihr aus dem Weg, ihre wechselnden Launen sind unerträglich. Im Gegensatz zu ihr geben sie sich zuversichtlich.

»Mach dich mal locker«, motzt Johannes sie nicht nur

einmal an. »Er wird den Sitz schon reparieren.« Seine Stimme klingt voller Überzeugung.

»Jedenfalls fahren wir am zwanzigsten August hier ab! Morgens um acht!«

Alékos sitzt am Tisch im Wohnraum, sieht von seiner Zeitung auf und macht den Eindruck, als höre er das Abreisedatum zum ersten Mal. Er nimmt seine Lesebrille ab, die er neuerdings braucht, und schaut Elli fragend an. Seine Miene verdüstert sich.

»Also *metá*«, sagt er.

»Ja, fünf Tage nach Himmelfahrt!«

Zur Bekräftigung streckt sie ihm die Handinnenfläche entgegen und spreizt die Finger. Der liebevolle Blick, mit dem er sie eben noch betrachtet hat, zerbricht. Er verengt die Augen, zieht die Stirnfalte zusammen und springt auf, stürmt hinaus in die Gluthitze. Die Tür knallt ins Schloss. Elli hört, wie er den Motor mehrere Male aufheulen lässt und röhrend davonfährt.

»Manno«, jammert sie, »so war es nicht gemeint. Ich hab' doch keine *moutza* – keine beleidigende Geste gemacht. Ich wollte ihm deutlich machen, dass es nach Himmelfahrt nur noch fünf Tage sind bis zu unserer Abreise, sonst nichts.«

Nach drei Tagen und drei Nächten taucht er wieder auf und tut so, als sei nichts gewesen. *Die Dorfzeitung* weiß bereits am ersten Tag seines Verschwindens, dass er nachts, wenn es abgekühlt hat, in einem Bistro in der Nähe von Pavlos' Tankstelle sitzt und politische Reden schwingt, die Tage im Haus der Mutter verschläft. Georgia legt ihre Hand aufs Herz.

»Kein Grund zur Beunruhigung, Mädchen, du kennst ihn doch!«

Nein, Elli ist nicht beunruhigt, sie ist enttäuscht. Die Ferien neigen sich dem Ende zu, ihr Verhältnis zu Alékos ist in diesem Sommer eine Achterbahnfahrt der Gefühle. Das

Mariä-Himmelfahrt-Wochenende steht bevor. Diejenigen, die einst ihre Dörfer verlassen haben, um Arbeit in der Hauptstadt zu finden, würden für einige Tage zurückkehren, Alékos Tag und Nacht unten im *Iápetos* sitzen, um den Rückkehrern die Welt zu erklären.

»Den Sitz repariere ich *metá*«, sagt er mit Bestimmtheit, als er zurückkommt. Sie spürt, wie er sie verstohlen von der Seite mustert, offenbar scheint er ein Donnerwetter zu erwarten. Stattdessen schaut sie ihm lange in die Augen. Als sie spürt, dass ihr die Tränen kommen, weicht sie seinem Blick aus und rennt ins Schlafzimmer. Dort wirft sie sich bäuchlings aufs Bett, vergräbt ihr Gesicht im Kopfkissen und schluchzt. Er kommt hinterher, setzt sich auf den Bettrand und streichelt ihr übers Haar.

»*Elli-mou*«, raunt er mehrmals, doch sie ist nicht zu beruhigen, weint sich in ihren Kummer hinein. Er legt sich neben sie und drückt sich an sie, hilflos angesichts ihres Tränenstroms, den er bisher in dieser Heftigkeit nur von den Abreisetagen kennt.

»Komm mit nach Deutschland«, schluchzt sie, dreht sich zu ihm um, drückt ihr Gesicht an seine Brust und schlingt ihren Arm um ihn.

»Ich fahr mit euch nach Patras zur Fähre«, tröstet er sie und befreit sich aus ihrer Umklammerung.

»Nach Deutschland«, beharrt sie, während sie sich mit dem Handrücken über die Augen fährt, um ihre Tränen zu trocknen.

»Aber du siehst doch, wieviel Arbeit ich habe.« Er macht eine ausholende Geste mit dem Arm, die seinen Olivenhain umschließen soll. »Und deinen Autositz muss ich auch noch reparieren!«, fügt er an.

»Jaja, der Autositz!«

Abrupt setzt sie sich auf, wischt ihre Tränen ab, tätschelt seine Wange, unablässig, bis das Tätscheln in ein Tremolo von kleinen immer fester werdenden Schlägen übergeht und – ihre Hand hat schon längst ein Eigenleben entwickelt – schließlich in einer schallenden Ohrfeige endet.

Erschrocken hält sie inne, schlägt ihre Hand auf den weit aufgesperrten Mund, verharrt regungslos und starrt ihn mit weit aufgerissenen Augen an. Sein Gesicht ist aschfahl geworden, selbst unter dem Bart, sie kann es sehen. Sie wartet darauf, dass er zurückschlägt, aber nein, das ist nicht seine Art. Er schaut sie nur an, unendlich tief und ohne eine Regung. Seine Traurigkeit und sein Schmerz zerfleddern ihr Herz.

»Sag was, mach was«, fleht sie, doch er bleibt stumm. Wieder beginnt sie zu weinen. Dieses Mal nimmt er sie nicht in den Arm. Vorsichtig tastet sie mit ihrer Hand nach ihm. Er zuckt zurück und versteift seinen Körper, erhebt sich im Zeitlupentempo, durchquert sehr langsam das Schlafzimmer, bleibt im Türrahmen stehen und schaut sie, ein zusammengesunkenes Häufchen Elend, noch einmal lange an. Sein Atem geht langsam und tief. Er tritt ins Wohnzimmer.

Sie hört, wie er an seinem Schlüsselbund herumspielt, noch eine Zeitlang stehen bleibt. Dann Schritte, das Krächzen der Haustür. Jetzt verlässt er das Haus. Sie hält die Luft an. Geräuschlos zieht er die Haustür ins Schloss.

Elli löst sich aus ihrer Erstarrung, springt aus dem Bett, will ihm nacheilen. An der Wohnzimmertür drosselt sie ihr Tempo und bleibt stehen. Durch den Tränenschleier hindurch gewahrt sie verschwommen auf dem Esstisch mit der blassblaurosagelb geblümten Wachstuchtischdecke seine Lesebrille, ein Buch, die Zeitung, sein Feuerzeug und eine angebrochene Schachtel Zigaretten. Der Anblick seiner wichtigsten Utensilien macht ihr Hoffnung. Er wird zurückkommen, denkt sie. Bald!

»Er hat die Sachen absichtlich liegen lassen, damit er zurückkommen kann, ohne sein Gesicht zu verlieren«, brummelt sie und wischt sich die letzten Tränen aus den Augen.

Erst jetzt gewahrt sie einen flachen, daumengroßen Gegenstand, dessen rostchromgelbe Farbe auf den ersten Blick mit dem Muster des Wachstuchs verschmolzen scheint. Mit hastigen Schritten geht sie zur Sitzgruppe, beugt sich über die Tischplatte und kneift die Augen zusammen, um schärfer sehen zu können. Ihr Herz klopft bis zum Hals. Sie schnappt nach Luft. Auf dem Tisch liegt Alékos' Schlüssel vom Sommerhaus wie ein letzter, endgültiger Gruß.

Die Tage und Nächte vergehen. Alékos bleibt verschwunden. Elli hält sich die meiste Zeit über im Haus auf. Sie will da sein, wenn er zurückkommt. Den Kindern hat sie wohlweislich nichts von dem Vorfall erzählt, sie hätten sich unweigerlich auf Alékos' Seite gestellt und sie mit Vorwürfen überzogen.

Mit Recht, denkt Elli. Dafür hat sie jetzt keine Nerven.

Sie lügt ihnen vor, sie habe eine Blasenentzündung, weil sie den nassen Badeanzug nicht rechtzeitig gewechselt habe, und bliebe deshalb im Haus. Die Kinder nehmen ihr das ohne Weiteres ab, denn sie wissen, dass die Blase das Stressorgan ihrer Mutter ist. Sie bedauern sie ein wenig, verhehlen aber auch nicht ihre Freude über die neu gewonnene Freiheit, die es ihnen erlaubt, von morgens bis zum Einbruch der Dunkelheit unten im Dorf zu sein.

Elli kraxelt mehrmals am Tag den Trampelpfad ins Dorf hinunter, verbirgt sich hinter einer Hausecke, von der aus sie den Platz überblicken kann und sucht nach seinem Wagen.

In diesen Tagen um den 15. August sieht der Platz aus wie ein Verkaufsgelände für Gebrauchtwagen. Kreuz und quer, ohne erkennbares System parken die Autos. Sie beobachtet einen Mann, der sich mit eingezogenem Bauch und offenbar auf Zehenspitzen zwischen den parkenden Autos hindurch zwängt und kopfschüttelnd vor der Beifahrertür seines Wagens stehen bleibt. Mit einigen Verrenkungen gelingt es ihm, sich hinter das Lenkrad zu quetschen. Er lässt den

Wagen an und drückt unablässig auf die Hupe. Aus den drei umliegenden Tavernen nähern sich einige Männer dem Rand des Platzes, um auszukundschaften, welche Autos das Wegfahren behindern. Namen werden lautstark hin und her gebrüllt. Endlich tauchen die Gerufenen auf und pressen sich durch die engen Abstände zu ihren Fahrzeugen. Inzwischen hat der Eingeparkte zur akustischen Verstärkung die Alarmanlage in Gang gesetzt.

Elli hält sich die Ohren zu. Motoren werden angeworfen, Abgase durchwabern die Luft, wohlmeinende Dorfbewohner brüllen Anweisungen über den Platz und geben Handzeichen, wie am besten zu manövrieren sei. Der erste Wagen setzt sich in Bewegung, rollt rückwärts in den breiten Eingang zur Stavropoúlos-Taverne, schiebt sich langsam vorwärts, eine halbe Raddrehung nach links einbiegend, und fährt dann mit Schwung den Fahrweg ein Stück weit nach oben. Nach und nach folgen die anderen Wagen bis schließlich der Eingeparkte freie Fahrt hat.

Kaum ist er entschwunden, kommen die anderen Wagen hintereinander nach unten gerollt und nehmen ihre Parkplätze wieder ein.

Elli schüttelt den Kopf. Undenkbar in Deutschland. Immerhin, der Eingeparkte ist heute wenigstens erfolgreich gewesen. Sie erinnert sich an Situationen, in denen die Zugeparkten resigniert aufgeben, wieder in die Taverne zurückkehren und abwarten, bis der Platz sich geleert hat.

Elli wendet sich zum Gehen. Alékos' Auto wäre ihr sofort aufgefallen. Es ist nirgends zu sehen.

Am späten Abend, die Kinder liegen bereits im Bett, fährt sie drei Dörfer ab, die sich entlang der Durchfahrtsstraße ziehen. Selbst Georgia, *die Dorfzeitung*, hat dieses Mal keine Ahnung, wo er stecken könnte und erfindet auch nichts, um Elli nicht noch mehr zu verunsichern.

Hier im Hinterland hält sich Alékos in den Monaten auf, wenn sie nicht da ist. Vielleicht würde sie ihn an einem jener Tische entdecken, die in dieser Jahreszeit vor den Tavernen und Cafés stehen, an den Straßenrand gequetscht unter Vorbauten, Pergolen oder grünen Dächern aus Weinlaub. Sie fährt im Schneckentempo, schaut suchend aus dem Wagenfenster, manchmal hält sie kurz an. Überall sitzen Männer, die sie kennt, zumindest vom Sehen. Einige nicken, andere winkten ihr zu. Der Gesuchte ist nicht darunter.

Auch in Alékos' Dorf forscht sie nach. Sein Auto steht nicht vor dem Haus mit dem Pyramidendach. Aber anzuklopfen und bei seiner Mutter vorbeizuschauen, gar nachzufragen, traut sie sich nicht, da sie nicht weiß, ob er eventuell dort gewesen ist und ihr etwas erzählt hat. Sie hätte sich vor der alten Frau, die immer wieder und überall erzählt, wie sehr sie, Elli, ihr ans Herz gewachsen sei, in Grund und Boden geschämt.

9.

Morgen ist der gefürchtete Donnerstag, der Tag der Abfahrt. Von Alékos nach wie vor keine Spur. Elli hat gerötete Augen von den Tränen, die sie nachts in ihr Kopfkissen schluchzt, wenn sie in ihrem Bett liegt, sich an den Hund schmiegt und ins Dunkel lauscht. Sie fühlt sich übernächtigt und ausgelaugt, zweifelt, dass sie in ihrem Zustand in der Lage sein würde, die lange Strecke zu fahren. Schließlich hat sie Verantwortung für die Kinder. Sie erwägt in Kalamata einen Arzt aufzusuchen und sich ein Attest schreiben zu lassen, wegen Erschöpfung, verwirft den Gedanken jedoch gleich wieder. Niemand in der Schule würde ihr glauben, selbst wenn sie ein Attest vom Leibarzt des amtierenden Premierministers Konstantinos Mitsotakis beibrächte. Der Schulleiter würde sie zum Amtsarzt schicken, möglicherweise einen Eintrag in ihre Personalakte machen. Außerdem, wenn die Situation sich nicht ändern würde, ginge es ihr in der nächsten Woche auch nicht besser. Vielleicht wäre es sogar ratsamer, sich zurückzuziehen und den Dingen ihren Lauf zu lassen. Wenn sie in Deutschland wäre, würde sie Alékos wieder mit anderen Augen sehen, so wie sie ihn gerne hätte, und alles wäre wieder gut! Nein, unterbricht sie ihren Gedankenstrom, nichts wäre gut. Hat sie nicht neulich nachts in der Bucht beschlossen, ihn so zu lieben, wie er ist? Irgendwann sollte sie damit anfangen. Resigniert zuckt sie die Schultern. »*Metá*!«, knurrt sie.

Am Mittwoch fährt Elli morgens mit den Kindern nach Kalamata auf den Markt und kauft Unmengen an Lebensmitteln ein, die sie mit nach Deutschland nehmen will. Eine Steige Tomaten, eine Plastiktüte voller Apfelsinen, eine andere mit männerfaustgroßen Kartoffeln. Schafskäse in einer Blechdose, obwohl erfahrungsgemäß jedes Jahr während der Autofahrt die Salzlake ausläuft und der *Féta* alsbald zu schimmeln anfängt. Einen Strang Knoblauch, drei Bund Oregano. Bergtee und Honig für den Winter. Beim Bäcker Schachteln mit *Kouloúria*, *Lalákia* und *Kouraviérdes*. So beladen von Kalamata kommend, biegt sie an der Gabelung am Hotel Messinian Bay auf die Durchgangsstraße. Sie will nicht zurück nach Kitries, sondern auf kürzestem Weg in Alékos' Dorf fahren, um den Abschied von der Mutter hinter sich zu bringen. Außerdem schwirrt der Gedanke in ihrem Kopf, ihn dort möglicherweise anzutreffen. Die Vorstellung, von hier wegzufahren ohne ihn vorher noch einmal gesehen zu haben, ist ihr unerträglich.

»War Alékos hier?« fragt Elli beiläufig nach der Begrüßung. Die Mutter rückt ihre Brille auf der Nase zurecht, deren fehlenden Brillenbügel Alékos durch einen Einmachgummi ersetzt hat, und zuckt die Schultern.

»Du musst doch wissen, wo er ist.«

Elli spürt, wie die Mutter sie verstohlen mustert. Sie scheint zu ahnen, dass etwas nicht stimmt, vermeidet aber, das Thema zu vertiefen. Die alte Frau drückt die beiden Kinder fest an sich. Schiebt sie eine Armlänge weit weg, betrachtet sie lange und nachdenklich. Sie fährt ihnen übers Haar, lässt ihre Hand wie zum Segnen auf ihren Köpfen ruhen, Unverständliches vor sich hinmurmelnd. Schließlich beugt sie sich zu Anna hinab und küsst sie auf die Stirn, bei Johannes muss sie sich schon gar nicht mehr bücken.

»Was habe ich für zwei schöne Enkelkinder!«, strahlt sie. Dann zieht sie Elli dicht an sich heran, sieht, da einen Kopf kleiner, zu ihr auf und nimmt ihr Gesicht in beide Hände.

»*Elli-mou*«, sagt sie und ihre Stimme zittert ein wenig. »Ich werde bald sterben. Kümmere dich um meinen Sohn!«

Elli schluckt. Die Vorstellung, dass die alte Frau bald sterben könnte, löst einen tiefen Schmerz in ihr aus. Sie neigt ihren Kopf und küsst sie auf die Stirn.

»Nicht doch, *Mána*«, meint Elli und versucht, diesen Gedanken weit von sich zu schieben. Ihr ist nicht entgangen, dass die Mutter seit letztem Jahr spürbar abgebaut hat. Elli schaut sie traurig an. Ihr fällt auf, dass ihre Gesichtshaut ganz dünn, beinahe durchsichtig geworden ist, sich feine Äderchen abzeichnen. Auch die Lippen kommen ihr schmaler vor, die Nase spitzer. Elli räuspert sich. Schon oft hat sie sich die Frage gestellt, was mit Alékos geschähe, wenn seine Mutter nicht mehr da ist. Denn sie ist es, die trotz ihres hohen Alters das Haus in Ordnung hält, putzt, für ihn kocht, wäscht und bügelt, seine Sachen wegräumt, hervorkramt und bereitlegt. In Ermanglung einer Ehefrau ist noch immer sie für sein häusliches Wohlergehen zuständig. Die Mutter sieht Elli durch ihre Lesebrille mit riesengroßen, hilflosen Kinderaugen an.

»Ich möchte ihm nicht zur Last fallen. Wenn ich weiß, dass du für ihn da sein wirst und für ihn sorgst, kann ich beruhigt und in Frieden von dieser Erde gehen.« Sie reckt den Kopf und schaut ihr eindringlich in die Augen, nimmt Ellis Hände in die ihren und drückt sie fest. »Versprich mir, dass du dich um ihn kümmerst.«

»Ich verspreche es, *Mána*!«, erwidert Elli mit fester Stimme.

Im Sommerhaus angekommen, fängt Elli an zu packen. Das geht schnell. Die Kleider wirft sie in die Wäschekörbe, Bücher und Schreibkrams verstaut sie in einem Karton, den restlichen Krimskrams, der mit zurück soll, stopft sie in Plastiktüten. Die Lebensmittel räumt sie in eine Holzkiste. Die würde sie auf dem Tisch stehen lassen, mochte Alékos sie mitnehmen, wann immer er in das Haus zurückkehrte. Wenn nicht, würden sie halt vergammeln. Zu dritt schleppen sie alles nach draußen. Unter Ellis Kommando verfrachten die Kinder das Gepäck in den Kofferraum, auf und vor den Beifahrersitz. Auf der Rückbank stapeln sich die Einkäufe von heute Morgen, die Kinder und der Hund würden noch weniger Platz haben als auf der Hinfahrt.

»Irgendwo müssen auch die Schlafsäcke und die Schiffstasche untergebracht werden. Und natürlich euer Zeugs«, mahnt Elli an.

Während die Kinder weiterhin damit beschäftigt sind, das Auto zu beladen, verzieht sie sich ins Haus, um aufzuräumen und zu putzen. Nichts geht ihr von der Hand. Sie steht im Schlafzimmer und heftet ihren Blick auf jedes einzelne Möbelstück – das gusseiserne Bett, den gedrechselten Nachttisch mit der Jugendstillampe aus Messing, die ihr die Mutter überlassen hat. Die Schrankwand, die nach langem Hin und Her der Schreiner aus dem Nachbardorf gefertigt hat. Sie besieht diese Dinge lange und eindringlich, damit sie ein genaues, detailliertes Bild in ihrem Kopf behalten kann. Auch im Wohnraum und der angrenzenden Küche macht sie ihre Gedächtnisfotografien. Nur das Badezimmer lässt sie aus, dieses karge Provisorium hat sich angesichts der vielen Streitereien mit Alékos ohnehin tief in ihr Gedächtnis eingegraben.

»Jetzt ist es auch egal«, brummelt sie. Niemals würde ihr Alékos verzeihen, dass sie ihn geohrfeigt hat, niemals mehr könnte sie zurückkehren, weder in dieses Haus, noch an diesen Ort. Die Kinder vielleicht, später; das bleibt ihnen überlassen. Sie denkt an seine Mutter, die bald sterben muss, und das Versprechen, das sie ihr gegeben hat und nicht halten würde. Am liebsten hätte sie schon wieder losgeheult.

Sie tritt hinaus auf die Veranda. Der Wind kommt vom Meer und peitscht die Wellen vor sich her. Das Licht der Sonne, die an einem wolkenlosen ultramarinblauen Himmel scheint, tanzt auf der aufgewühlten Oberfläche und lässt die Landschaft in einer seltenen Tiefe leuchten. Die Berge treten aus der Szenerie hervor, gewinnen an Strahlkraft und Kontur, jedes einzelne Haus, jedes Gebäude deutlich und greifbar. Zum letzten Mal saugt sie den Anblick des Messenischen Golfes in sich ein, so wie er sich ihr an diesem Mittwoch, dem neunzehnten August 1993 um fünf Uhr nachmittags darbietet.

Den Abend verbringt sie mit den Kindern unten im Dorf. Sie hat sich sorgfältig zurechtgemacht und Make-up aufgelegt, keiner der Dorfbewohner soll merken, wie ihr zumute ist. Niemand fragt nach Alékos, was sie schlimmer empfindet als wenn sie nach ihm gefragt hätten. Signalisiert dieses Schweigen doch, dass sie längst Bescheid wissen und ihr durch unnötige Fragen nicht wehtun wollen.

»*Kaló taxídi kaí kaló cheimóna* – gute Reise und einen guten Winter«, wünschen ihr die Dorfbewohner. Manche überreichen zum Abschied kleine Geschenke aus ihren Vorratskammern, drücken sie an sich, verteilen unbeholfen Wangenküsschen. Einige kündigen an – wie jedes Jahr – sie in diesem Winter ganz bestimmt in Deutschland zu besuchen, die Flugtickets seien billig um diese Jahreszeit.

»Nicht reden, sondern tun!«, meint sie überschwänglich.

»Ihr seid herzlich willkommen!« Weiß sie doch, dass kein einziger jemals die Reise nach Deutschland antreten würde. Georgia will sie gar nicht wieder loslassen.

»Er liebt dich«, raunt sie in ihr Ohr. »Alles wird gut!«

Elli gibt sich einen Ruck.

»Ich weiß gar nicht, ob ich will, dass alles wieder gut wird«, erwidert sie schroff. »Wenn du mich wiedersehen willst, musst du nach Deutschland kommen!«

Der Wecker klingelt um sechs Uhr. Elli fühlt sich zerschlagen, hat kaum geschlafen, ist zwar hin und wieder kurz eingenickt, aber bei jedem Geräusch sofort hellwach gewesen. Sie schiebt den Hund beiseite, schlurft ins Bad, putzt die Zähne.

Furchtbar sehe ich aus, denkt sie, als sie sich im Spiegel begutachtet. Unter der Sonnenbräune wirkt ihr Gesicht kreidebleich. Die Augen sind von dunklen Schatten umrandet, die Augäpfel leicht gerötet, an den unteren Augenlidern schmieren Reste flüchtig entfernter Mascara.

Sie stöhnt. Fünf Wochen in Griechenland und kein bisschen erholt. Sie duscht kalt, fühlt sich ein wenig besser, zieht den wadenlangen grau-weiß gestreiften Wickelrock und eine ärmellose schwarze Seidenbluse an, ihr bevorzugter Dress für die lange Reise. Strumpfhose, Socken und ein langärmlige Strickjacke liegen im Wagen griffbereit, wenn sie jenseits der Alpen in kühlere Gefilde eintauchten.

Danach weckt sie die Kinder. Die wollen nicht aus den Betten, stellen sich schlafend. Elli lässt sich auf nichts ein.

»In einer halben Stunde ist Abfahrt!«, legt sie fest. »Wir fahren nochmal runter ins Dorf, ihr dürft ein letztes Mal schwimmen gehen und Punkt halb zehn machen wir uns endgültig auf den Weg!«

Wenn sie unterwegs zwei doppelte *ellinikoús kafédes*

tränke, würde sie die vier Stunden Autofahrt bis zur Fähre nach Patras schaffen.

Vollbeladen ruckeln sie die Holperwege hinunter ins Dorf, das um diese Zeit noch im Schlaf liegt. Kein Mensch weit und breit. Elli atmet auf. Sie will in Ruhe Abschied nehmen. Von diesem Ort, dieser gigantischen Landschaft, von einer abhanden gekommenen Liebe. Bevor sie abfahren sich noch eine halbe Stunde ans Meer setzen – oder vielleicht doch lieber an den Tisch in der Ecke, an dem sie so viele Tage und Nächte mit Alékos gesessen hat – und einer unwiederbringlichen Vergangenheit nachhängen, um dann in eine neue Lebensphase aufzubrechen. Sie ist unsicher, ob sie das tatsächlich will. Trotzig wirft sie den Kopf in den Nacken.

Sie biegen auf den Dorfplatz ein.

»Alékos ist da«, jubelt Anna. »Ich wusste es!«

»Ich seh' nur sein Auto«, knurrt Elli. Sofort drückt ihr Magen, gleichzeitig spürt sie ein Wohlbehagen in der Herzgegend. Bloß keine Gefühle aufkommen lassen jetzt. Sie hat sich genug geärgert, genug gelitten und genug geheult in diesen fünf Wochen. Nun muss sie sich auf die lange, anstrengende Heimfahrt konzentrieren.

Der Pritschenwagen steht längs vor dem Podest des *Iápetos*. Elli hält auf der gegenüberliegenden Seite, steigt aus, klappt ihre Lehne nach vorne, sieht sich verstohlen um. Niemand, nirgends. Die Kinder schälen sich aus dem vollgepackten Auto, rennen johlend hinüber zur Bucht, der Hund kläffend hinterher.

Dann liegt wieder Morgenruhe über dem Dorf, der benachbarte Peloponnes-Finger schläft im milchblauen Morgendunst, selbst das Meer ist noch ruhig. Erste Sonnenstrahlen blinzeln hinter der *Míti*, der Landzunge hervor. Die

Luft riecht angenehm frisch und salzig. Sie atmet tief ein, schließt die Augen und spürt dem Atemfluss nach, plustert die Wangen auf und pustet mit spitzen Lippen die Luft wieder nach draußen.

Als sie die Augen aufschlägt, sieht sie Alékos vor sich stehen. Sofort pocht ihr Herz bis hinauf zur Halsschlagader und hinunter zum Magen. Ihr Atem geht schnell und flach. Auf den zweiten Blick gewahrt sie, dass seine linke Wange angeschwollen ist. Sie schluckt, weicht seinem Blick aus und fingert an ihrer Halskette mit dem Eulenanhänger herum, kramt nach Worten, irgendetwas Vernünftigem, was sie jetzt sagen konnte. Nichts fällt ihr ein. Er räuspert sich.

»Ich wollte den Autositz reparieren. Ihr müsst ja gleich weg.« Er schlurft hinüber zu seinem Wagen.

Elli steht wie angewurzelt, folgt ihm mit Blicken. Doch statt seines Werkzeugkastens hebt er einen Sechzehn-Kilo-Kanister Olivenöl von der Ladefläche, schleppt ihn über den Platz und stellt ihn neben ihrem Auto ab. Sagt »Ich verstaue ihn gleich«, verschränkt die Arme hinter dem Rücken und geht – leicht nach vorne geneigt – den Platz langsam in immer enger werdenden eiförmigen Kreisen ab, den Blick fest auf den Boden geheftet. Manchmal drosselt er seinen Schritt, beugt sich noch tiefer hinunter, geht weiter.

Plötzlich bleibt er stehen, bückt sich, hebt etwas vom Boden auf und kommt zurück. In der Hand hält er einen Draht, etwa eine Spanne lang, den er so zurechtbiegt, dass an einem Ende eine Schlinge entsteht. Er presst den Draht zwischen die Lippen, räumt den Beifahrersitz frei.

Verstohlen blickt Elli auf ihre Armbanduhr und verdreht die Augen. Alékos scheint ihre Ungeduld nicht zu bemerken, geht neben der Beifahrertür in die Hocke, kneift ein Auge zusammen und peilt mit dem anderen den Führungsschacht an, in dem der Hebel klemmt. Elli sperrt den Mund auf und sieht ihm neugierig zu. Er stochert mit dem Draht mehrmals in die Öffnung, ruckelt am Hebel, verdrillt die Drahtenden miteinander, pikst mit dem Draht in Millimeterabständen zwischen die Führungsschienen. Danach fährt er damit die Ränder entlang. Ein weiteres Mal begutachtet er fachmännisch die Führungsschiene.

Zu Ellis Verwunderung öffnet er den Drehverschluss des Ölkanisters, kramt in der Tasche seiner Jeansweste und zieht das Schweizer Messer hervor, das sie ihm letztes Jahr mitgebracht hat, sticht mit der Messerspitze in die Plastikkappe, die auf dem Gewinde sitzt und biegt sie mit der Klinge heraus. Einen Moment hält er inne, scheint nachzudenken.

Ein zweites Mal schielt Elli auf ihre Armbanduhr und sieht sich nach den Kindern um. Als sie ihren Blick wieder Alékos zuwendet, schält der sich gerade aus seiner Jeansweste, zieht sein Hemd aus, reißt und zerrt solange daran herum, bis er ein Stück Stoff in der Hand hält. Elli sperrt den Mund auf, ihre Augen weiten sich, werden so groß wie Wagenräder. Den Stoff wickelt Alékos um den Draht, den er sodann in die Öffnung des Kanisters steckt und ins Olivenöl taucht. Wieder geht er in die Hocke und friemelt damit im Schacht herum. Diesen Vorgang wiederholt er einige Male und drückt dabei mit dem linken Zeigefinger den Hebel Millimeter für Millimeter nach oben. Er erhebt sich, ächzt ein wenig und kippt die Rücklehne nach vorne.

»Geht!« Er reibt mehrmals beide Hände klatschend aneinander. Zum ersten Mal sieht er Elli direkt ins Gesicht. Es ist ein langer prüfender Blick, der auf ihr lastet.

»Versuch es selbst!« Er schnickt mit dem Kopf Richtung Sitz. »Versuch es!«, wiederholt er, da Elli wie angewurzelt stehen bleibt.

Sie bewegt sich auf die Beifahrertür zu, legt den Finger unter den Hebel, hebt ihn an und klappt – flupp – problemlos den Sitz nach vorne.

Hilflos schaut sie ihn an, zuckt die Schultern. Fängt seinen vorwurfsvollen Blick auf, geht ein paar zögerliche Schritte auf ihn zu, legt ihre rechte Hand auf seine geschwollene Wange und sieht ihm eindringlich in die Augen. Er tritt einen Schritt zurück, dreht den Kopf unwirsch zur Seite.

»Ich war beim Zahnarzt. In Athen. Bei meinem Bruder!«

Beide schweigen. Stehen einander gegenüber. Schauen sich an. Ihre Blicke verknoten sich.

Vergnügte, lärmende Stimmen begleitet vom Gekläff des Hundes nähern sich und reißen sie aus ihrer Versunkenheit. Ihre Augen lassen voneinander ab. Elli wendet sich den Kindern zu.

»Zieht euch trockene Sachen an, wir fahren gleich!«

»Habe ich doch gleich gesagt, dass er den Sitz repariert!« Anna wirft ihr einen giftigen Blick zu, läuft zu Alékos, stellt sich neben ihn und nimmt ihn bei der Hand. »Die ganzen Ferien hast du verdorben mit deinem andauernden Genöle wegen diesem Sitz!«

»Uns! Ihm! Vor allem dir!« Johannes ist einer, der nicht viele Worte macht. Er geht zu Alékos und knufft ihn in die Seite.

Sie öffnet den Mund, will etwas einwenden, sagt nichts. Gegen die drei kommt sie nicht an. Was hätte sie zu ihrer Entschuldigung auch sagen sollen? Dass er den Sitz sofort hätte reparieren müssen?

»Los, macht!« Sie treibt die Kinder zur Eile an. Und mit Blick auf die Armbanduhr: »Wir müssen los!«

In der Zwischenzeit ist Alékos wieder zu seinem Auto hinübergegangen, hat eine Steige und mehrere Tüten von der Pritsche geladen, die er jetzt schnaufend zu Ellis Wagen trägt und zu den Sachen stellt, die er vorhin aus der Beifahrerseite geräumt hat.

»Noch ein bisschen Griechenland für zu Hause!« Er macht sich im Wagen zu schaffen, räumt die Rückbank leer, postiert

Wäschekörbe, Kartons, Tüten und Taschen, Schlafsäcke bei dem übrigen Gepäck und beginnt alles wieder zu verstauen.

»So muss es gehen!« Er wischt mit dem Handrücken den Schweiß von der Stirn und begutachtet das vollbepackte Wageninnere.

»Anna mit dem Hund hinten. Ist ein bisschen eng. Der Hund muss auf den Schoß.«

Anna umarmt Alékos, flüstert ihm etwas zu, das Elli nicht versteht. Er streicht ihr übers Haar.

»Steig jetzt ein.«

Zu Ellis Erstaunen krabbelt sie widerspruchslos nach hinten, zwängt sich zwischen Seitenwand und Gepäck, lockt den Hund an und drückt ihn auf ihre Oberschenkel.

»Geht!«, nickt sie freudig. Alékos klappt die Rückenlehne zurück.

»Johannes, Beine anwinkeln oder Füße auf die Ablage. Geht nicht anders.« Vor den Beifahrersitz hat er den Ölkanister und die Schlafsäcke gepackt. »Ist ja nicht so weit! In vier Stunden seid ihr in Patras. Wenn ihr übermorgen in Ancona angekommen seid«, er macht eine bedeutungsschwangere Pause, »dann seht ihr weiter. Irgendwie wird es schon gehen«.

Wieder nimmt Elli staunend wahr, wie auch ihr Vierzehnjähriger sich ohne zu murren auf seinem eng begrenzten Sitz einrichtet.

»Du siehst«, Alékos wendet sich jetzt Elli zu, »für mich ist dieses Mal kein Platz!«

Sie presst die Lippen aufeinander und nickt. Geht auf ihn zu, schmiegt sich an ihn.

»Du weißt alles?«, nuschelt sie fragend in sein verwaschenes Rippenunterhemd, das sie ihm vor Jahren bei *Aldi* gekauft hat. »Ich muss dir jetzt nicht sagen, dass ich dich liebe?« Sie sieht zu ihm auf. Er neigt den Kopf zur Seite und wiegt ihn kaum merklich nach oben. »Wartest du auf mich?«

Wieder wiegt er seinen Kopf. Sie fassen sich an den Händen. Ein letztes Mal schauen sie einander in die Augen. Tief und fest.

*

Sie setzt sich auf den Fahrersitz, legt den Sicherheitsgurt um, dreht den Zündschlüssel. Der Motor springt an, Alékos zur Seite. Sie fährt ein Stück zurück, schlägt das Lenkrad nach links ein. Jetzt steht das Auto, überladen und mit deutlichem Durchhänger in Fahrtrichtung. Sie legt den ersten Gang ein, zögert, gibt ein wenig Gas. Der Wagen rollt langsam an. Sacht bremst sie ab, neigt sich schräg nach vorne und kramt im Handschuhfach nach einer Kassette, die sie ins Kassettendeck stopft. Die Kinder stöhnen. Gleich wird das akustische Martyrium beginnen.

Als sie sich aufrichtet, sieht sie im Rückspiegel Alékos. Er steht mit dem Rücken zum Meer, wirkt zusammengefallen, die Schultern hängen schlaff herab. Seine Konturen verschwimmen, sie schnieft, zieht die Nase nach oben, wischt sich mit dem Handrücken über die Augen.

Sie erkennt, wie Alékos die rechte Hand leicht anhebt und wieder sinken lässt, ein matter, letzter Gruß. Jetzt legt sie den zweiten Gang ein, atmet tief durch, drückt den Fuß aufs Gaspedal. Das Auto prescht ruckelnd und hopsend den Fahrweg nach oben. Ein letzter Blick in den Rückspiegel, Alékos schon klein, eingehüllt in eine Staubwolke.

»*Aléko-mou*«, murmelt sie, biegt nach links, gibt noch mehr Gas, brettert mit Karacho die Strandstraße Richtung Kalamata entlang. Energisch zielt sie mit dem Zeigefinger auf den Einschaltknopf des Autoradios, wirft einen kurzen Blick nach hinten auf Anna, dann auf Johannes.

Die Kinder wissen was kommt, protestieren auch dieses Mal nicht. Sie ertragen diese Zeremonie seit Jahren. Aus den Lautsprechern quillt eine Sopranstimme, die sich jubilierend

Raum schafft im Innern des Wagens. *Cio-Cio-San* triumphiert im Glauben an die Rückkehr des Geliebten in höchsten Tonlagen, untermalt von zwei traurig-schleppenden Violinen, die sich mit einem einsamen Piano vereinen. Elli dreht die Musik lauter, brummt die Melodie mit, ohne einen einzigen Ton zu treffen. Über ihre Wangen kullern Tränen. Sie ist jetzt ganz eins mit *Madame Butterfly* in der Gewissheit eines baldigen Wiedersehens und trotzdem tieftraurig.

»*Tienti la tua paura, io con sicura, fede l'aspetto* – Verbanne deine wartenden Tränen, weil er zurückkehren wird, ich weiß es.«

Sobald sie das Dorf hinter sich gelassen haben, fährt sie rechts ran, weil sie vor lauter Tränen nichts mehr sieht, und kramt in der Seitenablage nach einer Packung Papiertaschentücher. Kaum hat Maria Callas den letzten Seufzer getan, tiriliert die Primadonna wieder aufs Neue ihr ,*Un bel di vedremo*'. Elli hat die komplette Kassette – beidseitig sechzig Minuten – mit dieser einen Arie bespielt, um sich das dauernde Rückspulen zu ersparen. Knapp vier Stunden dauert die Autofahrt nach Patras. Die Kinder haben sich längst der tonalen Tortur entzogen und ihre Walkmen aufgesetzt.

Kurz bevor sie den Hafen erreichen, macht Elli das Radio aus. Die drückende Schwüle im Wagen, die mittlerweile die Kapazität der Klimaanlage heillos überfordert, das Durcheinander und die wirren Geräusche des Verkehrs, der Autos und Lastwagen, die sich durch die enge Hauptstraße von Patras Richtung Fähre quälen, anfahren, bremsen, wieder anfahren, die Abgase, die durch die Ritzen der Lüftung dringen, machen sie zusammen mit dem Callas-Gekreische total kirre.

Endlich haben sie den Hafen erreicht. Die Kontrollen bei der Einfahrt in das Gelände, das Prozedere in der Hafenbehörde samt Einkauf im Duty-Free-Shop plus Toilettenbesuch nehmen anderthalb Stunden in Anspruch. Ellis Kleider sind durchgeschwitzt, als sie aus dem Gebäude kommt, die

Fährtickets und die Reisepässe in der Hand. Die Kinder sitzen noch immer im Schatten der Hafenmauer und warten, zwei leere Literflaschen Cola vor sich. Der Hund mit heraushängender Zunge vor einem Wassernapf.

Mürrisch krabbeln alle wieder ins Auto, in dem sich das Gepäck aufzulösen beginnt. Elli kämpft sich im Schritttempo mit dem Auto durch das synästhetische Chaos des Hafens hin zu der Anlegestelle der Fähre. Schon erkennt sie den roten Schornstein der *Daedalos* mit dem stilisierten Lilienprinzen. Gleich ist es geschafft! Mit dem vollbepackten Wagen holpern sie über das heruntergelassene Eisenportal des Fährschiffes, dringen ein in dessen Bauch. Orangerot uniformiertes Schiffspersonal lotst sie auf einen Parkplatz in der Tiefe des Garagendecks. Kitries, obwohl nur kurze vier Autostunden entfernt, liegt bereits weit hinter ihr.

In der Nacht, mit dem Hund eng in den Schlafsack gezwängt, schaut Elli in den Sternenhimmel. Sie denkt an Alékos, sieht ihn hinter ihrem Auto stehen, zusammengefallen, mit hängenden Schultern. Immer kleiner wird er, je weiter sie sich entfernt, und verschwindet schließlich in der Staubwolke, die der Wagen auf dem Weg nach Hause aufwirbelt.

Glossar

A

Aristoménos – Haupteinkaufsstraße im Zentrum von Kalamata

B

Bárba – Onkel

Biftéki – Frikadelle

Bouzoúki – 1. Lauteninstrument 2. Nachtclub, in dem überlautstark
populäre Musik dargeboten wird. Die Besucher können Wunschlieder
bestellen, die Musik wird dann demjenigen gewidmet, der das Lied
bestellt hat und meist dazu selbstvergessen tanzt. Früher gehörte das
Zerschlagen von Tellern zu diesem Ritual, heute werden die Sänger_innen
mit Nelken beworfen.

Boútari – bekanntes griechisches Weingut, Weinmarke

C

Callas, Maria – (1923-1977) griechisch-amerikanische Opernsängerin.
Eine der bedeutendsten Sopranistinnen des 20. Jahrhunderts

Cio-Cio San – genannt Butterfly. Weibliche Hauptfigur in der Oper
„Madame Butterfly" von Giacomo Puccini

D

Daedalus – Fährschiff der griechischen Reederei Minoan Lines, das
1989 – 2005 auf der Route Ancona – Patras über Igoumenitsa und
Korfu eingesetzt war.

Don Johnson – (geb. 1949) US-amerikanischer Schauspieler. International
bekannt durch seine Rolle in der Fernsehserie „Miami Vice" (1984 – 1989)
Ellinikós – griechischer Mokka
Ellinikós skétos – schwarz
*Ellinikós métrio*s – mit wenig Zucker
Ellinikós glykós – mit viel Zucker

E

éla – Aufforderung: komm, auf
Elefthería – griechische Tageszeitung
Estiatório – Restaurant

F

Fakeláki – 1. Verkleinerungsform von fákelos/Briefumschlag. 2. In Griechenland geläufige Bezeichnung für eine Form der Bestechung. Um
bestimmte Vorteile zu erzielen, wird dem Empfänger diskret ein
Geldbetrag in einem Umschlag überreicht.
Frappé, pl. Frappédes – Kaltgetränk aus aufgeschäumtem Instantkaffee
mit Eiswürfeln
Frappé sketós – Frappé ohne Milch und Zucker
Fallaci, Oriana – (1929 – 2006) italienische Journalistin und Schriftstel-
lerin. In dem autobiographischen Roman „Ein Mann" (1979) verarbeitet
sie ihre Beziehung zu dem griechischen Widerstandskämpfer, Politiker
und Dichter Alékos Panagoúlis.

G

Galáxia – (ehemaliges) Kaffeehaus in Kalamata
Géros – Greis, alter Mann
Gia sou pl. gia sas – Begrüßungs- / Verabschiedungsformel: Grüß dich / euch
Gría – Greisin, alte Frau

I

Ikonostasien – hier: Miniatur-Kirchen, die an Unfallstellen stehen, an
denen Menschen zu Tode oder zu Schaden gekommen sind

K

Kafeneíon – Kaffeehaus

Kaiser-Idell-6631-Schreibtischlampe – klassische Luxus- Tischleuchte. 1931 von dem Bauhaus-Meister und Industriedesigner Christian Dell entworfen

Kaláthi – Hausberg von Kalamata

Karélia – Zigarettenmarke. Die Karelia Tobacco Company ist die älteste Tabakfabrik Griechenlands (gegründet 1888). Sie befindet sich in Kalamata.

Kéntro – Zentrum

Komboloí – kleine Kette mit Perlen aus Holz, Kunststoff, Glas, Bernstein oder Mineralien. Persönlicher Gegenstand der Herrenausstattung, dient als Fingerspiel. Obwohl häufig als ‚griechischer Rosenkranz' bezeichnet, hat das Komboloi keine religiöse Bedeutung.

Koulouría – traditionelles süßes Gebäck mit Sesam, meist in Zopfform oder als Kringel

Kouraviérdes – Mandelgebäck mit Puderzucker

Kyría; Kyríos – Anrede: Frau, Dame; Herr

L

Lalákia – in Olivenöl ausgebackene kringlige dünne Hefeteigrollen

M

Madame Butterfly – Oper von Giacomo Puccini, uraufgeführt 1904

Magasin – kleiner Lebensmittelladen, oft mit Getränkeausschank

Malákas, pl. Malákes – Schimpfwort: Wichser, Schwachkopf

Mána – Mama

Mesé – kalte Vorspeisenplatte

metá – Adv. danach, nachher; später

Metáxa – griechische Weinbrand-Spirituose aus Weintrauben und einer Kräutermischung

Moró-mou – Kosewort: Mein Kindchen, mein Baby

Moútza – sehr beleidigende Geste: Entgegenhalten der offenen Hand innenfläche mit gespreizten Fingern

O

óppa – griechischer Ausruf zur Anfeuerung, Bestärkung

OTÉ – 1. griechische Telefongesellschaft 2. Telefonamt, von dem aus
   Fern- und Auslandsgespräche geführt werden konnten

Oriana – siehe: Fallaci, Oriana

Ouzo – griechischer Anis-Schnaps

P

Palandt – nach dem Juristen Otto Palandt (1877-1951) benannter
   Kommentar zum Bürgerlichen Gesetzbuch (BGB). Eines der
   wichtigsten Standardwerke der deutschen Rechtswissenschaft.
   Erstauflage 1938, seit 1949 jährlich in aktualisierter Auflage

Panagía mou – Ausruf: Ach, du meine Güte! – Heilige Mutter Gottes!

Panagíri – Tag, an dem eine Gemeinde den Gedenktag des Heiligen
   begeht, dessen Name die Kirche trägt. Häufig findet am Vorabend
   auf dem Kirchengelände ein Fest mit Musik, Tanz und reichhaltigem
   Essen statt, am darauffolgenden Morgen der Gottesdienst.

Panagoúlis, Alékos – (1939-1976) griechischer Widerstandskämpfer,
   Politiker und Dichter. — Am 13. August 1968 verübt Panagoúlis einen
   Bombenanschlag auf den griechischen Diktator Georgios Papadópoulos.
   Der Anschlag misslingt, Panagoúlis wird in das Hauptquartier des
   Militärgeheimdienstes ESA eingeliefert und dort auf grausamste Weise
   gefoltert. Ein Militärgericht verurteilt ihn zu Tode, auf Druck des
   Auslands wird seine Strafe in eine lebenslange Haftstrafe umgewandelt.
   1973 wird er im Rahmen einer Generalamnestie freigelassen. Nach dem
   Fall der Junta lässt er sich als Abgeordneter für das Parlament aufstellen,
   überwirft sich jedoch rasch mit allen Fraktionen. Panagoúlis stirbt am
   frühen Morgen des 1. Mai 1976 bei einem Autounfall. — Die Umstände
   seines Todes sind bis heute nicht restlos aufgeklärt. Es wird vermutet,
   dass er von Rechtsextremisten ermordet worden ist.

Panathinaïkos Athen – Fußballmannschaft. Panathinaïkos gehört zu den
   erfolgreichsten Vereinen des Landes.

Papachrístos – größte Buchhandlung in Kalamata

Paralía – Strand; hier: Strandstraße

Peripterós – Kioskbesitzer

Pikes Peak International Hill Climb – Bergrennen für Rennwagen und Motorräder auf dem Pikes Peak (4301 m), einem Berg in den Rocky Mountains.

Plateía Basiléos Georgíou – größter Platz im Zentrum Kalamatas

popopó – Ausruf der Bewunderung, des Erstaunens

Poústis – Schwuler (ausschließlich abschätzig)

Poutána – Nutte, Flittchen

R

Rembétiko – Musikstil, eine Verbindung griechischer Volksmusik und osmanischer Musiktradition. Entstammt den Subkulturen, die sich zu Beginn der 20. Jahrhunderts in den Städten gebildet haben. Die Texte handeln von den alltäglichen Sorgen und Erfahrungen der einfachen Menschen. Hauptinstrumente sind Bouzouki, eine Art Laute, die kleinere Baglamas, Gitarre, Akkordeon und Geige. Dazu gehört der orientalisch improvisierte Gesangstil.

Retsína – geharzter Weiß- oder Roséwein

Rizospástis – offizielle Zeitung der Kommunistischen Partei Griechenlands (KKE)

S

Soufláki pl. Souflákia – Fleischspießchen

T

Tsípouro – traditioneller griechischer Tresterbrand aus Pressrückständen verschiedener weißer Rebsorten

U

Un bel di vedremo' – Arie aus „Madame Butterfly" von Giacomo Puccini, musikalischer Höhepunkt des zweiten Aktes. Butterfly, von ihrem Ehemann verstoßen und gesellschaftlich geächtet, malt sich in dieser Arie aus, wie ihr Mann zu ihr zurückkehren und sie dann triumphieren wird.

Z

Zorbas' Dance – Titelmusik zum Spielfilm „Alexis Sorbas" (1964) nach dem gleichnamigen Roman von Nikos Kazantzakis. Die Filmmusik komponierte Mikis Theodorakis.

#

15. August – Nach Ostern bedeutendster Feiertag in Griechenland. Fest- der Panagía, der Gottesmutter. Da die orthodoxe Kirche nicht an eine Himmelfahrt der Mutter Gottes glaubt, heißt das Fest „Entschlafung der Gottesmutter". – Im alltäglichen Leben stellt der 15. August eine Zeitwende dar; er teilt den Sommer/das Jahr in zwei Hälften.

Gesten

Nein – Aufwärtsbewegung des Kopfes, Kopf in den Nacken werfen Verstärkungen: dabei die Augenbrauen anheben, die Augäpfel nach oben rollen, beide Hände in die Höhe heben. Zusätzlich mit der Zunge schnalzen.

Ja – langsame, waagrechte Bewegung des Kopfes zur Seite, oftmals mit etwas geschlossenen Augen.

Was ist los? – Unterarme anheben, die Handflächen leicht krümmen und hin und her drehen, ev. noch Augenbrauen hochziehen.

Scher dich zum Teufel! – Entgegenhalten der offenen Handinnenfläche mit gespreizten Fingern (siehe auch: moútza)

Zeitfracht Medien GmbH
Ferdinand-Jühlke-Straße 7
99095 Erfurt, Deutschland
produktsicherheit@kolibri360.de